Diogenes Taschenbuch 23299

Bernhard Schlink

Liebesfluchten

Geschichten

Nimm den Titel nicht persönlich; ich hoffe, es macht Dir Freude, diese Geschichten zu lesen.

Weihnachten 2003
A.

Diogenes

Die Erstausgabe
erschien 2000 im Diogenes Verlag
Umschlagillustration:
Henri Matisse, ›Les yeux bleux‹, 1935

Foto: Baltimore Museum of Art;
The Cone Collection formed by Dr. Claribel Cone
and Miss Etta Cone of Baltimore, Maryland
BMA 1950.259

Veröffentlicht als Diogenes Taschenbuch, 2001

www.diogenes.ch
300/03/8/5
ISBN 3 257 23299 3

Inhalt

Das Mädchen mit der Eidechse

1

Das Bild zeigte ein Mädchen mit einer Eidechse. Sie sahen einander an und sahen einander nicht an, das Mädchen die Eidechse mit verträumtem Blick, die Eidechse das Mädchen mit blicklosem, glänzenden Auge. Weil das Mädchen mit seinen Gedanken anderswo war, hielt es so still, daß auch die Eidechse auf dem moosbewachsenen Felsbrocken, an dem das Mädchen bäuchlings halb lehnte und halb lag, innegehalten hatte. Die Eidechse hob den Kopf und züngelte.

»Judenmädchen« sagte die Mutter des Jungen, wenn sie von dem Mädchen auf dem Bild sprach. Wenn die Eltern stritten und der Vater aufstand und sich in sein Arbeitszimmer zurückzog, wo das Bild hing, rief sie ihm nach: »Geh doch zu deinem Judenmädchen!«, oder sie fragte: »Muß das Bild mit dem Judenmädchen da hängen? Muß der Junge unter dem Bild mit dem Judenmädchen schlafen?« Das Bild hing über der Couch, auf der der Junge Mittagsschlaf zu halten hatte, während der Vater Zeitung las.

Er hatte den Vater der Mutter mehr als einmal erklären hören, daß das Mädchen kein Judenmädchen sei. Daß die rote Samtkappe, die es auf dem Kopf trug, fest in die vollen, braunen Locken gedrückt und von ihnen fast verdeckt, kein religiöses, kein folkloristisches, sondern ein modisches Attribut sei. »So waren Mädchen damals eben gekleidet. Außerdem haben bei den Juden die Männer die Käppchen auf, nicht die Frauen.«

Das Mädchen trug einen dunkelroten Rock und über einem hellgelben Hemd ein dunkelgelbes Oberteil, wie ein Mieder mit Bändern am Rücken locker geschnürt. Viel von der Kleidung und vom Körper ließ der Felsbrocken nicht sehen, auf den das Mädchen seine rundlichen Kinderarme gelegt und sein Kinn gestützt hatte. Es mochte acht Jahre alt sein. Das Gesicht war ein Kindergesicht. Aber der Blick, die vollen Lippen, das sich in die Stirn kräuselnde und auf Rücken und Schultern fallende Haar waren nicht kindlich, sondern weiblich. Der Schatten, den das Haar auf Wange und Schläfe warf, war ein Geheimnis, und das Dunkel des bauschenden Ärmels, in dem der nackte Oberarm verschwand, eine Versuchung. Das Meer, das sich hinter dem Felsbrocken und einem kleinen Stück Strand bis zum Horizont streckte, rollte mit schweren Wellen an, und durch dunkle Wolken brach Sonnenlicht und ließ einen Teil des Meeres glänzen und Gesicht und Arme des Mädchens scheinen. Die Natur atmete Leidenschaft.

Oder war alles Ironie? Die Leidenschaft, die Versuchung, das Geheimnis und das Weib im Kind? War die Ironie der Grund, daß das Bild den Jungen nicht nur faszinierte, sondern auch verwirrte? Er war oft verwirrt. Er war verwirrt, wenn die Eltern stritten, wenn die Mutter spitze Fragen stellte und wenn der Vater Zigarre rauchte, Zeitung las und entspannt und überlegen wirken wollte, während die Luft im Arbeitszimmer so geladen war, daß der Junge sich nicht zu bewegen und kaum zu atmen getraute. Und das höhnische Reden der Mutter vom Judenmädchen war verwirrend. Der Junge hatte keine Ahnung, was ein Judenmädchen war.

2

Von einem Tag auf den anderen hörte seine Mutter auf, vom Judenmädchen zu reden, und sein Vater, ihn zum Mittagsschlaf ins Arbeitszimmer zu holen. Eine Weile mußte er mittags in dem Zimmer und Bett schlafen, in dem er auch nachts schlief. Dann war die Zeit des Mittagsschlafs überhaupt vorbei. Er war froh. Er war neun und hatte länger mittags liegen müssen als irgendein Klassen- oder Spielkamerad.

Aber das Mädchen mit der Eidechse fehlte ihm. Immer wieder stahl er sich in das Arbeitszimmer des Vaters, um einen Blick auf das Bild zu werfen und einen Augenblick mit dem Mädchen Zwiesprache zu halten. Er wuchs rasch in jenem Jahr; zuerst waren seine Augen auf der Höhe des dicken goldenen Rahmens, dann auf der des Felsens und später gleichauf mit den Augen des Mädchens.

Er war ein kräftiger Junge, breit gebaut und mit großknochigen Gliedmaßen. Als er in die Höhe schoß, hatte seine Ungelenkheit nichts Rührendes, sondern etwas Bedrohliches. Seine Kameraden hatten Angst vor ihm, selbst wenn er ihnen beim Spielen, Streiten und Kämpfen half. Er war ein Außenseiter. Er wußte es selbst. Allerdings wußte er nicht, daß sein Äußeres, seine Größe, Breite und Kraft, ihn zum Außenseiter machte. Er dachte, es sei die innere

Welt, mit und in der er lebte. Kein Kamerad teilte sie. Allerdings lud er auch keinen dazu ein. Wäre er ein zartes Kind gewesen, hätte er vielleicht unter den anderen zarten Kindern Spiel- und Seelengefährten gefunden. Aber gerade sie waren von ihm besonders eingeschüchtert.

Seine innere Welt war nicht nur von Gestalten bevölkert, von denen er las und die er von Bildern oder aus Filmen kannte, sondern auch von Personen aus der äußeren Welt, allerdings in variierter Gestalt. Er spürte, wenn hinter dem, was die äußere Welt zeigte, noch etwas anderes war, das sie nicht zeigte. Daß seine Klavierlehrerin etwas zurückhielt, daß die Freundlichkeit des beliebten Hausarztes nicht echt war, daß ein Nachbarskind, mit dem er gelegentlich spielte, etwas verbarg – er spürte es, lange bevor die Diebereien des Kindes oder die Liebe des Arztes zu kleinen Jungen oder die Krankheit der Lehrerin offenbar wurden. Was es war, das nicht zutage trat, spürte er freilich auch nicht besser und schneller als andere. Er spürte ihm auch nicht nach. Er dachte sich lieber etwas aus, und das Ausgedachte war stets farbiger und aufregender als die Wirklichkeit.

Der Distanz seiner inneren Welt zu seiner äußeren entsprach eine Distanz, die der Junge zwischen seiner Familie und den anderen Menschen wahrnahm. Zwar stand der Vater, ein Richter am Gericht der Stadt, mit beiden Beinen im Leben. Der Junge bekam mit, daß der Vater sich an der Wichtigkeit und Sichtbarkeit seiner Stellung freute, gerne zum Stammtisch der Honoratioren ging, Einfluß auf die Politik der Stadt nahm und sich in der Kirchengemeinde zum Presbyter wählen ließ. Die Eltern nahmen auch am gesellschaftlichen Leben der Stadt teil. Sie gingen zum Faschings- und zum Sommerball, wurden zum Essen eingeladen und luden zum Essen ein. Die Geburtstage des Jungen wurden gefeiert, wie es sich gehörte, mit fünf Gästen zum fünften Geburtstag, sechs zum sechsten und so fort. Überhaupt war alles, wie es sich gehörte, und also in den fünfziger Jahren von der gebotenen Förmlichkeit und Distanziertheit. Was der Junge als Distanz zwischen seiner Familie und den anderen Menschen wahrnahm, war nicht diese Förmlichkeit und Distanziertheit, sondern etwas anderes. Es hatte damit zu tun, daß auch die Eltern etwas zurückzuhalten oder zu verbergen schienen. Sie waren auf der Hut. Wenn ein Witz erzählt wurde, lachten sie nicht sofort, sondern warteten, bis die anderen lachten. Im Konzert und Theater klatschten sie erst, wenn die anderen klatschten. Bei Gesprächen mit Gästen hielten sie mit ihrer Meinung zurück, bis andere dieselbe Meinung äußerten und sie sekundieren konnten. Manchmal kam der Vater nicht umhin, Positionen zu beziehen und Meinungen zu äußern. Dann wirkte er angestrengt.

Oder war der Vater nur taktvoll und wollte sich nicht einmischen und aufdrängen? Der Junge stellte sich die Frage, als er älter wurde und die Vorsicht seiner Eltern bewußter wahrnahm. Er fragte sich auch, was es mit dem Insistieren der Eltern auf ihrem eigenen, privaten Raum auf sich hatte. Er durfte das Schlafzimmer der Eltern nicht betreten, hatte es schon als kleines Kind nicht betreten dürfen. Zwar schlossen die Eltern das Schlafzimmer nicht ab. Aber ihr Verbot war unmißverständlich und ihre Autorität unangefochten – jedenfalls bis der Junge dreizehn war und eines Tags, als die Eltern weg waren, die Tür öffnete und zwei getrennt stehende Betten, zwei Nachttische, zwei Stühle, einen Holz- und einen Metallschrank sah. Wollten die Eltern verbergen, daß sie das Bett nicht miteinander teilten? Wollten sie ihm Sinn für Privatheit und Respekt davor beibringen? Immerhin betraten sie auch sein Zimmer nie, ohne anzuklopfen und auf seine Aufforderung zum Eintreten zu warten.

3

Das Arbeitszimmer des Vaters zu betreten war dem Jungen nicht verboten. Obwohl es mit dem Bild vom Mädchen mit der Eidechse ein Geheimnis barg.

Als er in der Quarta, im dritten Jahr auf dem Gymnasium, war, gab der Lehrer als Hausarbeit eine Bildbeschreibung auf. Die Wahl des Bildes stellte er frei. »Muß ich das Bild, das ich beschreibe, mitbringen?« fragte ein Schüler. Der Lehrer winkte ab. »Ihr sollt das Bild so gut beschreiben, daß wir's beim Lesen vor uns sehen.« Für den Jungen verstand sich, daß er das Bild vom Mädchen mit der Eidechse beschreiben würde. Er freute sich darauf. Auf das genaue Betrachten des Bildes, das Übersetzen des Bildes in Worte und Sätze, das Vorführen des von ihm beschriebenen Bildes vor Lehrer und Mitschülern. Er freute sich auch darauf, im Arbeitszimmer des Vaters zu sitzen. Es ging auf einen engen Hof, das Licht des Tages und die Geräusche der Straße waren gedämpft, die Wände standen voll mit Regalen und Büchern, und der Geruch der gerauchten Zigarren hing würzig und streng im Raum.

Der Vater war zum Mittagessen nicht nach Hause gekommen, die Mutter gleich danach in die Stadt gegangen. So fragte der Junge niemanden um Erlaubnis, setzte sich ins väterliche Arbeitszimmer, schaute und schrieb. »Auf dem Bild ist das Meer zu sehen, davor der Strand, davor ein Felsen oder eine Düne und darauf ein Mädchen und eine Eidechse.« Nein, der Lehrer hatte gesagt, eine Bildbeschreibung geht vom Vordergrund über den Mittelgrund zum Hintergrund. »Im Vordergrund des Bildes sind ein Mädchen und eine Eidechse auf einem Felsen oder einer Düne, im Mittelgrund ist ein Strand, und vom Mittel- zum Hintergrund ist das Meer.« Ist das Meer? Wogt das Meer? Aber das Meer wogt nicht vom Mittel- zum Hintergrund, sondern vom Hinter- zum Mittelgrund. Außerdem klingt Mittelgrund häßlich, und Vorder- und Hintergrund klingen nicht viel besser. Und das Mädchen – ist es? Ist das alles, was über das Mädchen zu sagen ist?

Der Junge fing neu an. »Auf dem Bild ist ein Mädchen. Es sieht eine Eidechse.« Auch das war noch nicht alles, was über das Mädchen zu sagen war. Der Junge fuhr fort. »Das Mädchen hat ein blasses Gesicht und blasse Arme, braune Haare, trägt oben etwas Helles und unten einen dunklen Rock.« Aber auch damit war er nicht zufrieden. Er setzte noch mal an. »Auf dem Bild sieht ein Mädchen einer Eidechse zu, wie sie sich sonnt.« Stimmt das? Sieht das Mädchen der Eidechse zu und nicht vielmehr über sie hinweg, durch sie hindurch? Der Junge zögerte. Aber dann war es ihm egal. Denn an den ersten schloß der zweite Satz an: »Das Mädchen ist wunderschön.« Der Satz stimmte, und mit ihm begann auch die Beschreibung zu stimmen.

»Auf dem Bild sieht ein Mädchen einer Eidechse zu, wie sie sich sonnt. Das Mädchen ist wunderschön. Es hat ein feines Gesicht mit einer glatten Stirn, einer geraden Nase und einer Kerbe in der Oberlippe. Es hat braune Augen und braune Locken. Eigentlich ist das Bild nur der Kopf des Mädchens. Alles andere ist nicht so wichtig. Als da sind die Eidechse, der Felsen oder die Düne, der Strand und das Meer.«

Der Junge war zufrieden. Jetzt mußte er alles nur noch in den Vorder-, Mittel-, und Hintergrund rücken. Er war stolz auf »als da sind«. Es klang elegant und erwachsen. Er war stolz auf die Schönheit des Mädchens.

Als er seinen Vater die Wohnungstür aufschließen hörte, blieb er sitzen. Er hörte ihn die Aktentasche abstellen, den Mantel ausziehen und aufhängen, in die Küche und ins Wohnzimmer schauen und an seine Tür klopfen.

»Ich bin hier«, rief er und legte die Sudelblätter paßgenau auf das Heft und den Füllhalter daneben. So lagen die Akten, Blätter und Stifte auf Vaters Schreibtisch.

»Ich sitze hier, weil wir eine Bildbeschreibung aufhaben und ich das Bild hier beschreibe.« Kaum ging die Tür auf, redete er los.

Der Vater brauchte einen Moment. »Welches Bild? Was machst du?«

Der Junge erklärte noch mal. Daran, wie der Vater stand, auf das Bild und auf ihn sah und die Stirn runzelte, merkte er, daß er etwas falsch gemacht hatte. »Weil du nicht da warst, habe ich gedacht...«

»Du hast...« Der Vater redete mit gepreßter Stimme, und der Junge dachte, gleich würde die Stimme kippen und brüllen, und duckte sich weg. Aber der Vater brüllte nicht. Er schüttelte den Kopf und setzte sich auf den Drehstuhl zwischen dem Schreibtisch und dem Tisch, der ihm als Ablage für seine Akten diente und an dessen anderer Seite der Junge saß. Hinter dem Vater, neben dem Schreibtisch hing das Bild. Sich an den Schreibtisch zu setzen hatte der Junge nicht gewagt. »Magst du mir vorlesen, was du geschrieben hast?«

Der Junge las vor, stolz und ängstlich zugleich.

»Das hast du sehr schön geschrieben, mein Junge. Ich habe das Bild genau vor mir gesehen. Aber...«, er zögerte, »es ist nichts für die anderen. Für die anderen solltest du ein anderes Bild beschreiben.«

Der Junge war so froh, daß der Vater ihn nicht anbrüllte, sondern vertrauens- und liebevoll mit ihm redete, daß er zu allem bereit war. Aber er verstand nicht. »Warum ist das Bild nichts für die anderen?«

»Behältst du nicht auch manchmal Sachen für dich? Willst du uns oder deine Freunde bei allem, was du tust, dabeihaben? Schon weil die anderen neidisch sind, soll man ihnen seine Schätze nicht zeigen. Entweder sie werden traurig, weil sie nicht auch haben, was du hast, oder sie werden gierig und wollen es dir wegnehmen.«

»Ist das Bild ein Schatz?«

»Das weißt du selbst. Du hast es gerade so schön beschrieben, wie man nur einen Schatz beschreibt.«

»Ich meine, ist es so viel wert, daß die anderen neidisch werden?«

Der Vater drehte sich um und sah das Bild an. »Ja, es ist sehr viel wert, und ich weiß nicht, ob ich es beschützen kann, wenn die anderen es stehlen wollen. Ist da nicht besser, sie wissen gar nicht, daß wir's haben?«

Der Junge nickte.

»Komm, laß uns ein Buch mit Bildern anschauen, wir finden sicher eines, das dir gefällt.«

4

Als der Junge vierzehn war, gab der Vater das Richteramt auf und nahm eine Stelle bei einer Versicherung an. Er tat es nicht gerne – der Junge merkte es, obwohl der Vater sich nicht beklagte. Der Vater erklärte auch nicht, warum er wechselte. Erst Jahre später fand der Junge es heraus. Als Folge des Wechsels wurde die alte Wohnung für eine kleinere aufgegeben. Statt in der herrschaftlichen Etage eines viergeschossigen wilhelminischen Stadthauses wohnten sie in einer von vierundzwanzig Wohnungen eines Mietshauses am Stadtrand, von einem sozialen Wohnungsbauprogramm gefördert und nach dessen Normen gebaut. Die vier Zimmer waren klein, die Decke niedrig und die Geräusche und Gerüche der Nachbarwohnungen stets präsent. Immerhin waren es vier Zimmer; neben dem Wohn-, Schlaf- und Kinderzimmer behielt der Vater ein Arbeitszimmer. Dorthin zog er sich abends zurück, auch wenn er keine Akten mehr mitbrachte und bearbeitete.

»Du kannst auch im Wohnzimmer trinken«, hörte der Junge seine Mutter eines Abends zum Vater sagen, »und vielleicht trinkst du weniger, wenn du manchmal einen Satz mit mir redest.«

Auch der Umgang der Eltern änderte sich. Die Essen und die Damen- und Herrenabende blieben aus, bei denen der Junge den Gästen die Tür aufgemacht und die Mäntel abgenommen hatte. Er vermißte die Atmosphäre, wenn im Eßzimmer der Tisch mit weißem Porzellan gedeckt und mit silbernen Leuchtern geschmückt war und die Eltern im Wohnzimmer Gläser, Gebäck, Zigarren und Aschenbecher richteten, schon auf das erste Klingeln lauschend. Er vermißte auch den einen und anderen Freund der Eltern. Manche hatten ihn nach seinem Ergehen in der Schule und nach seinen Interessen gefragt, beim nächsten Besuch noch gewußt, was er geantwortet hatte, und daran angeknüpft. Ein Chirurg hatte mit ihm die Operation von Stoffbären diskutiert und ein Geologe Vulkanausbrüche, Erdbeben und Wanderdünen. Er vermißte besonders eine Freundin der Eltern. Anders als seine schlanke, nervöse, fahrige Mutter war sie von rundlicher, fröhlicher Gemütlichkeit. Als kleinen Jungen hatte sie ihn im Winter unter ihren Pelzmantel genommen, in den streichelnden Glanz seines seidigen Futters und in den überwältigenden Geruch ihres Parfüms. Später hatte sie ihn mit Eroberungen, die er nicht machte, Freundinnen, die er nicht hatte, geneckt – es hatte ihn verlegen und zugleich stolz gemacht, und wenn sie ihn manchmal auch später noch spielerisch an sich gezogen und den Pelzmantel um sie beide gehüllt hatte, hatte er die Weiche ihres Körpers genossen.

Es dauerte lange, bis neue Gäste kamen. Es waren Nachbarn, Kollegen des Vaters aus der Versicherung und Kolleginnen der Mutter, die inzwischen als Schreibkraft in der Polizeidirektion arbeitete. Der Junge merkte, daß die

Eltern unsicher waren; sie wollten sich in ihre neue Welt hineinfinden, ohne die alte zu verleugnen, und waren entweder zu abweisend oder zu vertraulich.

Auch der Junge mußte sich umstellen. Die Eltern ließen ihn von dem alten Gymnasium, das wenige Schritte von der alten Wohnung entfernt lag, in ein neues wechseln, von der neuen Wohnung wieder nicht weit entfernt. So änderte sich auch sein Umgang. Der Ton in der neuen Klasse war rauher, und er war weniger ein Außenseiter als in der alten Klasse. Ein Jahr lang ging er noch zu seiner Klavierlehrerin in der Nähe der alten Wohnung. Dann fanden die Eltern seine Fortschritte im Klavierspiel so kläglich, daß sie den Unterricht beendeten und das Klavier verkauften. Ihm waren die Fahrten mit dem Rad zur Klavierlehrerin kostbar gewesen, weil sie ihn an der alten Wohnung und am Nachbarhaus vorbeiführten, wo ein Mädchen wohnte, mit dem er ab und zu gespielt hatte und ein Stück des Schulwegs gemeinsam gegangen war. Sie hatte dichte rote Locken bis auf die Schultern und ein Gesicht voller Sommersprossen. Er fuhr langsam an ihrem Haus vorbei und hoffte, sie würde heraustreten, sie würde ihn begrüßen, er würde sie begleiten, das Fahrrad neben sich schiebend, und ganz selbstverständlich würde sich ergeben, daß sie sich wiedersähen. Sie würden sich nicht eigentlich verabreden, sondern einfach verständigen, wo sie wann sein würde und er auch. Für eine Verabredung war sie viel zu jung.

Aber sie trat nie aus dem Haus, wenn er vorbeifuhr.

5

Es ist ein Irrtum, zu glauben, Menschen würden Lebensentscheidungen erst treffen, wenn sie erwachsen werden oder sind. Kinder lassen sich mit der gleichen Entschiedenheit auf Handlungen und Lebensweisen ein wie Erwachsene. Sie bleiben nicht für immer bei ihren Entscheidungen, aber auch Erwachsene werfen ihre Lebensentscheidungen wieder über den Haufen.

Nach einem Jahr entschloß sich der Junge, in der neuen Klasse und Umgebung jemand zu sein. Es fiel ihm nicht schwer, sich mit seiner Kraft Respekt zu verschaffen, und da er auch gescheit und einfallsreich war, gehörte er in der Hierarchie, die in seiner wie in jeder Klasse über eine diffuse Mischung von Stärke, Frechheit, Witz und Vermögen der Eltern definiert war, bald zu denen, die zählten. Sie zählten auch bei den Mädchen, nicht in der eigenen Schule, in der es keine Mädchen gab, aber im Mädchengymnasium ein paar Straßen weiter.

Der Junge verliebte sich nicht. Er suchte sich eine aus, die etwas galt, von herausfordernder Attraktivität war, ein flottes Mundwerk hatte, sich Erfahrung mit Jungen nachsagen ließ, aber auch, daß sie schwer zu kriegen sei. Er imponierte ihr mit seiner Kraft, mit dem Respekt, den er genoß, und dadurch, daß das nicht alles war. Was da noch war, wußte sie nicht, aber es war etwas, was sie bei anderen nicht gefunden hatte und sehen und haben wollte. Er merkte es und ließ gelegentlich aufblitzen, daß er Schätze habe, die er nicht leichthin zeige, ihr aber vielleicht zeigen werde, wenn... Wenn sie mit ihm gehen würde? Schmusen würde? Schlafen würde? Er wußte es selbst nicht genau. Das öffentliche Werben um sie, dem sie mehr und mehr nachgab, war interessanter, lohnender, prestigeträchtiger, als was zwischen ihnen beiden geschah. Mit den Freunden nach Schulschluß am Mädchengymnasium vorbeischlendern, wo sie mit ihren Freundinnen angelegentlich am eisernen Gitter lehnte, und selbstverständlich den Arm um sie legen oder, wenn sie mit ihrer Mannschaft ein Handballspiel hatte, ihr zuwinken und eine Kußhand zurückgeworfen bekommen oder mit ihr im Schwimmbad über den Rasen zum Becken gehen, bestaunt und bewundert – das war's.

Als sie schließlich zusammen schliefen, war es eine Katastrophe. Sie hatte genug Erfahrung, um Erwartungen zu haben, und zu wenig, um mit seiner Unbeholfenheit umzugehen. Er hatte nicht die Sicherheit des Liebens, die die Unbeholfenheit des ersten Mals kompensiert. Als sie, nachdem das Schwimmbad geschlossen hatte und die Wärter ihre Runde gemacht hatten, hinter den Büschen am Zaun zusammen waren, kam ihm plötzlich alles falsch vor, die Küsse, die Zärtlichkeit, das Begehren. Nichts stimmte. Es war Verrat an allem, was er liebte und geliebt hatte – seine Mutter kam ihm in den Sinn, ihre Freundin mit dem Pelzmantel, das Nachbarskind mit den roten Locken und Sommersprossen und das Mädchen mit der Eidechse. Als alles vorbei war, die Peinlichkeiten des Umgangs mit dem Präservativ, sein viel zu schneller Orgasmus, seine ungeschickten, ihr nur lästigen Versuche, sie mit der Hand zu befriedigen, kuschelte er sich an sie – er suchte bei ihr Trost für sein Versagen. Sie stand auf, zog sich an und ging. Er blieb zusammengekauert liegen und starrte auf den Stamm des Busches, unter dem er lag, auf das Laub vom Vorjahr, seine Wäsche und die Maschen des Zauns. Es wurde dunkel. Er blieb auch noch liegen, als ihm kalt wurde; ihm war, als könne er das Zusammensein mit ihr, das Werben um sie, die eitlen Kämpfe der letzten Monate ausfrieren, wie man eine Krankheit ausschwitzt. Schließlich stand er auf und schwamm ein paar Runden im großen Becken.

Als er um Mitternacht nach Hause kam, stand die Tür zum erleuchteten Arbeitszimmer auf. Der Vater lag auf der Couch, dünstete Alkohol aus und schnarchte. Ein Regal war umgestürzt, und die Schubladen des Schreibtisches waren ausgezogen und ausgeleert; der Boden war mit Büchern und Papieren übersät. Der Junge vergewisserte sich, daß das Bild unbeschädigt war, machte das Licht aus und die Tür zu.

6

Als er die Schule beinahe beendet hatte und nur noch auf die Aushändigung des Zeugnisses wartete, reiste er in die benachbarte große Stadt. Es war eine eineinhalbstündige Bahnfahrt, eine Reise, die er für einen Konzert-, Theater- oder Ausstellungsbesuch die ganzen Jahre hätte machen können und doch nie gemacht hatte. Seine Eltern hatten ihn als kleinen Jungen einmal mitgenommen und ihm die Kirchen, das Rathaus, das Gericht und den großen Park in der Mitte der Stadt gezeigt. Nach dem Umzug reisten die Eltern nicht mehr, nicht ohne ihn und nicht mit ihm, und alleine zu reisen war ihm zunächst nicht eingefallen. Später konnte er es sich nicht leisten. Der Vater verlor wegen des Trinkens seine Stelle, und der Junge mußte neben der Schule arbeiten und Geld verdienen und zu Hause abgeben. Jetzt, wo er nach der Schule auch bald die Stadt verlassen würde, begann er innerlich, seine Eltern sich selbst zu überlassen. Und was er verdiente, wollte er jetzt auch ausgeben.

Er suchte das Museum mit neuer Kunst nicht, sondern fand es zufällig. Er ging hinein, weil ihn der Bau faszinierte, eine seltsame Mischung aus moderner Einfachheit an der einen Seite, abweisender Düsterkeit eines Höhlenbaus an den anderen Seiten und kitschiger Verspieltheit an Türen und Erkern. Die Sammlung reichte von den Impressionisten zu den neuen Wilden, und er sah alles mit gehöriger Aufmerksamkeit, aber geringer Anteilnahme an. Bis er auf das Bild von René Dalmann stieß.

»Am Strand« hieß es und zeigte einen Felsbrocken, Sandstrand und Meer, und auf dem Felsbrocken ein Mädchen beim Handstand, nackt und schön, aber das eine Bein war aus Holz, nicht ein Holzbein, sondern ein perfektes, holzgemasertes Frauenbein. Nein, weder erkannte er im Mädchen beim Handstand das Mädchen mit der Eidechse wieder, noch konnte er sagen, es handele sich um denselben Felsen, denselben Strand und dasselbe Meer. Aber alles erinnerte ihn so stark an das Bild zu Hause, daß er am Ausgang eine Postkarte kaufte und, wenn er mehr Geld gehabt hätte, einen Band über René Dalmann gekauft hätte. Als er zu Hause verglich, fielen ihm die Unterschiede zwischen Bild und Postkarte deutlich ins Auge. Und doch war da etwas, das beide verband – war es nur in seinem betrachtenden Auge oder in den Bildern selbst?

»Was hast du da?« Sein Vater kam ins Zimmer und faßte nach der Postkarte.

Der Junge wich aus und ließ den Vater ins Leere greifen. »Wer hat das Bild gemalt?«

Der Blick des Vaters wurde vorsichtig. Er hatte getrunken, und es war dieselbe Vorsicht, mit der er auf die Ablehnung und Verachtung reagierte, die Frau und Sohn ihm im Suff offen zeigten. Angst hatten sie vor ihm schon lange nicht mehr. »Ich weiß nicht – warum?«

»Warum haben wir das Bild nicht verkauft, wenn es wertvoll ist?«

»Verkauft? Wir können das Bild nicht verkaufen!« Der Vater stellte sich vor das Bild, als müsse er es vor dem Sohn schützen.

»Warum können wir nicht?«

»Dann haben wir nichts mehr. Und du kriegst nichts, wenn ich nicht mehr bin. Für dich behalten wir das Bild, für dich.« Der Vater, glücklich über das Argument, das dem Sohn einleuchten mußte, wiederholte es noch mal und noch mal. »Mutter und ich legen uns quer, damit du eines Tags das Bild kriegst. Und was kriege ich von dir? Undank, nichts als Undank.«

Der Junge ließ den weinerlichen Vater stehen und vergaß den Vorfall, das Bild im Museum und René Dalmann. Er nahm zu dem Job im Lager der Traktorenfabrik noch einen weiteren als Kellner an, arbeitete, bis das Semester anfing, und ging dann zum Studium so weit weg, wie er nur konnte. Die Stadt an der Ostsee war häßlich und die Universität mäßig. Aber nichts erinnerte ihn an seine Heimatstadt im Süden, und in den ersten Wochen des Studiums stellte er erleichtert fest, daß ihm in seinen juristischen Vorlesungen, in der Mensa oder auf den Gängen niemand begegnete, den er kannte. Er konnte ganz neu anfangen.

Auf der Reise hatte er Station gemacht. Er hatte nur ein paar Stunden, um durch die Stadt am Fluß zu laufen. Daß er sich vor dem Museum fand, war wieder Zufall. Im Museum überließ er sich nicht dem Zufall, sondern fragte sofort nach Bildern von René Dalmann und fand zwei. »Nach dem Krieg die Ordnung« war eineinhalb auf zwei Meter hoch und zeigte eine auf dem Boden sitzende Frau mit vorgebeugtem Kopf, angewinkelten Beinen und aufgestütztem linken Arm. Mit der rechten Hand schob sie sich eine Schublade in den Unterleib, und auch ihre Brust und ihr Bauch waren Schubladen, die eine mit den Brustwarzen und die andere mit dem Nabel als Griffen. Die Brust- und die Bauchschublade waren leicht herausgezogen und leer, in der Unterleibschublade lag verrenkt und verstümmelt ein toter Soldat. Das andere hieß »Selbstbildnis als Frau« und zeigte den Oberkörper eines lachenden jungen Mannes mit kahlem Schädel; unter seiner hochgeschlossenen schwarzen Jacke zeichneten sich Brüste ab, und mit der linken Hand hielt er eine Perücke mit blonden Locken hoch.

Diesmal kaufte er ein Buch über René Dalmann und las auf der Zugreise über die Kindheit und Jugend des 1894 in Straßburg geborenen Künstlers. Die Eltern, ein von Leipzig nach Straßburg gezogener Textilkaufmann und seine zwanzig Jahre jüngere elsässische Frau, hatten sich eine Tochter gewünscht; sie hatten bereits zwei Söhne, und eine drittgeborene Tochter war zwei Jahre zuvor gestorben, nachdem der Vater sie auf einen winterlichen Ausritt mitgenommen und sie sich eine Lungenentzündung geholt hatte. René wuchs im Schatten dieser toten Schwester auf, bis 1902 die ersehnte zweite Tochter kam – Befreiung und Kränkung zugleich. Er zeichnete und malte früh, kam in der Schule nicht mit und bewarb sich mit sechzehn Jahren erfolgreich auf der Kunstakademie in Karlsruhe.

Dann war die Reise zu Ende. Er fand ein Zimmer, eine Mansarde mit Kohleofen und kleinem Fenster, das Klo mit winzigem Waschbecken einen halben Stock tiefer im Treppenhaus. Aber er war für sich. Er richtete sich ein und räumte das Buch über René Dalmann mit den mitgebrachten Lieblingsbüchern unten ins Regal. Oben sollte Platz für die neuen Bücher, das neue Leben sein. Nichts, was ihm teuer war, hatte er zu Hause gelassen.

7

Sein Vater starb im dritten Jahr seines Studiums. Er war, wie in den letzten Jahren immer öfter, zum Trinken in die Kneipe gegangen, war betrunken auf dem Heimweg gestolpert, die Böschung hinabgestürzt, liegengeblieben und erfroren. Die Teilnahme an der Beerdigung war nach der Abreise ins Studium der erste Besuch zu Hause. Es war Januar, der Wind war schneidend kalt, auf dem Weg von der Friedhofskapelle zum Grab waren die Pfützen gefroren, und nachdem die Mutter gerutscht und beinahe gefallen war, ließ sie ihren Sohn ihren Arm nehmen, was sie davor abgelehnt hatte. Sie hatte ihm nicht verzeihen wollen, daß er sie so lange nicht besucht hatte.

Zu Hause hatte sie für die paar Nachbarn, die sie auf den Friedhof begleitet hatten, belegte Brote und Tee gerichtet. Als sie merkte, daß Gäste nach Alkoholischem Ausschau hielten, stand sie auf. »Wer gekränkt ist, weil ich ihm kein Bier anbiete oder keinen Schnaps, kann auf der Stelle gehen. In dieser Wohnung ist genug getrunken worden.«

Am Abend gingen Mutter und Sohn ins Arbeitszimmer des Vaters. »Ich glaube, es sind alles juristische Bücher. Willst du sie haben? Kannst du sie brauchen? Was du nicht nimmst, schmeiße ich weg.« Sie ließ ihn allein. Er schaute die Bibliothek an, um die sein Vater soviel Aufhebens gemacht hatte. Bücher, die es schon lange in neuen Auflagen gab, Zeitschriften, deren Bezug vor Jahren eingestellt worden war. Das einzige Bild war das vom Mädchen mit der Eidechse; anders als in der alten Wohnung, wo es die große Wand über der Couch für sich gehabt hatte, hing es zwischen Regalen und beherrschte doch den ganzen Raum. Er stieß mit dem Kopf fast an die tiefe Decke, sah auf das Mädchen herab und erinnerte sich, wie er ihm Auge in Auge gegenübergestanden hatte. Er dachte an die Weihnachtsbäume, die früher groß waren und heute klein sind. Aber dann dachte er, daß das Bild nicht kleiner geworden war, nichts von seiner Kraft verloren hatte, ihn nicht weniger bannte. Und er dachte an das kleine Mädchen in dem Haus, in dem er unter dem Dach wohnte, und wurde rot. »Prinzessin« nannte er sie, und sie flirteten miteinander, und wenn sie ihn fragte, ob er ihr nicht seine Mansarde zeigen wolle, bot er seine ganze Willensstärke auf und sagte nein. Sie fragte in aller Unschuld. Aber weil sie kriegen wollte, was er nicht geben wollte, bot sie eine solche Koketterie, eine solche Verführung in Haltung und Blick und Stimme auf, daß er die Unschuld schier vergaß.

»Ich will Vaters Bücher nicht. Aber ich rufe morgen einen Antiquar an. Er wird dir ein paar hundert Mark oder einen Tausender zahlen.« Er setzte sich in der Küche zu seiner Mutter an den Tisch. »Was hast du mit dem Bild vor?«

Sie faltete die Zeitung zusammen, die sie gelesen hatte. Immer noch waren ihre Bewegungen nervös und fahrig und hatten darin etwas Jugendliches. Sie war nicht mehr schlank, sondern dürr, und die Haut spannte über den Knochen des Gesichts und der Hände. Ihr Haar war fast weiß.

Er war plötzlich voller Mitleid und Zärtlichkeit. »Was hast du mit dir vor?« Er fragte sanft und wollte seine Hand auf ihre legen, aber sie zog sie fort.

»Ich werde hier ausziehen. Am Hang haben sie ein paar Terrassenhäuser gebaut, und ich habe eine Einzimmerwohnung gekauft. Mehr als ein Zimmer brauche ich nicht.«

»Gekauft?«

Sie schaute ihn feindselig an. »Ich habe Vaters Rente und meinen Verdienst in eine gemeinsame Kasse getan, und was er fürs Trinken genommen hat, habe ich für mich genommen. Ist da was gegen zu sagen?«

»Nein.« Er lachte. »In zehn Jahren hat Vater eine Wohnung vertrunken?«

Die Mutter lachte mit. »Nicht ganz. Aber mehr als den Bausparvertrag, mit dem ich die Wohnung bezahlt habe.«

Er zögerte. »Warum bist du bei Vater geblieben?«

»Was für eine Frage.« Sie schüttelte den Kopf. »Eine Weile kannst du wählen. Willst du dies tun oder das, mit diesem Menschen leben oder jenem. Aber eines Tages sind diese Tätigkeit und jener Mensch dein Leben geworden, und warum du bei deinem Leben bleibst, ist eine ziemlich dumme Frage. Aber du hast nach dem Bild gefragt. Nichts habe ich mit ihm vor. Du nimmst es mit oder bringst es zur Bank, wenn die so große Schließfächer hat.«

»Sagst du mir, was es mit dem Bild auf sich hat?«

»Ach, Kind...« Sie sah ihn traurig an. »Ich mag nicht. Ich glaube, Vater war stolz auf das Bild, bis zum Schluß.« Sie lächelte müde. »Er hätte dich so gerne besucht und gesehen, wie es dir mit dem juristischen Studium geht, aber er hat sich nicht getraut. Du hast uns nie eingeladen. Weißt du, ihr Kinder seid nicht weniger grausam, als wir Eltern es waren. Selbstgerechter seid ihr, das ist alles.«

Er wollte protestieren, wußte aber nicht, ob sie nicht recht hatte. »Es tut mir leid«, sagte er ausweichend.

Sie stand auf. »Schlaf gut, mein Junge. Ich bin morgen früh um sieben aus dem Haus. Wenn du ausgeschlafen hast und abreist, vergiß das Bild nicht.«

8

In seiner Mansarde hängte er das Bild übers Bett. Das Bett stand links an der Wand, rechts standen Schrank und Regal und vorne, unter der Dachluke, der Schreibtisch.

»Ich sehe ihr ähnlich. Wer ist sie?« Die ihn fragte, war

eine Studentin, die ihm seit dem ersten Semester gefallen hatte. Wegen ihrer Ähnlichkeit mit dem Mädchen? Er war sich dessen nicht bewußt gewesen.

»Ich weiß nicht, wer sie ist. Ob sie überhaupt jemand ist.« Er wollte fortfahren: »Du bist auf jeden Fall schöner.« Aber dann wollte er das Mädchen mit der Eidechse nicht verraten. Kann man ein Mädchen auf einem Bild verraten?

»Was denkst du?«

»Daß du schön bist.«

Sie war sehr schön. Er lag rücklings auf dem Bett, sie bäuchlings auf ihm. Die Arme auf seiner Brust und das Kinn auf den Armen sah sie ihn ruhig an. Oder sah sie über ihn hinweg, durch ihn hindurch? Die dunklen Augen und Locken, die hohe Stirn, das frische Rot der Wangen, der Schwung der Nasenflügel und Lippen – sie war in ihrer Schönheit ganz ihm zugewandt und doch eigentümlich für sich. Oder bildete er es sich nur ein? Wurde ihm die Frau, die er liebte, weil er sie liebte, zum Bild? Zugleich zugewandt und unerreichbar?

»Wer ist der Maler?«

»Ich weiß nicht.«

»Er muß sein Bild signiert haben.« Sie richtete sich auf und schaute den unteren Bildrand genau an. Dann sah sie ihn an. »Das ist ja ein Original!«

»Ja.«

»Weißt du, was es wert ist?«

»Nein.«

»Vielleicht ist es wertvoll. Von wem hast du's?«

Er dachte an das Gespräch mit dem Vater vor vielen Jahren. »Komm her!« Er breitete die Arme aus. »Ich will nicht wissen, ob es wertvoll ist. Wenn ich es gewußt und dir gesagt hätte und du es jetzt wüßtest, müßte ich mich immer fragen, ob du mich nur wegen meines Bilds liebst.«

Sie kam in seine Arme. »Sei nicht albern. Wenn es wertvoll ist, kannst du es nicht hier behalten. Hier ist es im Sommer zu heiß und im Winter zu kalt, und außerdem setzt dein komischer Ofen eines Tages das Dach und das Haus in Brand, und du kannst vielleicht aufs Nachbardach flüchten, aber das Bild verbrennt. Ein wertvolles Bild braucht gleichmäßige Temperaturen und gleichmäßige Luftfeuchtigkeit und was weiß ich. Und weil du es nicht hierbehalten kannst, kannst du es auch gleich verkaufen. Du arbeitest und arbeitest und leistest dir nichts, weil du kein Geld hast. Das macht doch keinen Sinn.«

Er erzählte von seinem neuen Job und lenkte sie ab. Aber als sie ging, fragte sie: »Weißt du, was?«

»Was?«

»Mein Bruder studiert Kunstgeschichte. Er sollte das Bild anschauen.«

Er ließ es nicht dazu kommen. Als sie ihn das nächste Mal besuchte, hatte er das Bild unters Bett geschoben und sagte, seine Mutter habe es wiederhaben wollen. Sie redete dennoch mit ihrem Bruder, dem kein ähnliches Bild und kein passender Maler, aber die Zeitschrift »Lézard violet« einfiel, begründet in Paris im Übergang vom Dadaismus zum Surrealismus und zwischen 1924 und 1930 in zehn Heften erschienen. Dann vergaß sie das Bild.

Immer wenn sie gegangen war, hängte er es wieder übers Bett. Am Anfang war es ein Spiel; er nahm das Bild mit einem Lächeln ab und hängte es mit einem Lächeln auf, verabschiedete sich vom Mädchen und begrüßte es mit einer scherzenden Bemerkung. Dann wurde ihm lästig, daß er das Bild abnehmen mußte, weil die andere kam, und dann, daß sie kam. Wenn sie zusammen geschlafen hatten und beieinander lagen, wartete er darauf, daß sie gehen, er das Bild wieder aufhängen und sein Leben wieder aufnehmen würde.

Schließlich verließ sie ihn. »Ich weiß nicht, was in deinem Kopf und in deinem Herzen vorgeht.« Sie tippte zuerst auf seine Stirn und dann auf seine Brust. »Irgendeinen Platz werde ich darin wohl haben. Aber er ist mir zu klein.«

9

Er litt stärker, als er erwartet hatte. Manchmal ärgerte er sich – vielleicht wäre ohne das Bild alles anders und besser gekommen. Aber der Ärger verband ihn auch mit dem Bild. Er sprach mit dem Mädchen. Daß er ohne sie besser dran wäre. Daß sie ihm ganz schön was eingebrockt habe. Daß sie ihn jetzt ruhig freundlicher anschauen könne. Ob sie stolz darauf sei, die Nebenbuhlerin erfolgreich aus dem Feld geschlagen zu haben? Sie brauche sich nichts einzubilden.

Eines Abends nahm er das Buch über René Dalmann und las weiter. Nach Abschluß der Kunstakademie lebte der junge Künstler im Haus einer reichen Karlsruher Witwe, die ihm ein Atelier eingerichtet hatte. Das war in der biederen Residenzstadt ein Skandal, den beide nach Auskunft des Biographen mehr genossen als ihre schwierige Beziehung. Er versuchte sich als Porträtmaler zu etablieren, und seine ersten Porträts waren konventionell, bis er, eines skandalösen Lebens beschuldigt, auch skandalöse Porträts zu malen begann, den Beamtenschädel des Präsidenten des Karlsruher Oberlandesgerichts, als sei er aus Holz geschnitzt, und seinen Sohn, einen schneidigen Leutnant, mit Epauletten, Fangschnüren und Säbel im Gesicht. Der Oberlandesgerichtspräsident strengte einen Prozeß an, dem René Dalmann sich durch Abreise in die Bretagne entzog, wo der Familie seiner Mutter, deren größter Teil das Elsaß 1871 verlassen hatte, ein Haus gehörte. Hier, wo er mit Eltern und Geschwistern viele Ferien verbracht hatte, blieb er bis zum Ausbruch des Krieges, den er als freiwilliger französischer Sanitätssoldat verbrachte. Es waren seine Jahre der Skizze; zu anderem reichten weder Zeit noch Mittel. Neben verwundeten, verstümmelten und sterbenden Soldaten tauchten religiöse Motive auf, Adam und Eva, als seien sie ein Brautpaar, das sich in das Paradies der Schlachtfelder verirrt hat, und die Heilung eines verkrüppelten Soldaten durch einen verkrüppelten Christus. Nach Kriegsende lebte er in Paris und verbrachte viel Zeit im Café Certá, ohne zu den Dadaisten zu gehören, und mit André Breton, dem er in die kommunistische Partei folgte, von dem er sich aber nicht bei den Surrealisten organisieren ließ. Er hielt sich abseits, bis er mit ein paar Freunden den »Lézard violet« gründete. René Magritte schrieb darin über Malen als Denken, Salvador Dali über den Schnitt in das Auge des Mädchens, und von Max Beckmann druckte die Zeitschrift ohne dessen Erlaubnis eine englische Übersetzung eines kleinen, bei der Hochzeitsreise entstandenen

Essays über Kollektivismus. René Dalmann selbst schrieb über die Befreiung der Phantasie von der Willkür und gestaltete die Zeitschrift graphisch.

Das alles fand er nur mäßig interessant. Bis er nicht mehr las, sondern blätterte. Am Ende des Buches gab es ein paar Seiten mit den Lebensdaten René Dalmanns, eine Bibliographie mit Werken von ihm und über ihn und ein Verzeichnis seiner Ausstellungen. 1933 war die Ausstellung »Est-ce qu'il y a un surréalisme allemand?« in der Galerie Colle in Paris verzeichnet und vermerkt, daß der Katalogeinband »Die Echse und das Mädchen« von René Dalmann zeigte. Die Echse und das Mädchen.

Am nächsten Morgen ging er in das Kunsthistorische Institut der Universität und suchte vergebens nach einem Exemplar des Katalogs von 1933. Er versäumte seine Vorlesungen, entschuldigte sich in dem Restaurant, in dem er mittags als Kellner arbeiten sollte, mit einer Grippe und fuhr in die Stadt, in der er seinerzeit das Nachkriegsbild und das Selbstbildnis von René Dalmann gesehen und das Buch über ihn gekauft hatte. Auch hier gab es eine Universität und ein Kunsthistorisches Institut, aber auch hier fehlte der Katalog. Inzwischen war er in einem Zustand fiebriger Aufgeregtheit. Die Bibliothekarin merkte es und fragte ihn, was sei. Er erklärte, daß er auf der Suche nach René Dalmanns »Die Echse und das Mädchen« sei und den Katalog, auf dessen Einband das Bild wiedergegeben sei, nicht finde. Wo das nächste Kunsthistorische Institut sei.

»Warum muß es die Wiedergabe auf dem Katalog sein?«

Er schaute sie verständnislos an.

»Vermutlich hat schon er selbst sein Bild fotografiert,

dann sein Galerist, die Presse, das Museum, in dem es hängt.«

»Sie meinen, es hängt in einem Museum? Wo?«

»Wir haben ein Bildarchiv. Kommen Sie!«

Er folgte ihr über einen Korridor in einen Raum mit Projektor und Kartons, an denen Schildchen mit Namen klebten. Er wurde ruhiger. Er registrierte sogar, daß die Bibliothekarin eine hübsche Figur und einen leichten Gang hatte und ihn mit munteren, seine Aufgeregtheit freundlich verspottenden Augen ansah. Sie holte einen Karton aus dem Regal, studierte eine Liste, die in die Innenseite des Deckels geklebt war, griff ein Dia, fast postkartengroß und in schwarze Folie gefaßt, und steckte es in den Projektor. »Machen Sie das Licht aus?«

Er fand den Schalter und machte dunkel. Sie schaltete den Projektor ein.

»Mein Gott«, sagte er. Es war sein Bild. Das Mädchen, der Strand, der Felsen. Aber von links lehnte nicht das Mädchen ins Bild, sondern eine riesige Eidechse, und auf dem Fels sonnte sich nicht eine Eidechse, sondern ein winziges Mädchen, allerliebst mit dunklen Locken und blassem Gesicht, hellem Mieder und dunklem Rock. Es lag auf der Seite, den Kopf auf den Armen, halb verspieltes Kind und halb verführerisches Weib.

10

»In welchem Museum hängt das Bild?«

»Das müssen wir vorne schauen.« Die Bibliothekarin

schaltete den Projektor aus, räumte das Dia zurück und ging wieder in den Raum mit den Büchern. Er sah ihr zu, wie sie den einen und anderen Band aus den Regalen holte und darin blätterte. »Werde ich dafür wenigstens zum Essen eingeladen?« Sie blätterte weiter. »Oh!«

»Was ist?«

»Das Bild hängt in keinem Museum. Es ist verschollen. Verschollen und vielleicht zerstört. Letztmals war es 1937 auf der Ausstellung ›Entartete Kunst‹ in München zu sehen.« Er schaute verständnislos.

»Es wurde in Gruppe fünf ausgestellt. Dazu hieß es: ›Pornographie braucht keine Nacktheit, und Entartung braucht keine handwerkliche Verzerrung. Mit perfektem Pinselstrich kann der Jude den deutschen Unternehmer als kapitalistischen Wüstling und das deutsche Mädchen als seine lüsterne Dirne darstellen. Das Schweinische und die marxistische, klassenkämpferische Tendenz gehen für den Juden Hand in Hand. Wenn man daran denkt, daß auch deutsche Mütter und Frauen diese Schau besuchen...‹ Soll ich weiterlesen?«

»Gibt es von René Dalmann auch ein Bild ›Das Mädchen mit der Eidechse‹?«

Sie blätterte. »Wie steht's mit dem Essen?«

»Wann sind Sie hier fertig?«

»Um vier.«

»Da gibt's noch kein Essen.«

»Und hier gibt es kein Mädchen mit Eidechse. Sind Sie sicher, daß das Bild so heißt?«

»Nein.« Sein Vater und seine Mutter hatten das Bild so genannt und dann auch er selbst. René Dalmann mochte es sonstwie genannt haben. »Aber es zeigt ein Mädchen und eine Eidechse, die Umkehrung dessen, was wir gerade gesehen haben.«

»Interessant. Wo haben Sie es gesehen?«

»Ach, ich weiß nicht mehr.« Er hatte nicht aufgepaßt, hatte sich zu weit vorgewagt. Hatte mehr gefragt, als er hätte fragen sollen. Zum Glück hatte er nicht seinen Namen genannt. Er würde verschwinden, ohne eine Spur zu hinterlassen.

Sie sah ihm beim Denken zu. »Was ist mit Ihnen los?«

»Ich muß jetzt weg. Um vier warte ich unten auf Sie, ja?«

Er stürzte aus dem Institut, und die komische Figur, die er machte, war ihm egal. Aber als er auf einer Bank an dem See in der Mitte der Stadt saß, wurde ihm klar, wie viel er nicht wußte und in Erfahrung bringen mußte. Also stand er um vier Uhr unten am Eingang des Kunsthistorischen Instituts. Sie kam die Treppe herunter und sah ihn wieder mit freundlichem Spott an.

»Eidechsen sind scheue Tiere.«

»Ich glaube, ich muß einiges erklären. Wollen wir uns an den See in die Sonne setzen?«

Auf dem Weg begann er zu erzählen. Er arbeite als Jurastudent nebenher in der Kanzlei eines Anwalts, der besonders mit Erbschaftsangelegenheiten zu tun habe, den Streitigkeiten zwischen Erben, dem Auffinden von Erben, dem Schätzen von Erbschaften. In dem Haushalt eines verstorbenen Amerikaners sei ein Bild aufgetaucht, ohne Expertise, ohne Signatur, vielleicht völlig wertlos, vielleicht aber auch wertvoll, und er solle herausfinden, was es mit dem Bild auf sich habe.

»Ein Amerikaner?«

Er hatte seine Jacke ausgebreitet, und sie saßen auf dem Rasen am See. »Ein nach Amerika ausgewanderter Deutscher, dessen Erben wir in Deutschland suchen.«

»Sie haben eine Reproduktion des Bilds?«

»Nicht bei mir. Ich habe das Bild inzwischen hinlänglich im Kopf.« Er beschrieb es.

»He«, sie sah ihn von der Seite an, »Sie sind ja richtig verliebt in das Bild.«

Er wurde rot, wandte den Kopf und tat, als sehe er einem Segelboot nach.

»Macht doch nichts. Wenn es ein Dalmann ist – er ist schon toll. Haben Sie seine Bilder in unserem Museum gesehen?« Und sie lenkte das Gespräch aufs Museum und auf die Stadt und auf das Leben in der Stadt und darauf, wo sie herkamen und wo sie im Leben hinwollten. Er machte Versuche, seine Fragen zu stellen; wie man den Maler eines Bilds herausfinde, das Schicksal eines Bilds, dessen wahren Eigentümer. Sie griff die Fragen auf, sorgte aber dafür, daß sie ihrem Gespräch bald wieder entglitten. Als die Sonne hinter den Häusern verschwand und es kühl wurde, machten sie einen Spaziergang um den See.

»Haben Sie einen Freund?« Er konnte sich nicht vorstellen, daß sie keinen hatte. Sie war lebhaft, gescheit, witzig und nicht nur hübsch, sondern hatte auch eine liebreizende Art, ihre blonden Haare aus dem Gesicht zu streichen und die Nase zu rümpfen.

»Wir haben uns vor drei Monaten getrennt. Und Sie?«

Er rechnete. »Vor vier.«

Sie aßen in einem Gasthaus zu Abend. Er merkte, wie er

sich verlieben wollte, wie er sich ihr mitteilen, ihr vertrauen wollte. Aber überall mußte er aufpassen und ausweichen. Wenn es um die Eltern ging, um die Freundin, die sich von ihm getrennt hatte, um die Frauen, die ihm gefielen, darum, wie er lebte. Er konnte sich nicht einlassen, wie er sich gerne eingelassen hätte. Ihm fiel ein, daß er sie, wenn sie sich in seiner Stadt begegnet wären und noch Lust hätten, zu ihm zu gehen, nicht in sein Zimmer bitten könnte. Da hing das Bild.

Sie begleitete ihn zum Bahnhof. Auf dem Bahnsteig schrieb sie ihm ihren Namen, ihre Adresse und ihre Telefonnummer auf. Er zögerte, notierte für sie dann aber seinen richtigen Namen und seine richtige Adresse.

»Du willst nicht Detektiv werden, oder?« Sie hatte wieder den freundlichen Spott in den Augen.

»Warum?«

»Nur so.« Sie legte ihm die Arme um den Hals und küßte ihn kurz auf den Mund. »Deine Fragen – man geht mit dem Bild zu Sotheby's oder Christie's. Oder wenn man, wie mein kleiner Detektiv, ein Buch über den Maler gelesen hat, guckt man, wer der Autor ist, und schreibt über den Verlag an ihn. Wenn man, ja wenn man nicht etwas zu verbergen hat, das niemand erfahren darf.«

»Gleich fährt der Zug ab.« Der Lautsprecher hatte das Schließen der Türen und die Abfahrt des Zugs angekündigt. Er stand schon im Zug.

»Verbergen ist anstrengend.«

Er konnte nur noch nicken. Die Türen waren zugefallen.

11

»Du hast ein schweres Schicksal vor dir«, sagte er zum Mädchen mit der Eidechse. »Sie wird immer größer, und du wirst immer kleiner, und am Ende mußt du ihr schöne Augen machen. Du, das Mädchen – einer Eidechse!« Er fuhr fort. »Oder hast du sie geküßt, damit sie sich in einen Prinzen verwandelt, und statt dessen hat sie sich vergrößert, und du hast dich verkleinert?« Er sah das Mädchen an, und ihm kam, was René Dalmann gemacht hatte, wie eine Gemeinheit vor, ein Sakrileg. »Bist du seine Schwester? Hat er dich gehaßt? Oder geliebt und gehaßt?«

Er ging aus dem Zimmer und in das Klo mit dem winzigen Waschbecken, über dem er ein winziges Brett für Zahnbürste, Rasierzeug, Kamm und Bürste angebracht hatte. Er schraubte die Klinge aus dem Apparat und ging ins Zimmer zurück. »Du wirst es nicht mögen. Aber ich muß es tun.« Entlang dem Rahmen schnitt er das Papier auf, mit dem die Rückseite des Bilds zugeklebt war. Er fand den dicken goldenen Rahmen auf einen anderen Rahmen geschraubt, über den die Leinwand gespannt war. Die Schrauben waren klein, und er löste sie mit dem Schraubenzieher, mit dem er Wackelkontakte reparierte. Er hatte Angst, der dicke goldene Rahmen würde an der Leinwand festkleben. Aber er konnte ihn mit Leichtigkeit abnehmen.

Er lehnte das Bild neben dem Bett an die Wand und setzte sich davor auf den Boden. Daß in der rechten unteren Ecke »Dalmann« stand, in kindlicher Schreibschrift, das D mit schwungvoll endendem Bogen, ein bißchen schräg, wunderte ihn nicht mehr. Er wäre erstaunt gewesen, wenn er keinen oder einen anderen Namen gefunden hätte. Was ihn wunderte, war der neue Eindruck, den das Bild mit den zusätzlichen, vom Rahmen bisher verdeckten Zentimetern machte. Das zusätzliche Stück Himmel über dem Kopf des Mädchens, sein Ellbogen, dessen Spitze nicht mehr vom Rahmen verschluckt wurde, der in Gänze sichtbare Leib der Eidechse – auf einmal machte das Bild Brust und Kopf frei, so wie man am Meer frei atmet, wenn man den Wind spürt und das Wasser riecht.

»Hat mein Vater dich eingesperrt? Oder schon der, dem das Bild davor gehörte und vielleicht noch gehört? Und wer ist oder war das?« Er untersuchte den Rahmen und fand das Etikett einer Kunsthandlung in Straßburg.

Auf der Zugfahrt in seine Heimatstadt las er die Biographie über René Dalmann zu Ende. 1930 folgte er Lydia Diakonow von Paris nach Berlin. Sie war Kabarettistin, Tochter eines zum orthodoxen Glauben konvertierten jüdischen Arztes, ein Wesen von geschmeidiger, rätselvoller Schönheit. Sie war Dalmanns Eidechse, seine Dechse und Echse, sein Dechslein und Echslein. Er schrieb ihr Briefe von nicht nachlassender Zärtlichkeit. Da er akzentfrei deutsch sprach und wegen seines deutschen Namens wurde er sofort als deutscher Künstler wahr- und aufgenommen; im Kronprinzenpalais widmete Ludwig Justi ihm einen der kleinen Räume. 1933, als sein Straßenzotentotentanz in der Karlsruher Ausstellung »Regierungskunst 1918–1933« gezeigt wurde, machte René Dalmann sich noch öffentlich lustig. Deutsche Regierungskunst? Er hatte die Serie 1928 in Paris gemalt. Aber dann schloß Eberhard Hanfstaengel den Dalmann-Raum, und Lydias Kabarett wurde eines Abends von der SA kurz und klein geschlagen. 1937, noch vor der Eröffnung der Münchner Ausstellung »Entartete Kunst«, verließen die inzwischen verheirateten René und Lydia Dalmann Deutschland und zogen nach Straßburg. Trotz seiner französischen Staatsangehörigkeit zählte man ihn weiterhin zu den deutschen Künstlern. 1938 wurde er in London auf der Ausstellung »Twentieth Century German Art« gezeigt. In Amsterdam und Paris wurden Bilder von ihm ausgestellt, die die deutschen Behörden beschlagnahmt und zum Verkauf freigegeben hatten und die von René Dalmann wohlgesinnten Händlern und Sammlern gekauft worden waren.

Nach dem Einmarsch der Deutschen in Straßburg verliert sich von René und Lydia Dalmann jede Spur. Ob sie in Straßburg geblieben, ins unbesetzte Frankreich geflohen oder über Portugal in die USA ausgewandert sind – der Biograph verzeichnete getreulich, was für und gegen jede dieser Möglichkeiten sprach, und blieb den Bescheid schuldig. Sie müßten, was immer sie getan haben, unter neuem Namen getan haben. 1946 gab es in New York die Ausstellung eines Ron Valomme mit Bildern, die in der Malweise den neuen Wilden vorgriffen, aber in den Inhalten dem dadaistisch-surrealistischen Themenkreis verpflichtet waren. War, wie manche Kritiker mutmaßten, Ron Valomme identisch mit René Dalmann? Auch von Ron Valomme gab es keine verläßliche Spur.

Zu der Terrassenwohnung, in der seine Mutter lebte, hatte er keinen Schlüssel. Er setzte sich auf die Eingangsstufe, sah auf den kopfsteingepflasterten Weg, der zu den Wohnungen und Garagen führte, das immergrüne Gestrüpp, mit dem der Abhang bepflanzt war, und die Rosen neben der Eingangstür, mit denen seine Mutter gegen die sterile Atmosphäre der Anlage kämpfte. Er dachte über seinen Vater nach. Er merkte, daß er nichts von ihm wußte, nichts von seinen in den Bomben des Krieges gestorbenen Eltern, von seiner Ausbildung, von seinen Tätigkeiten vor und im Krieg und nichts von seiner Karriere danach.

12

»Was hat Vater im Krieg gemacht?« Er saß mit seiner Mutter auf der Terrasse. Sie war von der Arbeit gekommen und hatte Tee gemacht. Ihr Blick ging über die Dächer ins Land.

Sie seufzte. »Jetzt geht das los.«

»Nichts geht los. Was soll ich meinen toten Vater anklagen und verurteilen. Ich will wissen, wie Vater zu einem Bild von René Dalmann kommt, von dem ich nicht genau weiß, wieviel es wert ist, aber hunderttausend werden es schon sein. Ich will wissen, warum er um das Bild ein solches Geheimnis gemacht hat.«

»Weil er Angst hatte, daß man ihm das Bild streitig macht. Er war Kriegsgerichtsrat in Straßburg, fand heraus, daß die Leute, bei denen er einquartiert war, Juden mit falschen Papieren waren, und half ihnen. Zum Dank bekam er von ihnen das Bild.«

»Was war Vaters Problem?«

»Nach dem Krieg waren der Maler und seine Frau verschwunden, und es gab Gerüchte. Vater hat Angst gehabt, wenn er sich mit dem Bild zeigt, gerät er in ein schiefes Licht. Er konnte nicht beweisen, daß er es geschenkt bekommen hat.«

Er sah seine Mutter an. Sie saß neben ihm und schaute von ihm weg. »Mutter?«

»Ja?« Sie wandte ihm das Gesicht nicht zu.

»Warst du in Straßburg dabei? Hast du alles miterlebt, oder hat Vater es dir danach erzählt?«

»Was sollte ich mit ihm oder er mit mir im Krieg in Straßburg?«

»Hast du geglaubt, was Vater erzählt hat?«

Noch immer wandte sie sich ihm nicht zu. Er sah ihr Profil, das keine Irritation, keinen Ärger, keine Traurigkeit verriet. »Als er 1948 aus französischer Gefangenschaft kam und wir uns wiedersahen, hatte ich anderes zu tun, als mich um seine Geschichten vom Krieg zu kümmern. Was haben die Leute damals Geschichten aus dem Krieg mitgebracht!«

»Wenn du ihm geglaubt hast – warum hast du früher immer vom ›Judenmädchen‹ geredet?«

»Daran erinnerst du dich?«

Er antwortete nicht. »Warum?«

»Ich habe gedacht, das Mädchen sei die Tochter des Malers, und es waren eben Juden.«

»Das erklärt deinen Hohn nicht.« Er schüttelte den Kopf. »Nein, du hast Vater nicht geglaubt. Du hast ihm seine Geschichte von der Hilfe für die Juden nicht abgenommen. Oder du hast gedacht, daß es nicht die ganze Geschichte war und daß er was mit dem Mädchen gehabt hat.

Hat er sie erpreßt? Hat er sie gezwungen, was mit ihm zu haben? Du weißt, daß sie die Frau des Malers war?«

Sie sagte nichts.

»Warum hat Vater seine Stelle als Richter verloren?« Er sah zu ihr hinüber. Sie hatte das Kinn vorgeschoben und die Lippen aufgeworfen, und er sah, daß sie seine Frage ablehnte. »Ist es besser, wenn ich seine damaligen Vorgesetzten und Kollegen frage? Ich finde gewiß einen, der versteht, daß ich als künftiger Jurist wissen will, was war.«

»Er war eben Kriegsrichter. Er mußte streng sein. Er mußte hart sein. Meinst du, so macht man sich Freunde?«

»Nein, aber so hat man sich noch nicht für eine Tätigkeit als Richter nach dem Krieg disqualifiziert.«

»Ihm wurde etwas vorgeworfen, das zwar nicht stimmte, das aber so schlecht klang, daß er sich dem nicht aussetzen wollte. Und dich nicht und mich nicht.«

Er sah sie an.

»Er soll einen Offizier zum Tod verurteilt haben, der Juden dem Zugriff der Polizei entzogen hat. Wenn du meinst, du müssest alles wissen – einen Offizier, mit dem er befreundet gewesen sein und den er selbst angezeigt haben soll.«

»Wer immer den Vorwurf erhoben hat, wird Zeugen oder Akten oder Berichte gefunden haben. Kam die Sache groß in die Presse?«

»In die überregionale, nicht in die hiesige. Hier hat man dafür gesorgt, daß die Angelegenheit rasch aus den Schlagzeilen verschwand.«

Er konnte die überregionalen Zeitungen von damals durchsehen und den Journalisten aufspüren, der die Vorwürfe erhoben hatte, und sein Material einsehen. Vielleicht konnte er auch feststellen, wo sein Vater in Straßburg gewohnt und wer damals noch in dem Haus gewohnt hatte. Gab es Listen mit den Juden, die von Straßburg in die Vernichtungslager transportiert wurden? Gab es Verwandte von René Dalmann, mit denen sich zu reden lohnte?

»Was hat Vater zu den Vorwürfen gesagt?« Aber kaum hatte er gefragt, wollte er es schon nicht mehr wissen.

»Daß er und der Offizier und noch ein weiterer Offizier vielen Juden geholfen hätten und daß der, den er zum Tod verurteilt hat, geopfert werden mußte, damit sie nicht alle und vor allem auch die gefährdeten Juden nicht dran glauben mußten. Und daß es überhaupt ein dummer Zufall war, daß er die Verhandlung führen und das Urteil fällen mußte.«

Er lachte. »Vater hat alles richtig gemacht? Die anderen haben es nur falsch verstanden?«

13

Seine Mutter bot ihm die Couch zum Schlafen an; sie liege wegen ihres schmerzenden Rückens ohnehin oft auf dem Boden. Aber er lehnte ab; ihm erschien unerträglich, auf der Couch zu schlafen, auf der sonst seine Mutter schlief, in ihrem Geruch und in den Kuhlen, die ihr Körper dort eingelegen hatte.

Als er nachts aufwachte, spürte er ihre Gegenwart dennoch so stark, als läge er auf der Couch. Er roch ihren Geruch und hörte ihren Atem. Er sah im Licht des Monds ihre

Kleider, ordentlich über Lehne, Sitz und Sprossen des Stuhls verteilt. Manchmal, wenn sie sich im Schlaf bewegte und an den Rand der Couch rutschte, fiel das Licht auf ihr Gesicht, und er sah ihr weißes Haar und ihre harten Züge. Er wußte, daß sie eine schöne Frau gewesen war; er hatte einmal eine Photographie gesehen, die sein Vater auf der Hochzeitsreise aufgenommen hatte, als sie ihm zwischen den Hecken eines Parks entgegenkam, in hellem Kleid, mit leichtem Gang und mit einem weichen, verwunderten, glücklichen Gesicht. Aber er erinnerte sich nicht, sie jemals so glücklich erlebt zu haben oder so weich, sei es zu ihm oder zu seinem Vater. War der Krieg schuld? Waren es die Ereignisse in Straßburg? Hatte sein Vater ihr oder auch anderen etwas angetan, das sie ihm nicht verzeihen konnte? Aber warum war sie auch zu ihm so hart gewesen? Weil er der Sohn seines Vaters war?

Dann überwältigte ihn Traurigkeit. Er hatte Mitleid mit seiner Mutter, seinem Vater und sich selbst, besonders sich selbst. Die Gegenwart seiner Mutter, ihre Kleider, ihr Atem, ihr Geruch waren ihm weiter unangenehm, und zugleich litt er darunter, daß sie ihm unangenehm waren. Warum hatte er aus seiner Kindheit keine Erinnerungen an mütterliche Zuwendung und Zärtlichkeit? Hätte er sie, dann könnte er in ihrem jetzigen Körper den damaligen erkennen und lieben.

Am Morgen gab sie ihm einen Ordner. Sein Vater hatte ihn angelegt. Er hatte die Zeitungsartikel zu seinem Fall gesammelt, ausgeschnitten, auf weiße Bogen geklebt, am oberen Rand mit Hinweisen auf die Quellen versehen und am rechten Rand mit Ausrufe- und Fragezeichen, die seine Zustimmung und Ablehnung ausdrückten. Meistens hatte er, was berichtet wurde, abgelehnt, manchmal hatte er es sogar korrigiert, wie man die Seiten eines Manuskripts korrigiert. So hatte er die falsche Angabe seines Alters durchgestrichen, den Strich am Rand verzeichnet und daneben das richtige Alter vermerkt. Er hatte die falsch berichtete Zeitspanne seiner Tätigkeit als Kriegsrichter in Straßburg, die falsch berichteten militärischen Ränge beteiligter Offiziere, den falsch berichteten Hergang der Einlegung und Ablehnung eines Gnadengesuchs und das falsch berichtete Datum der Hinrichtung des Offiziers korrigiert, den er zum Tod verurteilt hatte. Besonders viele Korrekturen fanden sich auf einem langen Artikel aus einer großen Zeitung. Dahinter fanden sich mehrere mit »Gegendarstellung« überschriebene Blätter, die der Vater auf der dem Sohn vertrauten Maschine getippt hatte. »Es ist nicht richtig, daß meine Tätigkeit als Kriegsrichter in Straßburg am 1. Juli 1943 begann. Richtig ist vielmehr...« So ging es weiter, Blatt um Blatt. »Es ist nicht richtig, daß ich das Vertrauen des Angeklagten betr. seiner Bemühungen, jüdische Menschen der Festnahme zu entziehen, erschlichen und mißbraucht habe. Richtig ist vielmehr, daß ich dem Angeklagten bei seinen Bemühungen nach meinen Kräften Hilfe geleistet, ihn vor drohenden Gefahren gewarnt und sowohl ihn als auch die jüdischen Menschen selbst dann noch zu schützen versucht habe, als mir selbst erhebliche Gefahren und die Verletzung wichtiger Pflichten drohten. Es ist nicht richtig, daß ich das Todesurteil aus eigennützigen Beweggründen und mit dem Vorsatz gefällt habe, das Recht zum Nachteil des Angeklagten zu beugen. Richtig ist vielmehr, daß ich angesichts der Beweis- und Rechtslage nicht anders handeln konnte, als den Angeklagten zum Tode zu verurteilen. Es ist nicht richtig, daß ich mich am Eigentum jüdischer Menschen rechtswidrig bereichert habe und insbesondere bewegliche Sachen, mit denen jüdische Menschen flohen oder zu fliehen planten, mir habe anvertrauen lassen, um sie mir rechtswidrig zuzueignen. Richtig ist vielmehr, daß ich weder die Befugnis, über jüdisches Vermögen zu verfügen, noch die Pflicht, jüdische Vermögensinteressen wahrzunehmen, hatte und daher weder jene Befugnis mißbrauchen noch diese Pflicht verletzen konnte. Es ist nicht richtig, daß ich …«

Die Mutter sah ihm beim Lesen zu. Er fragte sie: »Die Gegendarstellung – kennst du sie?«

»Ja.«

»Hat die Zeitung sie veröffentlicht? Hat Vater sie an die Zeitung geschickt?«

»Nein. Sein Anwalt wollte es nicht.«

»Wolltest du es?«

»Du glaubst doch nicht, daß Vater mich gefragt hat.«

»Aber wie fandst du, was er geschrieben hat? Wie hättest du gefunden, wenn es veröffentlicht worden wäre?«

»Wie ich es fand?« Sie zuckte die Schultern. »Er hat sich jeden Satz genau überlegt. Man hätte ihm aus keinem einzigen Wort einen Strick drehen können.«

»Er hat Paragraphen aus dem Strafgesetzbuch abgeschrieben. Er hat sie abgeschrieben, um zu zeigen, daß er nicht bestraft werden kann. Aber es liest sich entsetzlich. Es liest sich, als würde er alles zugeben, aber darauf bestehen, er habe sich damit nicht strafbar gemacht. Wie wenn du zugibst, daß du jemanden mit dem Essen vergiftet hast, aber darauf bestehst, daß du beim Kochen im übrigen den Anweisungen in Doktor Oetkers Schulkochbuch gefolgt bist – so liest es sich.«

Sie nahm den Ordner, schichtete die Blätter von links nach rechts, klemmte sie fest und schloß den Deckel. »Er war eben vorsichtig geworden. Im Krieg war es mehr drunter und drüber gegangen, als er für ein ganzes Leben brauchen konnte. Nach dem Krieg war er vorsichtig, auch deinet- und meinetwegen. Er war sogar vorsichtig, wenn er trank. Du kennst das, wenn Betrunkene Sachen nicht sagen sollten und auch nicht sagen wollen und dann doch sagen. Vater hat das nie gemacht.«

Sie klang, als sei sie stolz. Stolz, daß ihr Mann mit dem, was er ihr und anderen angetan hat, nicht auch noch angegeben hat. »Hat er dich für das, was er dir angetan hat, jemals um Verzeihung gebeten?«

»Mich um Verzeihung gebeten?« Sie schaute ihn ratlos an.

Er gab auf. Er begriff, daß sie ihm nichts vorenthielt, sondern nicht wußte, was er wissen wollte, nicht verstand, warum und worauf er insistierte. Sie wollte, daß er sie und ihren Mann in Ruhe ließ, wie sie ihn in Ruhe ließ. Die Stelle ihrer Seele, an der sie verwundet worden war, war verhärtet und mit ihr das weiche, glücks- und liebesfähige Gewebe ihrer Seele insgesamt. Es war verwachsenes Narbengewebe geworden. Vielleicht wäre damals, gleich oder bald nachdem sie verwundet worden war, der Schmerz zu heilen gewesen. Jetzt war es zu spät. Es war schon lange zu spät. Sie lebte schon so lange mit ihren Narben, Lügen, Vorsichten.

Dann kam ihm plötzlich ein Gedanke. Sie ließ ihn nicht erst jetzt in Ruhe. Soweit er zurückdenken konnte, hatte sie vor ihm Ruhe haben wollen und ihn in Ruhe gelassen. Als habe sie mit ihm eigentlich nichts zu tun. Als habe er sie einmal zu stark, zu tief beunruhigt. »Hat Vater dich, als du mich empfangen hast, vergewaltigt? War es, als er in Straßburg war und gemeine Sachen machte und was mit der Jüdin hatte? Kam er eines Nachts, und du wußtest von der anderen und wolltest nicht mit ihm schlafen, und er hat sich nicht darum geschert, was du wußtest und wolltest, und hat dich vergewaltigt? So bin ich in die Welt gekommen? Du hast es mir nie verziehen?«

Sie schüttelte den Kopf, wieder und wieder. Dann sah er, daß sie weinte. Zuerst saß sie starr und stumm, nur die Tränen rollten über die Wangen, hingen einen Moment am Kinn und tropften auf den Rock. Als sie die Hände hob und die Tränen aus dem Gesicht wischte, schluchzte sie auf.

Er stand auf, trat an ihren Stuhl und versuchte, sie zu umarmen. Sie saß starr und steif und nahm seine Umarmung nicht an. Er redete zu ihr, aber sie nahm auch seine Worte nicht an. Sie schwieg auch noch, als er sich verabschiedete.

14

Er fuhr zurück und nahm sein Leben wieder auf. Als die Bibliothekarin eines Tages schrieb, sie habe in seiner Stadt zu tun, traf er sie, ging mit ihr spazieren, essen und danach zu sich. Er hatte das Bild unters Bett geschoben.

Aber es ließ ihm keine Ruhe. Was, wenn sie zufällig unters Bett gucken und das Bild entdecken würde? Wenn Bettrost und Matratze hinunterbrächen? Das Bild würde zerstört und beim Aufräumen außerdem sichtbar werden. Was, wenn er im Schlaf mit dem Mädchen mit der Eidechse redete? Er tat es oft bei Tag. »Mädchen mit der Eidechse«, sagte er, »ich muß mich jetzt ans Lernen machen«, und er erzählte ihr, was er lernen mußte. Oder er fragte sie nach ihrer Meinung zu dem, was er anzog. Oder er schimpfte mit ihr, weil sie ihn morgens nicht rechtzeitig geweckt hatte. Oder er redete mit ihr über ihr Schicksal bei René Dalmann und seinem Vater. »Hat dein Maler dich meinem Vater geschenkt? Oder hat mein Vater deinen Maler um dich betrogen? Als dein Maler mit dir fliehen wollte? Warum gerade mit dir?« Immer wieder fragte er sie: »Was soll ich mit dir machen, Mädchen mit der Eidechse?«

Sollte er nach den Erben von Dalmann suchen und ihnen das Bild geben? Aber er hielt nichts vom Erben. Sollte er das Bild zu Geld machen und sich das Leben mit dem Geld einfacher machen? Oder Gutes tun? Schuldete er denen etwas, denen sein Vater unrecht getan hatte? Weil er vom Unrecht seines Vaters profitierte? Aber was profitierte er eigentlich? War, daß er das Mädchen mit der Eidechse anschauen und mit ihm reden konnte, ein Geschenk oder ein Verhängnis?

»Was ist aus deinem Bild geworden?«

Sie lagen auf seinem Bett und schauten sich an. »Ich bin nicht weitergekommen.« Er machte ein Gesicht, das ausdrücken sollte, daß es ihm ein bißchen schmerzlich, aber egal war. »Ich arbeite auch nicht mehr beim Anwalt.«

»Also gibt es jetzt vielleicht in Manhattan eine kleine Wohnung, deren Mieter gestorben ist, in der unerkannt das Bild eines der bekanntesten Maler dieses Jahrhunderts hängt? Der Mieter war arm und alt, und über seinen schmutzigen Tisch laufen die Schaben, an seinen Schuhen nagen die Ratten, auf seinem Bett schnarcht der Gangster, der in die Wohnung eingebrochen ist und sich in ihr eingenistet hat, und, bumm bumm, eines Tags bei einer Schießerei kriegt das Mädchen ein Loch in die Stirn, und die Eidechse verliert ihren Schwanz. Vielleicht war der alte Mann René Dalmann selbst?« Sie redete ein bißchen viel. Aber er hörte ihr gerne zu. »Das kannst du verantworten?«

»Was?«

»Daß alles im dunkeln bleibt?«

»Wer's wissen will, kann doch zu Sotheby's oder Christie's gehen oder zu einem von denen, die über René Dalmann Bücher geschrieben haben.«

Sie kuschelte sich an ihn. »Du hast ja was gelernt. Hast du was gelernt?«

Er wollte nicht einschlafen. Er wollte nicht im Schlaf reden. Er wollte nicht, daß sie wach würde, aufs Klo ginge, unter dem Bett ihre Schuhe suchte und das Bild fände. Er wollte nicht ... Aber dann schlief er doch ein und wachte auf, als es hell war, sie vom Klo kam und ins Bett hüpfte, daß er Angst hatte. Aber Rost und Matratze brachen nicht durch.

»Ich muß den Zug um 7.44 Uhr kriegen, damit ich um 9.00 Uhr im Institut bin.«

»Ich bringe dich hin.«

Als er einen Blick zurückwarf, ehe er die Tür zumachte und abschloß, störte ihn sein Zimmer. Das war nicht seines. Sie hatte in seinen Büchern gewühlt, sie hatte ihre Tage und sein Bett blutig gemacht, sie hatte beim Spaziergang am Strand eine verrostete alte Briefwaage aufgelesen und hergeschleppt. Und das Mädchen mit der Eidechse hing nicht über dem Bett. Als er die Bibliothekarin zum Bahnhof gebracht und verabschiedet hatte, schon ein bißchen abgelenkt und unruhig, und nach Hause kam, räumte er auf. Die Bücher zurück ins Regal, aufs Bett einen neuen Bezug, das Bild übers Bett und die Briefwaage auf den Schrank hinter den Koffer. »Ja, Mädchen mit der Eidechse, jetzt ist wieder alles in Ordnung.«

Er stand mitten im Zimmer und schaute sich die Ordnung an. Die Ordnung der Bücher im Regal, die ihn an die Ordnung der Bücher im Regal seines Vaters erinnerte. Die ärmliche Reinlichkeit, wie seine Mutter sie im Kampf gegen das Verkommen der Familie aufgeboten hatte. Das Mädchen mit der Eidechse, nicht mehr im dicken goldenen Rahmen, sondern auf das Holz gespannte Leinwand, so dominierend wie ehedem zu Hause bei den Eltern. Und wie zu Hause war das Bild Schatz, Geheimnis, Fenster zu Schönheit und Freiheit und zugleich beherrschende, kontrollierende Instanz, der Opfer dargebracht werden mußten. Er dachte an das Leben vor sich.

Er tat nichts an dem Tag. Er lief ein bißchen durch die Straßen, an der juristischen Fakultät vorbei, der Kneipe, in der er arbeitete, und dem Haus, in dem die Studentin wohnte, die er einmal geliebt hatte. Oder hatte er gar nie zu lieben gelernt?

Am Abend kam er kurz nach Hause und schlug das Bild und den Rahmen und ein paar Zeitungen in das Laken, das er vom Bett abgezogen hatte. Damit ging er an den Strand. Es brannten Feuer, und junges Volk saß und feierte. Er lief, bis er das letzte Feuer hinter sich gelassen hatte. Die Zeitungen und das Laken brannten rasch, und rasch brannte auch der Rahmen. Er warf das Bild ins Feuer. Die Farben schmolzen, und das Mädchen verfloß und wurde unkenntlich. Aber ehe es verglühte, schlug die am Rand durchgebrannte Leinwand hoch und gab den Blick auf ein anderes Bild frei, dessen Leinwand unter das Mädchen mit der Eidechse auf den Rahmen gespannt war. Die riesige Eidechse, das winzige Mädchen – für den Bruchteil einer Sekunde sah er das Bild, das René Dalmann hatte schützen und auf die Flucht mitnehmen wollen. Dann brannte die Leinwand lichterloh.

Als das Feuer zusammenfiel, schob er die Glut mit der Schuhspitze zu- und aufeinander. Er wartete nicht, bis alles ausgeglüht und zu Asche geworden war. Eine Weile schaute er den blauroten Flämmchen zu. Dann ging er nach Hause.

Der Seitensprung

1

Die Freundschaft mit Sven und Paula war meine einzige Ost-West-Freundschaft, die den Fall der Mauer überdauerte. Die anderen endeten bald nach dem Mauerfall. Man verabredete sich immer seltener, und eines Tages wurde die getroffene Verabredung in letzter Minute abgesagt. Man hatte zu viel zu tun: Arbeit suchen, Wohnungen und Häuser sanieren, Steuervorteile nutzen, Geschäfte machen, reich werden, reisen. Davor hatte man im Osten nichts tun können, weil der Staat einen nichts tun ließ, und im Westen nichts tun müssen, weil das Geld aus Bonn so oder so kam. Man hatte Zeit.

Sven und ich lernten uns beim Schachspielen kennen. Ich war im Sommer 1986 nach Berlin gezogen, kannte niemanden und entdeckte an den Wochenenden die Stadt, im Osten wie im Westen. An einem Samstagabend stieß ich in einer Gartenwirtschaft am Müggelsee auf eine Gruppe von Schachspielern, sah einem Endspiel zu und wurde vom Sieger zu einer Partie aufgefordert. Als es dunkel wurde und wir abbrechen mußten, verabredeten wir uns auf den nächsten Samstag zur Fortsetzung.

Mit dem ersten neuen Bekannten beginnt eine Stadt, Heimat zu werden. Auf der Rückfahrt nach Westberlin war die Öde Ostberlins weniger entmutigend, seine Häßlichkeit weniger abweisend. Die hellen Fenster, mal vorhangbunt und mal fernsehblau, mal dicht an dicht in einem Plattenbau und mal einsam in einer Brandmauer, die alten, schwach erleuchteten Fabriken, die breiten Straßen mit den wenigen Autos, die seltenen Gasthäuser – ich sah es und stellte mir vor, Sven wohne hier oder da, arbeite in dieser Fabrik, fahre auf dieser Straße. Ich sah auch mich hier oder da ein und aus gehen, auf dieser Straße fahren, in diesem Gasthaus essen.

Mein zweiter neuer Bekannter in Berlin war ein kleiner Junge mit Schulranzen. Eines Morgens, als ich die große Straße vor meinem Haus überqueren wollte, stand er neben mir, fragte: »Gehste mit mir übern Damm?« und nahm meine Hand. Danach tauchte er immer wieder morgens auf, wenn ich am Rand der Straße darauf wartete, daß die Ampel ein paar hundert Meter weiter rot werden und der Verkehr eine Pause machen würde. Später, als die Mauer gerade gefallen war, reisten Sven und Paula wie die Verrückten nach München, Köln, Rom, Paris, Brüssel, London, jeweils mit Bahn oder Bus und jeweils nachts hin und nachts zurück, um bei zwei Tagen Aufenthalt nur eine Übernachtung zahlen zu müssen. Während der Reisen gaben sie ihre Tochter Julia bei mir ab, und die beiden Kinder freundeten sich miteinander an. Sie war noch im Kindergarten und voll Bewunderung für den Erstkläßler, er war ein bißchen geniert vom Umgang mit dem kleinen Mädchen und zugleich von ihrer Bewunderung geschmeichelt. Er hieß Hans, wohnte ein paar Häuser weiter, wo seine Eltern einen Laden für Zeitungen und Zigaretten hatten.

2

Am nächsten Samstag regnete es. Ich fuhr mit der S-Bahn durch Ostberlin, das noch grauer und leerer war als sonst. Vom Bahnhof Rahnsdorf lief ich an den See; der Regen hörte nicht auf, es war kalt, und meine Hand, die den Schirm hielt, war klamm. Von weitem sah ich, daß die Wirtschaft geschlossen war. Dann sah ich Sven. Er trug dieselbe blaue Latzhose wie am Samstag davor und dieselbe lederne Schiebermütze und sah mit runder Brille im pausbäckigen Gesicht wie ein kindlicher, zutraulicher Revolutionär aus. Er stand in der offenen Tür eines Schuppens, Schachbrett und -figurenkiste zwischen den Füßen, winkte, zuckte mit den Schultern und holte mit den Armen zu einer Geste aus, die bedauernd den Himmel, den Regen, die Pfützen und die geschlossene Wirtschaft umfaßte.

Er war mit dem Auto da und fuhr mit mir zu sich nach Hause. Seine Frau und Tochter seien bei den Großeltern, kämen am Abend zurück, und bis dahin könnten wir ungestört spielen. Dann müsse er seine Tochter ins Bett bringen und ihr eine Geschichte vorlesen, eine halbe Stunde lang, wie jeden Abend. Aber ich könne das auch machen, das Vorlesen, und er koche derweil eine Kleinigkeit für uns. Ob ich auch Kinder hätte? Ich verneinte, und er schüttelte seufzend den Kopf über mein Unglück der Kinderlosigkeit.

Wir wurden auch an diesem zweiten Samstag mit der Partie nicht fertig. Sven überlegte und überlegte. Ich ließ meine Augen wandern. Es gab ein aus hellen Brettern selbstgebautes Bücherregal, eine wuchtige dunkle Anrichte, vier dunkle, zur Anrichte passende Stühle um einen Eßtisch, dessen weißes, an den Rändern mit Blüten besticktes Tischtuch bis auf den Boden reichte, den kleinen Bambustisch, an dem wir auf Sesseln aus schwarzem Stahlgestell und hellem Korbgeflecht saßen, und einen schwarzbraunen Kohleofen. An der Wand hingen ein blau-weißes Webstück mit einer Taube, einen Ölzweig im Schnabel, und ein Druck mit van Goghs Sonnenblumen. Durch die tropfennassen Fensterscheiben war ein großer alter Backsteinbau zu sehen, eine Schule, wie Sven auf meine Frage brummend bestätigte. Manchmal ratterte unten ein Auto über das Kopfsteinpflaster, und in regelmäßigen Abständen quietschte die Straßenbahn in der Kurve. Sonst war es still.

Später wurde mir Svens langes Überlegen langweilig, und wir einigten uns darauf, mit der Uhr zu spielen, Spiele zu vier Stunden oder auch Blitzpartien zu sieben Minuten. Dann wurde uns Schach überhaupt langweilig, und wir zogen lieber mit Paula und Julia los oder trafen ihre Freunde oder spielten die neuen Spiele, die ich mitbrachte, manchmal erst im zweiten Anlauf, wenn mich die Grenzsoldaten beim ersten Anlauf mit ihnen erwischten und zurückwiesen. Oder wir redeten; wir waren beide sechsunddreißig, interessierten uns für Theater und Kino und waren neugierig auf Menschen und Beziehungen. Manchmal trafen sich unsere Blicke bei einem Zusammensein mit Freunden, weil eine Bemerkung, ein Wortwechsel oder ein Austausch von Gesten uns auf gleiche Weise aufmerken ließ.

Das Zimmer, in dem Sven und ich spielten, sah später nie mehr so aus wie am ersten Samstag. Es war immer in heillosem Durcheinander; Julias Spielzeug und Svens und

Paulas Arbeitssachen lagen herum, dazu Teekanne und -tassen, angebissene Äpfel und angebrochene Schokolade; oft trocknete Wäsche am Ständer. Das ganze Leben des Tages spielte sich in diesem Zimmer ab. Sonst hatte die Wohnung noch ein winziges Schlafzimmer für die Eltern, eine noch winzigere Kammer für Julia und eine enge Küche, deren ursprüngliche andere Hälfte abgetrennt und zu einem ebenso engen Bad ausgebaut worden war. Am ersten Samstag hatte Sven das Zimmer aufgeräumt. Er hatte auch Kuchen besorgt. Aber über dem Schach hatte er Kuchen und Tee vergessen; daß er mir etwas hatte anbieten wollen, kam ihm erst in den Sinn, als Paula und Julia vor der Tür zu hören waren. Er stand auf, sagte: »Ach Gott, ich wollte doch...« und beschrieb mit den Armen wieder eine Geste des Bedauerns und der Vergeblichkeit.

3

Zwischen Julia und mir war es Liebe auf den ersten Blick. Sie war zwei Jahre alt, heiter, quirlig, redete gerne, und wenn sie sich mit sich beschäftigte, summte sie vor sich hin. Manchmal war sie nachdenklich und ernsthaft, als wolle und könne sie alles verstehen. Manchmal schaute sie, hielt und bewegte sich so, daß schon die Frau erkennbar war, die sie einmal werden würde. Daß sie mich bezauberte, war kein Wunder. Als Wunder empfand ich, daß sie mir vom ersten Abend an so freudig begegnete, als sei in ihrem Herzen ein Platz frei und als komme ich gerade recht.

Paula und ich taten uns schwer miteinander. Sie war zu

Sven, Julia und mir ernst und streng, als mißbillige sie den Spaß, den wir an Nichtigkeiten wie einem Turm aus Schachfiguren oder einem Striptease von Julias Bären oder den riesigen Seifenblasen hatten, für die ich an einem der nächsten Samstage die tellergroße Öse und das Seifenpulver mitbrachte und mit denen wir im Treptower Park für einen kleinen Auflauf sorgten. Sie mißbilligte auch meine Versuche, sie zu charmieren. Sie nahm sie als Flirtversuche, und als ich mich in ihrer Gegenwart ebenfalls um ein ernstes und strenges, gleichwohl freundliches Verhalten bemühte, sah sie darin nur eine andere Variante des Flirtens. Wenn sie irgend konnte, nahm sie mich nicht zur Kenntnis.

Unser Verhältnis wurde besser, als wir entdeckten, daß wir beide die griechische Sprache liebten. Paula unterrichtete sie an einem theologischen Konvikt der evangelischen Kirche, und ich hatte sie auf dem Gymnasium gelernt und las seitdem griechische Texte – ein Hobby, wie andere Saxophon spielen oder ein Fernrohr kaufen und nach den Sternen gucken. Eines Tages sah ich an herumliegenden Büchern, daß Paula mit Griechisch zu tun hatte, fragte nach, und sie merkte, daß ich mich wirklich dafür interessierte und damit auskannte. Von da an sprach sie mich an, zunächst nur wegen Fragen griechischer Grammatik und Syntax, dann auch wegen Julia oder eines Erlebnisses im Unterricht oder eines Buchs, das sie las.

Aber erst im Sommer 1987, als wir zusammen Urlaub in Bulgarien machten, sagte sie etwas zu unserem Verhältnis. Daß sie mich für einen leichtfertigen Menschen gehalten und daß sie gefürchtet habe, ich würde Svens Vertrauen enttäuschen. »Er hat sich so gefreut, als ihr euch damals getroffen und verabredet habt, und hatte zugleich solche Angst, daß du nicht kommst. Das blieb lange so, daß er sich zugleich gefreut und Angst gehabt hat. Ihr habt keine Ahnung, was es bedeutet, einen von euch kennenzulernen, besser und gut kennenzulernen. Es schließt eine andere Welt auf, geistig und, warum soll ich es nicht sagen, auch materiell, und man will euch rumzeigen und mit euch angeben und muß euch zugleich eifersüchtig hüten. Und immer haben wir Angst, daß der exotische Reiz, den wir für euch haben, sich abnutzt und verbraucht und ihr euch anderen Dingen und Menschen zuwendet.«

Ich hätte antworten können, daß auch sie mir eine andere Welt aufschlossen. Nicht eine exotische Welt von mäßiger Wichtigkeit und kurzlebigem Reiz, sondern die andere Hälfte unserer durch Mauer und Eisernen Vorhang halbierten Welt. Dank ihrer war ich in ganz Berlin zu Hause, fast in ganz Deutschland, fast in der ganzen Welt.

Statt dessen widersprach ich. Ich konnte damit, daß ihre und meine Welt verschieden waren und wir den Zugang zur einen Welt gegen den Zugang zur anderen tauschten, nicht umgehen. Unsere Beziehung sollte eine Freundschafts-, keine Austauschbeziehung sein. Ich wollte nicht der aus dem Westen und sie sollten nicht die aus dem Osten sein. Wir sollten einfach Menschen sein.

»Aber du kannst nicht tun, als gebe es die Mauer nicht. Als sei unsere Freundschaft wie deine Freundschaften drüben oder unsere hier.«

Wir liefen am Strand entlang. Paula und ich standen gerne früh auf, so früh, daß wir die Sonne über dem Meer aufgehen sahen. Wir wohnten in verschiedenen Hotels, sie in einem für Ost- und ich in einem für Westtouristen, und wenn es hell wurde, trafen wir uns am Hafen und liefen, bis es Zeit war, zum Frühstück um- und zurückzukehren. Wir liefen barfuß.

»Schau«, sagte sie, setzte ihren Fuß in den nassen Sand, über den gerade eine Welle gegangen war, und trat wieder zurück, »zwei, drei Wellen, und du siehst nichts mehr.«

»Und?«

»Nichts.«

4

Über Politik haben wir lange nicht geredet. In der zweiten Hälfte der achtziger Jahre war die Welt zur Ruhe gekommen. Der Osten war immer noch der Osten, aber er war alt geworden, müder und weiser, und der Westen, der nichts mehr befürchten und beweisen mußte, war satt und heiter. Was gab es über Politik zu reden?

Nach dem Examen war ich drei Jahre lang im Stuttgarter Landtag Fraktionsassistent gewesen, anfangs von der Politik begeistert und bald enttäuscht. In Berlin reichte mein politisches Interesse nur zu regelmäßiger, oberflächlicher Zeitungslektüre. Soweit Politik für meinen Beruf als Sozialrichter relevant war, bekam ich sie aus Fachzeitschriften und Kollegenkontakten mit. Von Sven und Paula wußte ich, daß sie jeden Tag eine ausführliche Nachrichtensendung im Deutschlandfunk hörten; eine Zeitung hatten sie nicht, und weil Julia ohne Fernsehen aufwachsen sollte, hatten sie keinen Fernsehapparat. Auch sie interessieren sich nicht für Politik, dachte ich und fand das bei ihr, der Griechischlehrerin, und ihm, der tschechische und bulgarische Literatur übersetzte, nicht verwunderlich.

Daß es sich anders verhielt, merkte ich im Herbst 1987. Schon als sie mich das erste Mal um die telefonische Übermittlung einer kryptischen Nachricht im Westen baten und mir eine komplizierte Geschichte von Freunden erzählten, die Besuch aus dem Westen erwarteten, dem sie etwas auftragen wollten, den sie wegen einer Verquickung von Umständen aber nicht erreichen konnten, war ich skeptisch. Als sie mich das zweite Mal darum baten, wußte ich, daß die Geschichte nicht stimmte, und sie wußten, daß ich es wußte. Wenn es mit den zwei Malen sein Bewenden gehabt hätte, hätte ich nichts gesagt. Aber dann folgte eine dritte Bitte, und ich stellte sie zur Rede. Ich war empört, nicht weil ich Angst hatte, mich durch die Besorgung der Aufträge in Gefahr zu bringen, sondern weil ich Vertrauen erwartete.

Paula hatte darauf bestanden, daß ich nichts erfahren sollte. Zu meinem Schutz, sagte sie. Aber ehe sie christlich und kirchlich geworden war, war sie in FDJ und SED aktiv gewesen, und der Eifer, mit dem sie sich für die Umweltbibliothek der Zionskirche einsetzte, und die Bereitschaft, mich dabei zu benutzen, kamen mir wie Erbteile ihrer Parteivergangenheit vor. »Der Zweck heiligt die Mittel, was?«

»Du bist gemein. Ich spreche offen von meiner Zeit bei der Partei, und du verwendest es gegen mich.«

»Ich verwende nichts gegen dich. Wenn ich auf das, was du sagst, nicht reagieren darf, dann gib doch Zensuranweisungen. Das ist für die Ohren der Genossen und das für die der Naiven wie mich und das ...«

»Ach, hör mit deiner Selbstgerechtigkeit und deinem Selbstmitleid auf. Ja, wir hätten gleich mit dir reden sollen. Aber wir reden jetzt mit dir. Und so leicht ist das nicht mit dem Vertrauen in diesem Land.«

Sie lehnte an der Anrichte und sah mich mit glühendem Gesicht und funkelnden Augen an. Ich hatte sie noch nie so schön gesehen. Warum, dachte ich, trägt sie ihr Haar immer in dickem Knoten und macht es nicht auf?

Aus der Bitte, noch mal eine Nachricht zu übermitteln, wurde die Bitte, regelmäßig Verbindung zu einem Journalisten zu halten. Bis zum Herbst 1989 berichtete ich ihm über Repressionen gegen die Umweltbibliothek, Durchsuchungen und Verhaftungen im Umfeld, Aktionen von Paula und ihren Freunden, die darauf bedacht waren, den Rahmen der Legalität auszunutzen, aber nicht zu überschreiten. Ich fragte mich, ob die Staatssicherheit mich nicht verdächtige und überwache. Aber ich wurde an der Grenze weder öfter noch gründlicher kontrolliert. Ohnehin trug ich nie Schriftliches bei mir.

Im Frühjahr 1988 nahmen Paula und Sven mich einmal in die Zionskirche mit. Es wurde über Frieden, Ökologie und Menschenrechte geredet, und sonst war es, fand ich, eine Andacht wie andere. Aber Paula bestand darauf, ich sei aufgefallen und solle mich aus ihren politischen Aktivitäten raushalten. »Du am besten auch.«

»Was?« Sven sah sie entgeistert an.

»Du bist nur meinetwegen dabei. Wenn mir wieder was passiert, soll dir nicht auch was passieren. Denk an Julia.«

»Dir passiert schon nichts.«

»Das kannst du doch nicht wissen, oder?« Sie sah ihn herausfordernd an, und er gab nach.

5

Dann kam die Wende. Paula redete bei der Demonstration auf dem Alexanderplatz, trat der SPD bei, engagierte sich bei den Arbeiten für eine neue Verfassung und wäre beinahe in die letzte Volkskammer gewählt worden. Sven war bei einer Gruppe, die sich um die Akten des Ministeriums für Staatssicherheit kümmerte und ein erstes Buch über dessen Organisation, Aktivitäten und Mitarbeiter herausbrachte. Ein paar Monate lang lebten beide in einem politischen Rausch.

Noch vor der Wiedervereinigung wachte Paula auf, weckte Sven aus seinem Traum von der Gründung einer politischen Partei und eines politischen Verlags, und sie machten sich daran, ihr Leben neu zu gestalten. Er bewarb sich mit Erfolg um eine Lektorenstelle an der Freien Universität, und sie wurde als Dozentin an die Humboldt-Universität übernommen. Sie konnten sich leisten, von der Schnellerstraße an den Prenzlauer Berg zu ziehen. Die neue, große Wohnung, die neuen Stellen und die Einschulung von Julia machten Svens und Paulas Leben voll. Sie hatten keine nostalgischen Erinnerungen an die untergegangene DDR. »Die Wende hat es gut mit uns gemeint«, sagten sie gelegentlich erstaunt, als müsse es ihnen eigentlich wie den vielen gehen, die sich durch die Wende und die nachfolgende Vereinigung entweder um die Früchte ihrer Anpassung oder um die ihres Widerstands gebracht sahen.

Eine Zeitlang war Sven von den Möglichkeiten des Konsums überwältigt. Er kaufte ein großes Auto, trug Anzüge von Armani und putzte Julia heraus wie eine Prinzessin. Paula mißbilligte den Aufwand. »Unser Haben-Wollen war nie besser als euer Haben, und jetzt ist es ebenso penetrant.« Aber auf weniger auffällige Weise veränderte auch sie sich. Die grauen und braunen Kleider und Kostüme, bei denen sie blieb, wurden elegant, die Hacken der Schuhe höher, und eine neue Brille mit schmalem Gestell gab ihrem Gesicht einen fast hochmütigen Ausdruck. Zugleich veränderte sich ihre Stimme, wurde kräftiger und sicherer. Sven versuchte sie zu bewegen, das Haar offen zu tragen. Sie war enttäuscht – als sei ihr Haar ein Geheimnis, das sie nur mit ihm geteilt habe und das er jetzt an die Mode verrate.

Auch nachdem Svens und Paulas Lust an den kurzen Reisen vergangen war, kam Julia manchmal über Nacht. Nach der Schule stieg sie bei sich um die Ecke in die U-Bahn und bei mir um die Ecke aus, traf Hans und rief aus dem Laden ihre Eltern an, daß sie bei mir bleibe, und mich, daß sie auf mich warte. Sie war ein selbständiges kleines Mädchen geworden.

Im Frühjahr 1992 fuhren wir wieder zusammen in Ferien, durch die Toskana und Umbrien bis ans Meer bei Ancona. Wieder standen Paula und ich früh auf und machten im Morgengrauen Spaziergänge am Meer. Ich erzählte ihr, daß ich von ihren Freunden, die auch meine geworden waren, niemanden mehr sah.

»Wir sehen auch nur noch zwei oder drei. Es ist zu vieles zu anders geworden.«

»Liegt's auch an Gauck?«

Sie zuckte die Schultern. »Wir haben beschlossen, uns nicht um die Akten zu kümmern. Wir haben uns gesagt, daß wir uns kennen und mit Mißtrauen und Aktenglauben gar nicht erst anfangen.«

»Wer hat das beschlossen?«

»Hans und Ute, Dirk und Tatjana, die Theissens und die vier vom Orchester. Als wir am 3. Oktober 1990 das letzte Mal alle zusammen waren. Sei nicht ärgerlich, daß wir dich nicht gefragt haben. Wir hatten das Gefühl, das ist unser Problem und nicht deines.«

Ich war ärgerlich. Ich hatte erwartet, daß die Freunde ihre und meine Probleme nicht definieren und separieren würden, ohne mit mir zu sprechen.

Sie merkte es, ohne daß ich ein Wort sagte. »Du hast recht, wir hätten mit dir reden müssen. Es ist auch dein Problem. Ich kann nur sagen, daß wir irgendwie darauf zu sprechen kamen und uns die Köpfe heiß redeten. Am Ende hatten wir das Gefühl, wir könnten es nicht dabei bewenden lassen, daß wir nur geredet haben. Wir wollten etwas Verbindliches, und so kam es zur Entscheidung.«

»Einstimmig?«

»Nein, Hans und Tatjana waren dagegen, und Tatjana hat sich auch geweigert, die Verbindlichkeit der Entscheidung zu akzeptieren. Sie wollte ihre Akte sehen.«

»Hat sie sie gesehen?«

»Ich weiß nicht. Wir haben keinen Kontakt mehr.«

Ich hatte mich mehr als einmal gefragt, ob es im Freundeskreis den einen oder die andere IM gegeben hatte. Jetzt wollte ich es wissen. Ich war immer noch ärgerlich. »Ich will meine Akte auch sehen.«

6

Im Herbst bekam Sven einen unbefristeten Vertrag. Er hatte lange darauf gehofft und schließlich die Hoffnung aufgegeben. Jetzt händigte ihm der Leiter der Abteilung unerwartet die Urkunde aus.

Er rief mich im Gericht an. »Komm heute abend! Wir feiern.«

Ich bin nach der Arbeit mit Champagner und Blumen hingefahren. Sven kochte. Er hatte eine Flasche Weißwein aufgemacht und zur Hälfte geleert, und ich hatte ihn noch nie so ausgelassen erlebt.

»Hat dein Chef gesagt, warum der Vertrag so lange gebraucht hat?«

»Kein Wort. Nur daß er sich freut, daß er endlich vorliegt. Und daß ich der erste Ossi bin, der an der FU einen unbefristeten Vertrag für eine akademische Position bekommen hat.« Er strahlte. »Weißt du, manchmal bin ich traurig, daß ich nur ein kleines Licht bin. Lektor für Tschechisch und Bulgarisch – was ist das schon. Du bist eines Tages Richter am Bundesgericht und trägst eine rote Robe. Paula wird eines Tages die Arbeit, die sie vor Jahren angefangen und weggelegt hat, wieder hervorholen und fertigschreiben und wird Frau Professorin werden. Aber es sind die vielen kleinen Lichter, die aus der Welt einen hellen und warmen Ort machen. Paula hat keinen unbefristeten Vertrag, und wenn man sie nicht mehr will oder wenn sie nicht mehr will, weil sie ihre Arbeit schreiben und Frau Professorin werden will, dann ist gut, daß ich kleines Licht da bin.«

Paula und Julia kamen. Julia, von Paula vom nachmittäglichen Schulunterricht abgeholt und auf ein Eis eingeladen, war albern und laut. Sie und Sven wirbelten durch die Küche und das große Zimmer. Ich lehnte an der Anrichte, trank Weißwein und ließ mich von Svens und Julias guter Laune anstecken. Erst nach einer Weile merkte ich, daß Paula still blieb. Sie lächelte über Julias witzige Einfälle oder strich ihr über den Kopf. Aber sie war abwesend. Als Sven einen Walzer aufgelegt hatte und mit ihr durch Küche und Flur tanzen wollte, lehnte sie ab. Ich dachte, vielleicht störe sie, daß Sven soviel trank, aber sie trank selbst ein Glas Wein nach dem anderen.

Sven merkte, daß mit Paula etwas nicht stimmte, und bemühte sich um sie. Er wurde aufmerksam, zugewandt, zärtlich, und er wurde es mit der rührenden Tapsigkeit des Betrunkenen. Er holte sich eine Zurückweisung nach der anderen; sie wich aus, wenn er sich ihr näherte, und entzog sich, wenn er doch den Arm um sie legen und seinen Kopf an ihren schmiegen konnte. Julia begann, verwirrt von Vater zu Mutter zu schauen.

Ich fühlte mich hilflos. Als wir im großen Zimmer am Eßtisch saßen, Julia und ich auf der einen Seite und auf der anderen Sven und Paula, erinnerte ich mich an meine Kindheit und an meine Verzweiflung, wenn zwischen meinen Eltern etwas schwelte, von dem ich nicht wußte, was es war, vor dem ich nur Angst hatte, daß es auflodern und zerstören würde, worauf mein Vertrauen in die Welt gründete. Die Erinnerung verzeichnete unzählige Abendessen, bei denen ich mit meinen Eltern am Tisch saß und versuchte, mich so wegzuducken, daß sich die elterliche Spannung an mir nicht würde entzünden können. Auch Julia machte sich unauffällig.

Ich fragte mich, wieviel ich über Svens und Paulas Ehe eigentlich wußte. Ich hatte sie immer harmonisch gefunden, aber auch harmonisch finden wollen. Manchmal hatte Sven angesetzt, über Paula und sich zu reden, und ich hatte ihn ins Leere laufen lassen. Ich mochte nichts von Schwierigkeiten ihrer Ehe hören, wie ein Kind bei den Eltern. Allerdings mochte ich auch nichts vom Glück ihrer Ehe hören.

Ich brachte Julia zu Bett. Wir redeten nicht über Sven und Paula. Ich las ihr ein Märchen vor, und sie schlief mittendrin ein, vom Tag erschöpft oder vom Abend und den Eltern. Ich blieb sitzen und las das Märchen zu Ende. Als ich mich verabschieden wollte, drängten Sven und Paula mich, noch zu bleiben. Der Abend sei mißraten, aber wir könnten endlich die beiden Videofilme sehen, die wir schon lange sehen wollten und für die uns die gelungenen Abende zu schade waren. Sie drängten mich mit dem Nachdruck, mit dem sie eigentlich darüber hätten reden müssen, was zwischen ihnen nicht stimmte.

Wir sahen zwei Filme. Ich hätte mich gerne von ihnen fesseln lassen, aber ich traute mich nicht. Ich spürte die Spannung zwischen Sven und Paula und hatte das törichte Gefühl, wenn ich mich vom Film fesseln ließe und nicht auf die beiden aufpaßte, werde etwas Schlimmes passieren. Wir tranken so viel Wein, daß Sven und Paula mich leicht auch noch überredeten, nicht mehr nach Hause zu fahren, sondern bei ihnen zu übernachten.

7

Ich schlief im großen Zimmer, einem Durchgangszimmer mit zwei Türen und einem Fenster zum Hof. Ich lag auf einer Matratze auf dem Boden, sah im offenen Fenster eine dunkle Wand und ein dunkles Dach mit dunklen Schornsteinen vor dem stadthellen Nachthimmel, hörte ein Rauschen, gleichmäßig an- und abschwellend, als atmeten die um den Hof liegenden Häuser in der Hitze der Sommernacht schwer ein und aus. Von einer Kirchturmuhr schlug es einmal, und über dem Warten auf den nächsten Schlag schlief ich ein.

Es war wie ein Traum, und später habe ich mir manchmal gewünscht, es wäre wirklich nur ein Traum gewesen.

Sie saß auf dem Rand der Matratze. Ich wollte fragen »Was ist los?«, aber als ich ansetzte, machte sie »Schsch« und berührte meinen Mund mit den Fingern. Ich sah sie an und konnte in der Dunkelheit ihr Gesicht nicht deuten. Ein bißchen Helligkeit fiel auf seine linke Seite, leuchtete auf der Wange und glänzte im Auge. Sie trug ihr Haar offen, es ließ den Hals links frei und fiel über die rechte Schulter nach vorne. Mit der linken Hand hielt sie den Morgenmantel vor der Brust zusammen, und mit der rechten mahnte sie meinen Mund, nicht zu sprechen.

Ich fragte mich, ob sie sah, was in mir vorging. Paula, die Frau meines Freundes Sven – die Frauen der Freunde sind unbegehrbar, unberührbar, und mit ihnen flirten ist wie der Flirt mit der kleinen Schwester oder einer alten Dame, ein Spiel, das nie ernst wird. Nicht daß es zwischen Paula und mir nicht Berührungen, Umarmungen, gemeinsames Lachen, Augenblicke des Einverständnisses und der Vertrautheit gegeben hätte, in denen ich mir vorstellen konnte, sie zu lieben. In manchen Augenblicken konnte ich mir vorstellen, sie besser zu lieben und glücklicher zu machen, als Sven es konnte, und spürte auch bei ihr die Frage, wie es wohl mit mir wäre. Aber das waren Vorstellungen von einer anderen Welt, in der Sven gleichwohl mein Freund und mit seiner Frau glücklich war und in der ich vielleicht auch gar nicht sie, sondern nur eine wie sie liebte statt der zu jungen Frauen, mit denen ich zu kurze Beziehungen hatte. Nein, es gab kein unterdrücktes Begehren, das endlich ausgelebt werden wollte. Wir wußten es beide, und wenn wir geredet hätten, hätten wir es ausgesprochen und besiegelt.

Aber wir redeten nicht. Als ihre Finger meinem Mund nicht mehr zu schweigen geboten und über mein Gesicht wanderten, den Brauen nachfuhren, den Schläfen, den Backenknochen und den Lippen, mochte ich nicht mehr reden. Ich schloß die Augen, und ihr Bild blieb bei mir, fremd und schön mit dem offenen Haar, das Versprechen einer anderen Paula als der, die ich kannte. Ich spürte nicht nur ihre Finger auf meinem Gesicht, sondern auch die Nähe und Wärme ihres Körpers. Ich berührte sie nicht, ich atmete sie ein. Als ich meine Augen wieder aufmachte, nahm sie meinen Kopf in beide Hände, beugte sich über mich und küßte mich. Ihr Haar fiel um unsere Köpfe und hüllte sie ein.

Wir liebten uns so ruhig, als sei es nicht das erste Mal und als hätten wir alle Zeit der Welt. Als hätten wir ein ruhiges Gewissen. Ich hatte keines, dachte an Sven und daran, daß er ein paar Türen weiter schlief, was passieren würde, wenn er aufwachte und uns fände, oder wie ich ihm am nächsten Morgen begegnen würde. Aber das schlechte Gewissen war ohne Kraft, als erfülle es nur eine Pflicht und interessiere sich eigentlich nicht für das, was ich tat. Ich registrierte sogar mit böser Freude, daß nichts und niemand Paula und mich aufhielt. Ich fühlte mich frei. Und ich fühlte mich mächtig; mir war, als entdeckte ich ein für allemal, daß ich nach der Lust nur greifen mußte, um sie zu haben. Ich war stolz, als sie ihren Orgasmus hatte und ich meinen, wie man beim Tanzen stolz auf das Zusammenstimmen der Bewegungen, die Anmut der Frau und die eigene Leichtigkeit sein kann.

Danach lagen wir beieinander. Es war die richtige Mischung aus Aneinanderschmiegen und Raumlassen, und wir hatten sie selbstverständlich und mühelos gefunden. Jetzt wollte ich reden, nicht sie fragen, ob es gut gewesen war, das wußte ich, aber darüber, was mit uns werden solle. Sie machte wieder »Schsch« und berührte wieder meinen Mund mit ihren Fingern. Vorhin hatte das Schweigen uns verbunden, jetzt trennte es uns. Dann sah ich, daß auf ihrem Gesicht Tränen glitzerten. Ich wollte mich aufrichten und die Tränen wegküssen, wegwischen. Vielleicht meinte sie, ich wolle ihre Finger von meinem Mund abschütteln und doch reden, sie setzte sich auf, schlüpfte in den Morgenmantel, faßte ihn mit der Linken vor der Brust zusammen, beugte kurz den Kopf und griff mit der Rechten das Haar und schob es über die Schulter. Für einen Augenblick saß sie auf dem Rand der Matratze in derselben Haltung, in der sie zuvor darauf gesessen hatte. Ehe ich einen Entschluß fassen, sie ansprechen oder festhalten konnte, war sie aus dem Zimmer.

8

Als ich wieder aufwachte, war immer noch dunkle Nacht. Diesmal hörte ich die Tür gehen und Füße auf den Dielen tappen. Es war Julia.

»Was ist?«

»Ich bin aufgewacht und kann nicht einschlafen. Die Eltern streiten.«

Sie stand im Nachthemd wartend vor meinem Lager. Ich lud sie ein, sich zu setzen, und hoffte, daß es nicht so sehr nach Liebe riechen oder daß Julia den Geruch nicht seltsam finden würde. Sie kroch zu mir unter die Decke.

»Sie streiten so laut, wie sie es sonst nicht tun.«

»Eltern streiten nun mal, und manchmal ist's lauter und manchmal leiser.«

»Aber ...«

Ich merkte, daß sie gerne von Dingen des Lebens gehört hätte, über die Eltern streiten können, ohne daß es die Ordnung der Welt gefährdet, aber ich wollte den Streit ihrer Eltern, von dem ich nicht wußte, wie gefährlich er war, nicht schönreden. »Kennst du die Geschichte von den Schäfchen?«

»Die mit dem Zaun? Über den springen sie, und man muß sie zählen, bis man schläft.«

»Nein, eine andere Geschichte. Die hat auch einen Zaun, aber das Gatter ist offen, und man muß die Schäfchen nicht zählen, wenn man nicht will. Soll ich sie erzählen?«

Sie nickte so eifrig, daß ich es im Dunkeln merkte. Jetzt hörte auch ich Sven und Paula streiten, trotz des langen, um eine Ecke führenden Gangs, an dessen Ende ihr Schlafzimmer und Julias Zimmer lagen. Ich hörte sie fern und schwach, aber es genügte, daß ich mich fragte, ob ich mich nicht anziehen, davonstehlen und nie mehr sehen lassen sollte. Ich war auf Sven und Paula zornig, die mit ihrer Ehe nicht zurechtkamen, auf Paula, die mich hineingezogen und stehengelassen hatte, auf Julia, die mich in Anspruch nahm, als hätte ich nicht selbst genug Probleme. Ich war auf mich zornig, auf das, was ich zwischen Sven und mir angerichtet hatte, und darauf, daß ich Paula so nahe an mich herangelassen hatte.

»Erzählst du nicht?«

»Doch. Es gibt ein Land mit einem hohen Gebirge. Wenn du oben bist, gibt es Schnee und Eis, und wenn du hinabsteigst, kommen zuerst Fels und Geröll, dann Gras und dann dichte Wälder. Vor den hohen Bergen liegen andere, weniger hohe, und die letzten, niedrigsten Berge sind wieder mit Gras bewachsen, mit demselben braunen Gras, mit dem die Ebene bewachsen ist, die beginnt, wo die Berge enden, und die sich bis hinter den Horizont erstreckt, weiter als die Augen sehen. Hörst du mir zu?«

»Ja, aber ich höre auch die Eltern streiten.«

»Ich höre sie auch. Soll ich weitererzählen? Es ist keine aufregende Geschichte. Aber mit aufregenden Geschichten ist nicht gut einschlafen.«

»Erzähl weiter!«

»Am Fuß der Berge ist ein Schafpferch. Ein großer Pferch mit vielen Schafen.«

»Was ist ein Pferch?«

»Ein Pferch ist wie ein Stall, aber ohne Dach und mit Wänden aus zwei Balken. Siehst du den Pferch?«

»Ja.«

»Du warst am Morgen in den Bergen, auf den ganz hohen. Dann bist du ...«

»Wie bin ich auf die ganz hohen Berge gekommen?«

»Ich weiß nicht. Vielleicht bist du oben geboren worden?«

»Mhm.«

»Jedenfalls bist du von den ganz hohen Bergen hinabgestiegen. Das hat lange gedauert; du bist durch Schnee gestapft und über Eis gerutscht, an den Felsen hast du manchmal klettern müssen, und im Geröll bist du nur mühsam vorangekommen. Manchmal mußtest du über einen Paß und auf der einen Seite aufsteigen, um auf der anderen tiefer absteigen zu können. Lange bist du durch dichten Wald gelaufen. Dann, gerade als die Sonne untergeht, kommst du aus dem Wald, siehst vor dir die letzten, niedrigen Berge und die weite Ebene.«

»Und den Schafpferch.«

»Ja, den Schafpferch hast du auch vor dir. Weil die Sonne hinter den hohen Bergen untergeht, liegt er schon im Schatten. Aber die Ebene ist noch von der Sonne beschienen, einer warmen Sonne, in deren Licht das braune Gras der Ebene golden leuchtet. Jemand hat die Balken, die den Pferch schließen, zur Seite geschoben. Du siehst nicht, wer es war, du siehst weit und breit keinen Menschen. Aber du siehst, daß einige der vielen, vielen hundert Schafe im Pferch sich hinausgetraut haben und vor dem Pferch weiden, zunächst nur ein paar und dann immer mehr, zunächst ganz nahe beim Pferch und dann immer weiter weg. Du setzt dich. Du bist müde vom langen Tag und froh, daß du sitzen kannst. Du bist müde, aber du schaust.«

»Mhm.« Sie legte sich auf die Seite.

Ich strich ihr über den Kopf und hüllte sie in die Decke. »Du schaust und siehst, wie die Schafe aus dem Pferch kommen. Manche verweilen immer wieder und knabbern am Gras. Andere sind ständig in Bewegung und laufen hierhin und dahin. Aber alle wollen hinaus in die weite Ebene. Ein paar sind schnell und leuchten weit draußen im Licht der Sonne, während auf die anderen der Schatten der Berge fällt. Dann ist die Sonne ganz hinter den Bergen verschwunden und liegt die Ebene ganz im Schatten. Sie ist übersät mit hellen Flecken, die sich langsam bewegen, immer weiter hinaus. Der Pferch ist leer. Manchmal hörst du Schafe blöken. Und immer weiter hinaus ziehen die hellen Flecken, immer weiter. Siehst du sie?«

Julia war eingeschlafen.

9

Ich hatte Paula und Sven mehrmals laut werden gehört. Aber sie waren wieder leiser geworden, und ich hatte gehofft, ihr Streit sei vorbei. Doch er ging weiter. Ich erinnerte mich an quälende Auseinandersetzungen mit meiner Frau vor vielen Jahren; wir stritten bis zur Erschöpfung, aber die Erschöpfung stiftete keinen Frieden, sondern wir brauchten nur eine Pause, um mit gleicher Heftigkeit weiterstreiten zu können.

Ich stand auf, zog Hose und Pullover über und ging auf Zehenspitzen über die knarrenden Dielen. Leise machte ich die Tür auf, schlüpfte auf den Gang und machte die Tür zu. Ich schlich vor Paulas und Svens Schlafzimmer.

»Wie oft soll ich's dir noch sagen? Ich hatte keine Ahnung, daß du dich so haben würdest.« Er redete langsam und überdeutlich.

»Warum hast du dann nichts davon gesagt?«

»Weil das nun mal die Spielregeln waren. Man redete nicht darüber.«

»Das waren ihre Spielregeln, nicht unsere. Wir haben uns versprochen, daß wir's uns sagen und daß wir ihnen sagen, daß wir's uns gesagt haben.«

»Da dachten wir noch, wir würden uns auf das Spiel mit ihnen nicht einlassen. Als ich mich auf das Spiel einließ, galt es nicht mehr.«

»Du hättest dich eben nicht einlassen dürfen, ohne mit mir zu reden und ohne meine Zustimmung. Was wir uns versprochen haben, stand nicht unter irgendeiner Bedingung, über die du verfügen konntest.«

»Hättest du denn zugestimmt?«

»Nein, hätte ich nicht, auch wenn du mich noch so oft fragst. Ich ...«

»Ich frage nicht, um nachträglich doch noch deine Zustimmung zu kriegen, sondern, damit du endlich begreifst, daß ich auf dich nicht zählen konnte, sondern auf mich gestellt war. Ich mußte ...«

»Nichts mußtest du. Sag mir nicht, daß du mußtest. Du wolltest. Und seit Stunden bitte ich dich, daß du mir endlich sagst, warum du wolltest.«

»Hör auf, so zu tun, als sei's um mein Vergnügen gegangen, als hätte ich's zu meinem Vergnügen gemacht. Ich hab's deinetwegen gemacht.«

»Meinetwegen? Über meinen Kopf? Hinter meinem Rücken? Wie kannst du dir anmaßen, mich ...«

»Ich weiß, ich weiß. Ich habe nicht das Recht, besser als du zu wissen, was gut für dich ist. Aber kannst du in deinen Schädel kriegen, daß ich die Pflicht habe, zu wissen, was gut für unser Kind ist? Unser Kind hat keine Heldin und keine Märtyrerin gebraucht, sondern eine Mutter. Ich habe dafür gesorgt, daß es seine Mutter behalten hat.«

»Und hast dafür alles verraten, was mir wichtig war. Was uns wichtig war. Du hast es billig und schäbig gemacht.«

Es klang, als sagten sie sich all das nicht zum ersten Mal. Sie redeten mit verbrauchten Stimmen; sein Ton gequälter Vernünftigkeit war müde geworden, und ihr Versuch, ihm seinen Verrat und ihr Entsetzen begreiflich zu machen, verzweifelt. Ich mochte nicht weiter zuhören. Aber als ich mich davonstehlen wollte, riß Sven die Tür auf.

»Mich bespitzeln? Ein Spitzel merkt, wenn er bespitzelt

wird. Du hast recht, Paula, ich muß ein Spitzel sein. Und unser türlauschender, schlüssellochguckender Freund weiß es jetzt auch. Hereinspaziert zum Scherbengericht.« Er machte eine ironische Verbeugung und mit dem Arm eine einladende Geste. Ich trat ein, er machte die Tür zu und blieb vor ihr stehen, als wolle er verhindern, daß Paula oder ich den Raum verließen. Sie stand am Fenster und wandte uns den Rücken zu.

Ich machte ein paar Schritte in den Raum, wußte nicht, wo ich hingehen, mich hinstellen oder -setzen sollte. Ich blieb stehen und hatte Sven links und rechts Paula. »Julia kam zu mir, weil sie bei eurem Streit nicht schlafen konnte. Und als ich erst einmal wach war, konnte ich euch auch nicht mehr überhören.«

»Dann wolltest du's genau wissen. Schlichte Neugier? Freude an der Macht? Wissen ist Macht, und Wissen über die Freunde ist Macht über sie. Oder hat dich freundschaftliche Anteilnahme getrieben? Der Freund, der den Freunden in der Krise beisteht, indem er sich's vor ihrem Schlüsselloch gemütlich macht?«

»Ich wußte nicht, was los ist und ob ich klopfen und fragen soll. Ich wollte gerade wieder gehen.«

»Gehen? Oder wolltest du schleichen, auf leisen Sohlen davonschleichen, damit wir nicht merken, daß du gelauscht hast?« Sven redete hämisch und unterstrich jedes »du« und »dich«, indem er mit dem Finger auf mich zeigte.

»Hör auf, Sven.« Paula redete, ohne sich umzudrehen. Ich sah ihr Gesicht im Fenster. »Du hast ihn auch verraten, ihn und alle anderen.«

»Das war jetzt nicht nötig.«

»Sie werden es ohnehin erfahren.«

»Von dir?«

Sie drehte sich um. »Nein, Sven, nicht von mir. Helga hat nächste Woche ihren Termin bei Gauck, und du weißt, daß sie nichts für sich behält.«

»Ach, Helga ist eine Tratschtante. Niemand nimmt sie ernst.«

»Sven, wach auf. Du verlierst alles, deinen Job, deine Freunde und deine Frau. Und eines Tages wird Julia dich fragen, was du gemacht hast, und was wirst du ihr sagen?«

Sven war still. Er sah Paula mit aufgerissenen Augen und aufgerissenem Mund an, dümmlich, begriffsstutzig, fassungslos. »Warum willst du gehen? Du tust gerade, als hätte ich dich betrogen. Aber selbst ein Scitensprung ist heute kein Beinbruch mehr. Die Theissens haben seine und ihre Seitensprünge verkraftet, und wir, wir … Ich habe dich nie betrogen, Paula, ich könnte dich nicht betrügen. Ich habe immer nur dich geliebt und werde immer nur dich lieben.«

»Ich weiß.« Sie ging zur Tür. »Laß mich durch. Ich will etwas holen und dir zeigen.«

Er faßte ihren Arm. »Du kommst wieder?«

»Ja, sag ich doch.«

10

Er sah mich an, pausbäckig und kindlich wie bei unserer ersten Verabredung, und beschrieb mit den Armen die vertraute Geste des Bedauerns und der Vergeblichkeit. »Ein bißchen verfahren, die Situation. Fällt dir was ein?«

»Nein.« Ich zuckte die Schultern. Ich hätte ihn gerne tröstend in die Arme genommen, konnte aber nicht.

»Vielleicht sollte ich dir sagen ... Ich meine, ehe du es von Helga hörst oder selbst liest ... Nicht daß es viel zu sagen gäbe ...« Er gab sich einen Ruck. »Ich habe ein bißchen mit dir angegeben bei der Stasi. Daß du einmal wichtig würdest und daß ich über dich an wichtige Informationen rankäme, noch nicht jetzt, aber später. Eigentlich habe ich gar nichts über dich und von dir gesagt, nur in Aussicht gestellt, daß ich vielleicht eines Tages ... daß du vielleicht eines Tages ...«

»Sag nichts, oder sag, wie es war.« Paula stand in der Tür.

»Wie's war, wie's war ... Okay, ich habe gesagt, daß er vom politischen System der Bundesrepublik enttäuscht ist und daß ich ihn vielleicht dazu kriege, daß er für uns arbeitet. Daß er nach seinen politischen Enttäuschungen wieder etwas sucht, wo er hingehört und wofür er sich einsetzt.« Sven sah von Paula zu mir. »Es tut mir leid, es tut mir leid. Ich habe gedacht, es schadet niemandem und nützt vielen – dir selbst, Paula und mit Paula auch Julia und mir. Ich habe dich nicht verraten. Ich habe niemanden verraten. Ich habe nur ...«

Paula gab ihm ein Bündel Blätter. »Lies!«

Er ließ die Hand mit den Blättern sinken und schaute von ihr zu mir und wieder zu ihr. Er suchte nach Worten – als gäbe es Worte, die ihm die Lektüre der Blätter ersparen würden. Als könnte so die Wahrheit in ihnen begraben und verborgen bleiben. Aber er fand keine Worte, seufzte und begann zu lesen.

»Nein«, sagte er nach einer Weile, »so war das nicht.«

»Du hast mit ihm nicht über unsere Ehe gesprochen? Wart ab, bis gleich die Details kommen. Er kann sie nur von dir wissen.« Sie stand wieder neben dem Fenster, mit verschränkten Armen und auf ihn gerichteten Augen.

Er las weiter. Dann senkte er den Arm mit den Blättern. »Er war eben nicht unsympathisch. Und wir haben irgendwie zusammengearbeitet. Nein, wir waren nicht Kollegen, aber wir waren doch wie Kollegen, und Kollegen reden auch über ihre Frauen und Freundinnen. Und komm, Paula, ich hab doch nichts Schlechtes über dich gesagt. Ich hab doch mit dir angegeben.«

»Du hast mit dieser Kreatur von der Stasi über uns im Bett geredet. Du hast uns verraten, uns und dich und mich. Du hast nicht mit einem Freund und nicht mit einem Kollegen geredet, sondern mit denen. Ja, du hast mit mir angegeben, mit mir im Bett, und im übrigen sei ich harmlos gewesen, humanistisch und idealistisch, nur ein bißchen kirchlich fehlgeleitet. ›Sie dürfen, was meine Frau bei den Versammlungen sagt, nicht so ernst nehmen. Sie läßt sich von anderen leicht beeinflussen und hereinziehen.‹ Das hast du gesagt, und du hast ihnen Heinz ans Messer geliefert. Du hast ihn zum Drahtzieher und Rädelsführer gemacht, der...«

»Aber doch nur, um dich zu retten. Ich hab's doch nur gemacht, damit du nicht... Nach allem, was passiert war, mußten die jemanden haben, und wenn sie nicht Heinz gekriegt hätten, hätten sie womöglich dich genommen. Und Heinz ist nach ein paar Monaten in den Westen abgeschoben worden, mehr ist ihm nicht passiert.«

»Du verstehst nicht.« Sie zitterte vor Erregung. »Du hast

nicht mich gerettet, mich, wie ich bin, sondern wie ich denen genehm war. Wahrscheinlich bin ich auch dir so genehm – als harmlose Frau, gut im Bett, aber sonst nicht ganz ernst zu nehmen. So hast du mich gerettet, und wie ich bin, war dir völlig gleichgültig. Daß ich für das, was ich für richtig halte, mich auch verhaften lasse, lieber verhaften lasse, als es zu verraten, und daß meine Tochter lieber eine Mutter in Bautzen als eine Verräterin zur Mutter haben soll – auf all das habe ich ein Recht, das ist mein Leben, ist mein Glaube, bin ich als Mutter meiner Tochter. Du hast es mir weggenommen, hinterrücks, feige, gemein. Und sag nicht, daß du es aus Liebe gemacht hast. Das ist keine Liebe.«

»Aber...« Sven war fahl und starrte Paula fassungslos an.

»Nein, es ist keine Liebe. Was immer es ist, ich will es nicht. Und komm nicht wieder damit, daß ein Seitensprung kein Beinbruch ist. Du hast mich nicht mal kurz betrogen. Du hast den Boden unter meinem Leben weggezogen. Unter unserem Leben. Ich werde dich verlassen. Ich werde nicht bei dir bleiben.«

Sven löste sich von der Wand. Mit unsicheren Schritten ging er zur Tür, machte sie auf und trat in den Flur. Wir hörten ihn die Tür zum Bad öffnen. Dann hörten wir ihn würgen.

11

Als er Wasser laufen ließ und die Tür zumachte, sahen Paula und ich uns an. »Was war mit Heinz?« Ich wollte etwas anderes fragen.

»Oh, er und ich hatten zusammen am Alex eine pazifistische Aktion gemacht. An der Weltzeituhr. Wir hatten am 1. Januar 1988 Schildchen auf die Welt geklebt, die da, wo es 1987 Kriege und Bürgerkriege gegeben hatte, die Zahl der Opfer nannten. Das ging natürlich nicht. Für die war Krieg nicht Krieg und Bürgerkrieg nicht Bürgerkrieg. Wie konnten wir die Befreiungskriege der ausgebeuteten Völker mit den Unterdrückungskriegen der Imperialisten und Kapitalisten in einen Topf werfen. Wir wurden verhaftet, ich wurde drei Tage lang verhört und ermahnt und laufengelassen, Heinz saß sieben Monate in Haft und wurde abgeschoben. Bei mir war es ein Dummemädchenstreich, dank Sven, bei ihm die Fortsetzung und Steigerung vom Westen gesteuerter, in der Kirche nistender subversiver Agitation und Propaganda. Dabei hatten wir seit Jahren zusammengearbeitet und er nichts anderes gemacht als ich.«

»Weiß es Heinz?«

»Wir haben keinen Kontakt mehr. Er hat sich aus dem Westen oder nach der Wende nicht gemeldet. Vielleicht denkt er, ich hätte ihn damals verraten und so meine Haut gerettet.«

»Hat Sven alles, was er wußte, zur Stasi getragen?«

Sie nickte. »Und er hat mit seinem Führungsoffizier wie mit einem alten Freund geredet, über sich, über mich, über Julia.«

»Seit wann?«

»Das fing an, als auch wir uns kennengelernt haben, Sommer oder Herbst 1986.«

»Hat er was dafür gekriegt?«

»Ein paar hundert Mark hier und ein paar hundert Mark

da. Ich habe mich manchmal gewundert, wenn Julia und ich Geschenke bekamen, aber nicht gefragt. Nein, er war nicht geldgierig. Aber wer war schon geldgierig in der DDR.«

»Hast du was geahnt?«

»Weil ich ihm damals gesagt habe, er soll sich aus meinen politischen Sachen raushalten?« Sie zuckte die Schultern. »Ich weiß nicht. Ich glaube nicht, daß ich was geahnt habe. Ich weiß, daß ich nichts habe ahnen wollen.«

»Paula?«

»Ja?« Sie lächelte, müde und traurig, als wisse sie schon, wie das Gespräch weitergehen und daß es zu nichts führen würde.

»Warum hast du mit mir geschlafen?«

Sie antwortete nicht.

»Paula!«

Sie seufzte und drehte sich um. Wieder sah ich ihr Gesicht im Fenster.

»Hast du es getan, weil er dich betrogen hat und du schauen wolltest, ob du dich mit ihm aussöhnen kannst, wenn du auch deinen Seitensprung hast?«

Sie sagte nichts, nickte nicht, und ich konnte den Ausdruck ihres Gesichts im Spiegelbild nicht erkennen.

»Wolltest du, daß ich mich Sven gegenüber schuldig fühle und ihm deshalb nicht nachtrage, daß er auch mich verraten hat?«

Wieder sagte sie nichts.

»Sag was, Paula. Es ging dir nicht um mich, nicht wirklich. Ging es dir um dich, wolltest du von mir getröstet werden? Aber dafür hast du mir keine Zeit gelassen.« Ich wartete. Ich wartete, daß sie etwas sagen würde, bei dem ich das Gefühl haben könnte, sie meine mich, nichts von großer Liebe, aber etwas von Nähe und Vertrauen.

Sie schwieg weiter.

»Dann ging es dir um Sven, auf die eine oder andere Weise. Dann mußt du's dir eingestehen und bei ihm bleiben. Ich weiß nicht, ob es furchtbar ist oder wunderbar – er hat dich verraten, und du liebst ihn trotzdem.«

Ich wartete und dachte schon, sie würde wieder nicht reagieren. Aber dann fragte sie ihr Spiegelbild. »Kannst du jemanden lieben, den du nicht achtest?«

»Warum hat er als IM angefangen?«

»Er ist selbst zu ihnen gegangen. Er hatte Angst um mich, seit langem und besonders seit ich 1985 das erste Mal festgenommen worden war. Als er dich kennengelernt hat, hat er gedacht, er könne über dich berichten und dafür Nachsicht für mich einhandeln. Aber über dich gab es nichts zu berichten«, sie lächelte, »außer dem bißchen, das er sich ausgedacht hat, und als sie ihn in ihren Fängen hatten, hatten sie leichtes Spiel mit ihm.«

Sven stand im Zimmer. Ich hatte ihn nicht kommen hören. Er mußte mit Bedacht jedes Geräusch vermieden haben. Wie lange er wohl vor der Tür gestanden und gehorcht hatte?

Paula fuhr herum. »Du willst so weitermachen? Schleichen und Bespitzeln? Frag mich, wenn du etwas wissen willst. Aber komm nie wieder angeschlichen, nie mehr, und...« Sie hatte ihn angeschrien und brach plötzlich ab. »Ach, mach, was du willst.« Sie ging zur Tür.

»Geh nicht, Paula, geh nicht. Ich hab mich nicht angeschlichen. Ich war nur leise, weil Julia schläft. Und ich dachte, wenn ich weiß, was ihr redet, weiß ich, was ich noch sagen muß. Aber ich habe euch nicht bespitzelt.«

Sie standen sich gegenüber. Er hob bedauernd die Arme und ließ sie bedauernd fallen. Er hatte Tränen in den Augen und in der Stimme. »Ich hatte solche Angst, ich hatte die ganzen Jahre solche Angst. Um dich, um uns und nach der Wende davor, daß du alles erfährst. Du wolltest von meiner Angst nie etwas hören, ich meine von der um dich und uns; sie hat mich verrückt gemacht, und du hast mir nicht geholfen. Ich bin nicht so stark wie du. Ich war nie so stark wie du. Ich habe versucht, mit dir zu reden, über meine Angst und ob es nötig ist, daß du so weit gehst, und du hast dich auf nichts eingelassen.« Er weinte. »Warum hast du mich damals nicht verlassen, als du gemerkt hast, daß ich schwächer bin als du und ängstlicher und daß ich die Sachen, die du gemacht hast, nicht gut fand? Weil du mich damals gebraucht hast? Im Bett? Für Julia, für die du keine Zeit hattest? Für den Haushalt?« Er wischte sich mit den Händen die Augen und die Nase. »Jetzt brauchst du mich nicht mehr. Du verläßt mich, weil du mich nicht mehr brauchst.«

»Nein, ich bräuchte dich. Aber du bist nicht mehr der, den…«

»Ich bin derselbe geblieben.« Jetzt schrie er. »Derselbe, hörst du, derselbe. Vielleicht bin ich dir nicht mehr gut genug, vielleicht willst du einen Besseren oder hast schon einen Besseren. Aber dann sei ehrlich, und sag es.«

»Du mußt nicht schreien, Sven. Ich sage schon, was ich zu sagen habe.«

»Ja, wenn du entscheidest, daß du es zu sagen hast.« Er

wandte sich mir zu und musterte mich. »Und du? Hast du nichts zu sagen?« Er wartete, und als ich nicht antwortete, setzte er sich aufs Bett und starrte auf seine Füße. Paula ging zur Tür, aber nicht aus dem Zimmer. Sie lehnte sich da an die Wand, wo Sven gelehnt hatte.

12

Wir warteten. Ich wußte nicht, worauf. Daß einer etwas sagen würde, was noch nicht gesagt war? Daß einer etwas tun würde? Daß Paula ihre Sachen aus dem Schrank holen, den Koffer packen und gehen würde? Daß Sven ginge?

Ich wollte gehen. Aber ich konnte nicht. Ich konnte nicht wortlos gehen und wußte doch nicht, was ich sagen sollte. So blieb ich stehen, gelähmt, weil mir die Worte fehlten. Wenn ich zu Paula sah und sie meinen Blick bemerkte, lächelte sie mir müde und traurig zu. Manchmal hob Sven den Blick von seinen Füßen und richtete ihn prüfend auf Paula und mich.

Dann wurde es draußen hell. Der Himmel war zuerst grau, dann weiß und dann blaßblau. Ehe die Sonne das Dach nebenan beschien, fiel ihr Licht auf die Kugel des Fernsehturms, und die Kugel funkelte herüber. Wie viele Vögel es doch in der großen Stadt gibt, dachte ich. Sie lärmten in der alten Kastanie, die im Hof stand. Ich ging zum Fenster, machte es auf und ließ die Luft herein. Stadtluft, morgendlich frisch nur, weil sie noch nächtlich kühl war. Im Hof stanken eine Batterie Mülleimer und der Komposthaufen, den die ökologische Wohngemeinschaft im Erdgeschoß angelegt hatte. Vom Kirchturm schlug es sechs Uhr.

Plötzlich stand Julia in der Tür. Sie schaute sich verschlafen und verwundert um. »Ich muß heute schon um Viertel nach sieben in der Schule sein. Wir haben Probe. Kriege ich Frühstück?« Sie drehte sich um und ging ins Bad.

Sven stand auf und ging in die Küche. Ich hörte die Tür des Kühlschranks zufallen, die des Backofens, das Klappern des Geschirrs und nach einer Weile das Pfeifen des Wasserkessels. Als Julia aus dem Bad kam und über den Flur tappte, löste sich Paula von der Wand und folgte ihr. Ich hörte in Julias Zimmer die Schranktür gehen, die Schubladen wurden herausgezogen und zurückgeschoben, und Mutter und Tochter sprachen über die Probe, was anzuziehen und wie der Tag zu gestalten sei. Als die beiden in die Küche gegangen waren, rief Sven meinen Namen.

Auf dem Küchentisch standen vier Tassen und vier Teller mit aufgebackenen Brötchen. »Du nimmst doch Kaffee?« Sven schenkte ein. Ich setzte mich. Julia erzählte von dem Stück, das ihre Theatergruppe probte, vom Ablauf und Fortschritt der Proben, von den technischen Vorbereitungen der Aufführung. Manchmal machten Paula und Sven eine Bemerkung, zeigten Bewunderung, stellten eine Frage.

»Ich bring dich.« Als Julia aufstand, stand auch Sven auf. Paula nickte. »Ich komme mit. Ich gehe gleich weiter ins Institut.«

Sven schloß die Wohnungstür hinter uns ab. Auf der Treppe hielt Julia meine Hand. Vor dem Haus zog sie den

Ranzen über, den sie in der Hand getragen hatte, und faßte die Hände ihrer Eltern. Der Gehweg war leer, und Paula winkte mich an ihre Seite und nahm meinen Arm.

So gingen wir zur Schule. Es gab kaum Verkehr. Nur die Bäcker hatten schon auf und bedienten die ersten Kunden. Als wir der Schule näher kamen, begegneten wir anderen Schülerinnen und Schülern, die auch in die Probe gingen. Julia rief ihnen einen Gruß zu, ließ aber die Hände ihrer Eltern nicht los.

13

Danach brach der Kontakt ab. Ich mochte Sven nicht sehen, und ich mochte ihm nicht unter die Augen treten. Mußte ich ihm nicht beichten? Konnte ich ihm beichten, ohne Paula bloßzustellen? Mußte ich Paula und mich bloßstellen? Manchmal hatte ich Angst, daß seine IM-Berichte über den sympathisierenden Sozialrichter bekannt würden. Auch wenn sie meine Stelle nicht gefährdeten, würde ich mir dumme Bemerkungen von Kollegen und Anwälten anhören müssen. Beim Gedanken daran wurde ich wütend. Aber wütend wurde ich vor allem, wenn ich die Verfahren Paula gegen Sven, ich gegen Paula, Sven gegen mich und ich gegen Sven vor meinem inneren Gericht verhandelte. Ich kam nicht gut weg dabei und um so schlechter, je besser Sven abschnitt. Sven hatte mich benutzt, bespitzelt, verraten. Aber er hatte Angst gehabt. Er hatte Paula retten wollen und auch gerettet. Was zählte ein bißchen Bespitzeln gegen die Rettung der Frau? Dann war noch das mit Heinz und das mit Paula, beides mehr als ein bißchen Bespitzeln. Aber wieviel mehr? Wie sollte ich es messen? Und wie sollte es mich entlasten? Paula hatte mich ohnehin nicht entlasten wollen, sondern gerade hineinziehen und verstricken.

Ich sah sie einmal im Konzert. Sie saß im Parkett und ich im Rang. Die Entspanntheit, mit der sie dasaß, in der Pause aufstand, durch die Stuhlreihen ins Foyer und nach dem Gongschlag wieder an ihren Platz ging, machte mich wütend. Auch daß sie das Haar offen trug und die Geste, mit der sie eine Strähne hinters Ohr strich, machten mich wütend.

Von Julia wußte ich, daß Sven und Paula weiter zusammen waren. Sie tat, als sei nichts. Wenn sie Hans besuchte, schaute sie bei mir rein, mal mit ihm und mal ohne ihn, und wenn es spät wurde, übernachtete sie bei mir.

Meine Wut war keine gute Wut. Gute Wut richtet sich gegen die anderen. Dafür braucht sie klare Verhältnisse, nicht ein Durcheinander, wie wir es angerichtet hatten. Im Durcheinander trifft die Wut nicht nur die anderen, sondern einen selbst. Ich kriegte meine eigene Wut ab. Und immer wieder war ich einfach traurig. Mir fehlten Svens kindliches, zutrauliches Lächeln, seine Beobachtungen bei gemeinsamen Kino- und Theaterbesuchen, Paulas ernste und strenge Art, Gespräche zu führen, ihr glühendes Gesicht und ihre funkelnden Augen, wenn sie sich ereiferte.

Alle Ost-West-Geschichten waren Liebesgeschichten, mit den entsprechenden Erwartungen und Enttäuschungen. Sie lebten von der Neugier darauf, was am anderen fremd war, von dem, was er hatte und man selbst nicht, und was man selbst hatte, er aber nicht und was einen ohne weiteren Einsatz interessant machte. Wieviel gab es davon! Genug, um aus dem Winter, als die Mauer fiel, einen Frühling ost-west-deutscher Liebesneugier zu machen. Aber dann war, was fremd und anders und weit weg war, auf einmal nah, gewöhnlich und lästig. Wie die schwarzen Haare der Freundin im Waschbecken oder ihr großer Hund, der auf den gemeinsamen Spaziergängen gefiel, aber in der gemeinsamen Wohnung nervt. Als Gegenstand der Neugier bleibt allenfalls, wie man sich miteinander in dem Durcheinander einrichtet, das man angerichtet hat – falls es einem umeinander ist.

Als Julia ihren zehnten Geburtstag hatte, lud sie mich ein. Ihre Eltern ließen ihr bei der Einladung freie Hand, und sie fand richtig, nicht nur mit den gleichaltrigen Freunden und Freundinnen zu feiern, sondern auch mit den älteren. Mit der ersten Brille, dem Wechsel auf die höhere Schule und der Ehekrise ihrer Eltern war sie altklug geworden.

Hans und ich machten den Weg zusammen. Es war ein schöner Tag, und als wir bei Sven und Paula aus dem U-Bahn-Schacht kamen, beschien die Sonne die Fassaden, die bei meinem letzten Besuch noch grau gebröckelt hatten und jetzt hell verputzt waren. Es gab neue Geh- und Fahrradwege, einen neuen Kopierladen, ein neues Reisebüro und an der Ecke ein neues tunesisches Restaurant. Auch der Kinderspielplatz auf der anderen Straßenseite hatte neue Geräte, neue Bänke und neues Grün. Die Vergangenheit war entlassen worden.

Wir gingen die Treppe hoch und klingelten. Sven machte

die Tür auf und breitete die Arme aus, als wolle er mich umarmen. Aber er holte mit den Armen zu der Geste des Bedauerns und der Vergeblichkeit aus, die ich kannte. »Der Kaffee ist alle. Trinkst du Schokolade?«

Im Wohnzimmer war der Tisch ausgezogen und gedeckt. Svens Eltern waren da, Julias Lieblingslehrerin aus der alten Schule, der Nachbar mit seinen zwei Kindern und Schulkameradinnen und -kameraden. Aus dem Westen war außer Hans und mir noch ein Slawist, mit dem Sven an der FU gearbeitet hatte, gekommen. Die Kinder lärmten durch Wohnzimmer, Gang und Kinderzimmer. Wir Alten standen auf dem Balkon und wußten nicht, worüber wir reden sollten. Der Slawist empörte sich über Ost und West, daß alles zu schnell ging oder zu langsam, daß zu viele Opfer gebracht wurden oder zu wenige. Aber niemand mochte streiten. Wir priesen lieber, wie Julia gewachsen war, wie wohlgeraten, sportlich, vernünftig und hilfsbereit sie war.

Als alle um den Tisch saßen, stand Julia auf. Sven sah Paula fragend an, aber sie zuckte die Schultern. Julia hielt eine Rede. Sie bedankte sich für die Geschenke und dafür, daß alle gekommen waren, die jungen Freunde und Freundinnen und die alten, die aus dem Osten und die aus dem Westen. Leider sehe man sich heute nicht mehr so oft wie früher, früher habe man mehr Zeit füreinander gehabt. Jetzt sah auch ich Paula fragend an. Man verliere sich heute leicht aus den Augen. »Ja«, sagte Julia ernsthaft und schaute entschlossen, »wenn wir Frauen nicht alles zusammenhalten!«

Paula preßte die Lippen zusammen und lachte mit den Augen. Sven hielt das Gesicht gesenkt. Julia war mit der

Rede fertig, einer fing an zu klatschen, die anderen fielen ein, und weil Hans sich über Julia freute und lachte, konnte Sven das Gesicht heben und mitlachen, und Paula lachte mit, und wir lachten uns an.

Der Andere

I

Wenige Monate nach seiner Pensionierung starb seine Frau. Sie hatte Krebs, nicht mehr zu operieren oder sonst zu behandeln, und er hatte sie zu Hause gepflegt. Als sie tot war und er sich nicht mehr um ihr Essen, ihre Notdurft und ihren ausgezehrten, wundgelegenen Körper kümmern mußte, mußte er sich um das Begräbnis kümmern, um Rechnungen und Versicherungen und darum, daß die Kinder bekamen, was sie ihnen zugedacht hatte. Er mußte ihre Kleider reinigen lassen und ihre Wäsche waschen, ihre Schuhe putzen und alles in Kartons packen. Ihre beste Freundin, Inhaberin eines Secondhandladens, holte die Kartons ab; sie hatte seiner Frau versprochen, daß die edle Garderobe von schönen Frauen getragen würde.

Auch wenn es sich bei alledem um Verrichtungen handelte, die ihm ungewohnt waren, war ihm doch so vertraut, im Haus geschäftig zu sein, während aus ihrem Krankenzimmer kein Laut drang, daß er immer wieder das Gefühl hatte, er müsse nur die Treppe hinaufsteigen, die Tür öffnen und könne sich auf ein Wort, einen kurzen Bericht, eine Frage zu ihr ans Bett setzen. Dann traf ihn das Bewußtsein, daß sie tot war, wie ein Schlag. Oft ging es ihm auch so, wenn er telefonierte. Er lehnte neben dem Telefon an der Wand zwischen Küche und Wohnzimmer, ganz normal, sprach über Normales, fühlte sich normal, und dann fiel ihm ein, daß sie tot war, und er konnte nicht weiterreden und mußte auflegen.

Eines Tages war alles erledigt. Er fühlte sich, als seien die Seile gekappt, der Ballast abgeworfen und er treibe mit dem Wind über das Land. Er sah niemanden und vermißte niemanden. Seine Tochter wie auch sein Sohn hatten ihn eingeladen, einige Zeit mit ihnen und ihren Familien zu verbringen, aber obwohl er seine Kinder und Enkel zu lieben meinte, war ihm die Vorstellung, bei ihnen zu leben, unerträglich. Er wollte nicht in einer Normalität leben, die nicht seine alte war.

Er schlief schlecht, stand früh auf, trank Tee, spielte ein bißchen Klavier, saß über dem einen und anderen Schachproblem, las und machte Notizen für einen Artikel zu einem Thema, das ihm in den letzten Jahren seiner beruflichen Tätigkeit begegnet war und ihn seitdem begleitete, ohne ihn wirklich zu beschäftigen. Am späten Nachmittag begann er zu trinken. Er nahm ein Glas Sekt mit ans Klavier oder Schachbrett; beim Abendessen, einer Suppe aus der Dose oder ein paar Scheiben Brot, trank er die Flasche Sekt aus und machte eine Flasche Rotwein auf, die er über seinen Notizen oder einem Buch leerte.

Er machte Spaziergänge durch die Straßen, in die oft verschneiten Wälder und entlang dem Fluß, dessen Ränder manchmal gefroren waren. Er brach auch nachts auf, zunächst ein bißchen torkelig, hier und da stolpernd und an einem Zaun, einer Mauer entlangschrammend und bald mit klarem Kopf und sicherem Schritt. Er wäre gerne am Meer gewesen und am Strand gelaufen, Stunden um Stunden.

Aber er konnte sich nicht entschließen, das Haus zu verlassen, diese Hülle seines Lebens.

2

Seine Frau war nicht besonders eitel gewesen. Jedenfalls war sie ihm nicht besonders eitel erschienen. Schön, ja, schön hatte er sie gefunden, und er hatte ihr seine Freude an ihrer Schönheit auch gezeigt. Sie hatte ihm gezeigt, daß sie sich über seine Freude freute – mit einem Blick, einer Geste, einem Lächeln. Anmutig waren diese Blicke und Gesten, dieses Lächeln gewesen und auch die Art, wie sie sich im Spiegel musterte. Aber nicht eitel.

Und doch war sie an ihrer Eitelkeit gestorben. Als der Arzt einen Knoten in ihrer rechten Brust festgestellt und eine Operation angeraten hatte, war sie aus Angst, ihr werde die Brust abgenommen, nicht mehr zu ihm gegangen. Dabei hatte sie mit ihren hohen, vollen, festen Brüsten nie geprahlt, und sie hatte auch nicht geklagt, als sie in den letzten Monaten vor ihrem Tod abmagerte und die Brüste an ihr wie leere Hosentaschen hingen, die einer nach außen kehrt, um zu zeigen, daß er nichts hat. Sie hatte ihm immer den Eindruck gemacht, sie habe ein ganz selbstverständliches Verhältnis zu ihrem Körper, im guten wie im schlechten. Erst nach ihrem Tod, als er durch eine angelegentliche Bemerkung des Arztes von der vermiedenen Operation erfuhr, fragte er sich, ob das, was er für ein selbstverständliches Verhältnis gehalten hatte, nicht lange ein verwöhntes und am Ende ein resigniertes gewesen war.

Er machte sich Vorwürfe, daß er damals, als die Operation anstand, nichts gemerkt hatte und daß sie nicht mit ihm hatte reden, ihre Angst teilen und ihre Entscheidung finden wollen. Damals – er hatte keine spontane Erinnerung an die Zeit, zu der sie die Nachricht vom Knoten und die Aufforderung zur Operation bekommen haben mußte. Er fügte die Erinnerung Stück um Stück zusammen und fand nichts Auffälliges. Sie waren einander damals so vertraut wie immer, er war beruflich weder besonders stark unter Druck noch besonders viel auf Reisen gewesen, und auch sie hatte ihren Beruf versehen wie immer. Sie war Geigerin im städtischen Orchester, zweite Geige, erstes Pult, und gab daneben Unterricht. Ihm fiel ein, daß sie damals nach Jahren, in denen sie nur davon geredet hatten, sogar wieder gemeinsam musizierten, die Sonate »La folia« von Corelli.

Über den Erinnerungen verstummten seine Selbstvorwürfe und machten einem Unbehagen Platz, das der Vertrautheit zwischen ihm und ihr galt. Hatte er sich etwas vorgemacht? Waren sie einander gar nicht so vertraut gewesen? Aber woran sollte es gemangelt haben? Hatten sie nicht ein gutes Leben gehabt? Und sie hatten miteinander geschlafen, bis sie schwer krank wurde, und geredet bis zu ihrem Tod.

Auch das Unbehagen verschwand. Oft hatte er ein Gefühl der Leere, bei dem er selbst nicht wußte, was ihm fehlte. Auch wenn ihm unvorstellbar war, die Probe aufs Exempel zu machen, fragte er sich dann, ob er wirklich seine Frau vermißte oder nicht einfach einen warmen Körper im Bett und jemanden, mit dem er ein paar Worte wechseln konnte, der leidlich interessant fand, was er zu sagen hatte, und dem umgekehrt er mit leidlichem Interesse zuhören mochte. Er fragte sich auch, ob die Sehnsucht, die er gelegentlich nach seiner Arbeit hatte, wirklich seiner Arbeit galt und nicht vielmehr einem beliebigen sozialen Kontext und einer Rolle, die er gut spielen konnte. Er wußte, daß er langsam war, langsam im Wahrnehmen und im Verarbeiten, langsam im Sicheinlassen wie im Sichlösen.

Manchmal war ihm, als sei er aus seinem Leben gefallen, falle immer noch, werde aber bald unten anlangen und könne unten wieder von vorne anfangen, ganz klein, aber von vorne.

3

Eines Tages kam ein Brief für seine Frau, dessen Absender er nicht kannte. Immer wieder einmal kam Post für sie, Drucksachen, Rechnungen für Zeitschriften und Mitgliedschaften, der Brief einer Freundin, an die er beim Verschicken der Todesanzeigen nicht gedacht hatte, an die er sich angesichts des Briefs aber sofort erinnerte, die Todesanzeige eines ehemaligen Kollegen oder eine Einladung zu einer Vernissage.

Der Brief war kurz, in flüssiger Schrift mit Füller geschrieben.

Liebe Lisa,
Du findest, ich hätte es Dir damals nicht so schwer machen sollen, ich weiß. Ich stimme Dir nicht zu, auch heute nicht. Und doch bin ich, wie ich damals nicht wußte und heute weiß, schuldig geworden. Auch Du bist es. Wie lieblos sind wir beide damals mit unserer Liebe umgegangen! Wir haben sie erstickt, Du mit Deiner Ängstlichkeit und ich mit meinen Forderungen, und hätten sie wachsen und blühen lassen können.
Es gibt die Sünde des ungelebten Lebens, der ungeliebten Liebe. Du weißt, daß eine gemeinsam begangene Sünde die, die sie gemeinsam begangen haben, auf immer verbindet?
Vor ein paar Jahren habe ich Dich gesehen. Es war bei einem Gastspiel Deines Orchesters in meiner Stadt. Du bist älter geworden. Ich habe Deine Falten und die Müdigkeit Deines Körpers gesehen und an Deine Stimme gedacht, wie sie in Ängstlichkeit und Abwehr schrill wird. Aber es hat nichts geholfen; wenn es sich ergeben hätte, wäre ich mit Dir wieder einfach ins Auto gestiegen oder in den Zug und losgefahren und hätte wieder Nächte und Tage im Bett mit Dir verbracht.
Du kannst mit meinen Gedanken nichts anfangen? Aber mit wem soll ich sie teilen, wenn nicht mit Dir!

Rolf

Die Anschrift im Absender lautete auf eine große Stadt im Süden. Als er den Brief gelesen hatte, holte er einen Plan der Stadt, suchte die Straße und fand sie an einem Park. Er stellte sich den Schreiber des Briefs vor, am Schreibtisch mit Blick auf den Park. Er selbst sah in die Wipfel der Bäume an der Straße vor seinem Haus. Sie waren noch kahl.

Er kannte die Stimme seiner Frau nicht schrill. Er hatte nie Nächte und Tage im Bett mit ihr verbracht. Er war mit ihr nie einfach ins Auto oder in den Zug gestiegen und losgefahren. Er war zuerst nur verwundert, dann fühlte er sich betrogen und bestohlen; seine Frau hatte ihn um etwas betrogen, was ihm gehört hatte oder doch gebührt hätte, und der andere Mann hatte es ihm gestohlen. Er wurde eifersüchtig.

Es blieb nicht bei der Eifersucht auf das, was seine Frau mit dem anderen geteilt und was er nicht gekannt hatte. Woher sollte er wissen, ob sie ihm die Eine und dem Anderen eine Andere gewesen war? Vielleicht war sie dem Anderen auch die gewesen, die sie ihm gewesen war. Wenn Lisa und er in einem Konzert waren und ihre Hände sich fanden, weil sie beide das Stück mochten, wenn er ihr beim morgendlichen Schminken zusah und sie ihm einen kleinen Blick und ein kleines Lächeln zuwarf, ehe sie wieder mit Konzentration auf ihr Bild im Spiegel schaute, wenn sie morgens aufwachte und sich zugleich an ihn kuschelte und von ihm weg reckte und streckte, wenn er ihr von einem Problem seiner Arbeit erzählte und sie scheinbar kaum zuhörte, um ihn Stunden oder Tage später mit einer Bemerkung zu überraschen, die ihre Aufmerksamkeit und Anteilnahme zeigte – in solchen Situationen hatte sich ihm die Vertrautheit ihres gemeinsamen Lebens offenbart. Daß es eine exklusive Vertrautheit sei, hatte sich für ihn von selbst verstanden. Jetzt aber war ihm nichts mehr selbstverständlich. Warum sollten sie und der Andere nicht ebenso vertraut miteinander gewesen sein? Warum sollte sie nicht auch mit dem Anderen Hand in Hand im Konzert gesessen haben, nicht auch ihm beim Schminken zugeblinzelt und zugelächelt, nicht auch in seinem Bett und an ihn sich gekuschelt, gereckt und gestreckt haben?

4

Der Frühling kam, und er wachte morgens vom Zwitschern der Vögel auf. Es war jeden Morgen dasselbe. Er wachte auf, glücklich, die Vögel zu hören und den Schein der Sonne im Zimmer zu sehen, und für einen Moment schien die Welt in Ordnung. Aber dann kam es ihm wieder in den Sinn: der Tod seiner Frau, der Brief des Anderen, die Affäre der beiden und daß seine Frau in dieser Affäre eine ganz andere als die, die ihm vertraut war, und überdies auch noch genau die gewesen sein mußte. Affäre – so hatte er das, was der Brief enthüllte, zu nennen begonnen, und aus der Frage, ob seine Eifersucht doppelten Anlaß habe, hatte er die Gewißheit gemacht, daß es so sei. Manchmal fragte er sich, was schlimmer sei: daß der, den man liebt, mit einem anderen ein anderer oder daß er eben der ist, der einem vertraut ist. Oder ist das eine so schlimm wie das andere? Weil einem so oder so etwas gestohlen wird – das, was einem gehört, und das, was einem gehören sollte?

Es war wie bei einer Krankheit. Auch der Kranke wacht auf und braucht einen Moment, bis er wieder weiß, daß er krank ist. Und wie eine Krankheit vergeht, vergehen auch

Trauer und Eifersucht. Das wußte er, und er wartete darauf, daß es ihm bessergehe.

Mit dem Frühling wurden seine Spaziergänge länger. Sie bekamen Ziele. Er ging nicht mehr einfach drauflos, sondern über die Felder zu der Schleuse in der Ebene oder durch die Wälder zu der Burg über dem Fluß oder zwischen blühenden Obstbäumen entlang den Bergen zu einer benachbarten kleinen Stadt, wo er einkehrte und für den Heimweg den Zug nahm. Immer häufiger kam es vor, daß er am späten Nachmittag die übliche Flasche Sekt aus dem Kühlschrank holte und wieder zurücklegte. Immer häufiger fand er sich auch in Gedanken an etwas, das nicht mit seiner Frau, ihrem Tod, dem Anderen und der Affäre zu tun hatte.

Eines Samstags ging er in die Stadt. Er hatte dazu in den letzten Monaten keinen Anlaß gehabt. Da, wo er wohnte, gab es eine Bäckerei und einen Lebensmittelladen, und mehr hatte er nicht gebraucht. Als er dem Zentrum näher kam, der Verkehr und das Geschiebe und Gedränge der Menschen dichter wurden, Geschäft sich an Geschäft reihte, die Luft erfüllt war von den Stimmen der Menschen, dem Rauschen des Verkehrs, den Melodien von Straßenmusikanten und Rufen von Straßenhändlern, bekam er Angst. Er fühlte sich von den Menschen, ihrer Geschäftigkeit und ihren Geräuschen bedrängt. Er ging in eine Buchhandlung, aber auch hier war es voll und drängten sich Menschen vor den Regalen, Tischen und der Kasse. Eine Weile stand er im Bereich der Tür und konnte sich weder entschließen, weiter hinein- noch hinauszugehen, stand anderen im Weg, wurde angerempelt und bekam ärgerliche

Entschuldigungen zu hören. Er wollte nach Hause, hatte aber nicht die Kraft, auf die Straße zu treten und nach Hause zu laufen, in die Straßenbahn zu steigen oder eine Taxe zu suchen. Er hatte sich für stärker gehalten. Wie ein Genesender, der sich übernimmt und einen Rückfall erleidet, würde er mit dem Gesundwerden wieder von vorne anfangen müssen.

Als er es schließlich in die Straßenbahn geschafft hatte, stand eine junge Frau auf und bot ihm ihren Platz an. »Ist Ihnen nicht gut? Schon in der Buchhandlung standen Sie da, daß man Sorge um Sie haben mußte.« Er erinnerte sich nicht, sie in der Buchhandlung gesehen zu haben. Er dankte ihr und setzte sich. Die Angst ließ nicht nach. Mit dem Gesundwerden wieder von vorne anfangen müssen – hieß das, daß er jetzt unten angelangt war? Er hätte es gerne geglaubt, hatte aber das Gefühl, noch tiefer zu fallen.

Zu Hause legte er sich am hellen Tag ins Bett. Er schlief ein und wachte nach ein paar Stunden auf. Es war immer noch hell, und die Angst war weg.

Er setzte sich an den Schreibtisch, nahm ein Blatt Papier und schrieb ohne Datum und ohne Anrede.

Ihr Brief kam an. Aber er erreichte die, der Sie ihn geschrieben haben, nicht mehr. Lisa, die Sie gekannt und geliebt haben, ist tot.

B.

BB hatten seine Frau und Freunde ihn lange genannt, bis irgendwann B daraus geworden war. Mit B für Benner hatte er im Amt seine Vermerke und Verfügungen gezeichnet.

Mit B für Bengt hatte er sich angewöhnt, auch privat zu unterschreiben, auch an seine Kinder, die Papa früher liebevoll Baba ausgesprochen hatten, wie es dem weichen Dialekt entsprach. Er mochte, daß das eine B so vielen Rollen gerecht wurde.

Er steckte das Blatt in einen Umschlag, adressierte und frankierte ihn und warf ihn ein paar Straßen weiter in den Briefkasten.

5

Drei Tage später fand er eine Antwort.

Braune! Du willst die Lisa nicht mehr sein, die ich geliebt habe? Sie soll für mich gestorben sein?
Wie gut verstehe ich Deinen Wunsch, die Vergangenheit totzuschweigen, wenn sie schmerzhaft in die Gegenwart reicht. Aber sie kann nur in die Gegenwart reichen, wenn sie noch lebendig ist. Unsere gemeinsame Vergangenheit ist für Dich noch so lebendig wie für mich – wie gut das tut! Und wie gut, daß Du, die auf meine Briefe damals nie geantwortet hat, mir jetzt geschrieben hast. Und daß Du meine Braune geblieben bist, wenn Du Dich auch in der Abkürzung versteckst.
Dein Brief hat mich glücklich gemacht.

Rolf

Braune? Ja, sie hatte braune Augen gehabt und braune Locken, braune Härchen auf Armen und Beinen, die im

Sommer, wenn ihre Haut braun wurde, blond bleichten, und viele braune Muttermale. Meine braune Schöne hatte er sie manchmal bewundernd genannt. Braune – das war etwas anderes. Es war knapp, herrisch, besitzergreifend. Braune – das war die Stute, der man die Nüstern streichelt, die Seite tätschelt, um sich auf sie zu schwingen und ihr den Druck der Schenkel zu geben.

Er ging an den Sekretär seiner Frau, ein Möbel aus dem Biedermeier. Er wußte, daß es ein Geheimfach hatte. Als er nach ihrem Tod ihre Sachen durchgesehen hatte, hatte er sich gescheut, danach zu suchen. Jetzt räumte er alle Fächer leer, zog alle Schubladen heraus, fand die Wand, hinter der sich das Geheimfach befinden mußte, und nach einer Weile auch die Leiste, die er zu drücken hatte, um mit der Wand einen Kubus so um seine Achse drehen zu können, daß er eine Tür zeigte. Sie war verschlossen, er brach sie auf.

Ein Bündel Briefe mit rotem Band – am Poststempel sah er, daß es die Briefe der Jugendliebe waren, von der seine Frau ihm erzählt hatte. Ein Poesie- oder Fotoalbum mit Lederriemen und Schloß. Bei einem anderen Bündel mit grünem Band erkannte er die Schrift ihrer Eltern. Er erkannte auch die Schrift des Anderen. Vier Briefe waren von einer großen Briefklammer zusammengehalten. Er nahm sie mit zu seinem Platz am Fenster, einem Ohrensessel und einem Nähtisch, Biedermeiermöbel wie der Sekretär und mit ihm vor der Hochzeit gemeinsam mit Lisa gekauft. Er setzte sich und las.

Lisa,
es ist anders geworden, als Du es Dir am Anfang vorgestellt hattest, schwerer. Ich weiß, daß es Dir manchmal angst macht und Du weglaufen möchtest. Aber Du darfst nicht weglaufen. Und Du mußt es auch nicht. Ich bin bei Dir, auch wenn ich nicht bei Dir bin.
Zweifelst Du an meiner Liebe, weil ich's Dir nicht leichter mache? Es steht nicht in meiner Macht. Ja, auch ich hätte lieber, wenn es einfach für uns wäre, wenn wir miteinander und füreinander leben könnten und nichts sonst. Aber so ist die Welt nicht. Und doch ist sie wunderbar; sie hat uns einander finden und lieben lassen.
Ich kann Dich nicht lassen, Lisa.

Rolf

Nein, Lisa, nicht wieder. Wir hatten es vor einem Jahr und vor einem halben, und Du weißt, daß ich Dich nicht lassen kann. Ich kann nicht ohne Dich. Und Du kannst nicht ohne mich. Nicht ohne meine Liebe, nicht ohne die Lust, die ich Dir gebe. Wenn Du mich verläßt und ich stürze, rettungs- und bodenlos, reiße ich Dich mit hinab. Laß es dazu nicht kommen. Bleib die Meine, wie ich der Deine bleibe,

Dein Rolf

Du bist nicht gekommen. Ich habe auf Dich gewartet, Stunde um Stunde, und Du bist nicht gekommen. Nun ja, sie schafft's eben nicht pünktlich, habe ich mir zuerst gedacht und dann mir Sorgen gemacht und dann herumtelefoniert und dann von Deiner Putzfrau erfahren,

daß Du nicht ans Telefon kommen kannst. Von Deiner Putzfrau! Du bist nicht nur nicht gekommen. Du hast Dich von Deiner Putzfrau vor mir verleugnen lassen.
Ich bin voller Zorn, verzeih. Ich habe kein Recht, zornig auf Dich zu sein. Es war alles zuviel für Dich, konnte so nicht weitergehen, mußte sich ändern, und Du hast mir das nur zeigen können, indem Du nicht gekommen bist. Und ich habe es wohl auch nur so begreifen können.
Ich habe es begriffen, Lisa. Laß uns für eine Weile alles vergessen, was uns belastet. Du bist nächste Woche mit dem Orchester in Kiel – häng einen oder zwei Tage dran, Tage nur für uns. Und laß mich bald von Dir hören.

Rolf

Die Putzfrau, die Putzfrau! Ist sie jeden Tag bei Euch? Jedenfalls ist sie jedesmal dran, wenn ich anrufe. Oder Dein Mann – bald wird er sich über den abendlichen Anrufer wundern, der immer auflegt, wenn er sich meldet. Ach, Lisa. Das Scheitern meiner Anrufe hat etwas Groteskes, Komisches. Laß uns mit der Groteske Schluß machen und über die Komik lachen, zusammen lachen, im Bett zusammen lachen, schmusen und lachen und wieder schmusen und wieder lachen und …
Ich bin die nächste Woche hier. Ich warte auf Dich, nicht nur an unserem Tag und zu unserer Zeit, ich warte jeden Tag und jede Nacht auf Dich und jede Stunde.

Rolf

Auf keinen der vier Briefe hatte der Schreiber ein Datum gesetzt. Das Datum des Poststempels auf dem ersten Brief lag zwölf Jahre zurück, auf den drei anderen elf, im Abstand weniger Tage.

Was war auf den letzten Brief gefolgt? Hatte Lisa nachgegeben? Hatte der Andere aufgegeben? Ohne weitere Briefe einfach aufgegeben?

6

Er erinnerte sich gut an die Zeit, aus der die Briefe stammten. Vor elf Jahren war Wahl, und obwohl Bundestagsmehrheit und Regierungskoalition gleichblieben, wechselte der Minister. Der neue ersetzte ihn, der parteilos war, durch einen parteizugehörigen Beamten und versetzte ihn in den einstweiligen Ruhestand. Zwar wurde er nach einem Jahr für eine Stelle bei einer staatlichen Stiftung reaktiviert und hatte dort eine interessante Aufgabe. Aber Macht, wie er sie im Ministerium für ein paar Jahre gehabt und genossen hatte, hatte er nicht mehr.

Ja, in den letzten Jahren im Ministerium war er stark unter Druck und viel auf Reisen gewesen und hatte seine Akten auch an den Wochenenden bearbeiten müssen, wenn nicht im Amt, dann zu Hause. Gleichwohl hatte er gedacht, mit Ehe und Familie sei alles in Ordnung; er hatte auch gemeint, er versichere sich dessen in den gelegentlichen Kontakten mit seiner Frau und seinen Kindern hinreichend. Hatte er das wirklich? Ihm war jetzt, als habe er sich damals nicht nur etwas vorgemacht, sondern eigentlich auch schon gewußt, daß er sich etwas vormachte. Ihm kamen Situationen in den Sinn, in denen Lisa abwesend oder abweisend gewesen war. »Was ist?« hatte er gefragt. – »Nichts«, hatte sie geantwortet. – »Es stimmt doch was nicht.« – »Nein, es ist alles in Ordnung. Ich bin nur müde« oder »Ich bekomme nur meine Tage« oder »Ich bin mit den Gedanken beim Orchester« oder »bei einem Schüler«. Er hatte nicht weitergefragt.

Und dann, als er bald nach dem letzten Brief aus dem Ministerium ausgeschieden war? Beschämt merkte er, daß er aus dem Jahr seines einstweiligen Ruhestands noch weniger Erinnerungen an seine Ehe und seine Familie hatte. Er hatte sich ungerecht behandelt gefühlt, war verletzt gewesen, hatte seine Wunden geleckt und erwartet, daß man, die Welt, der Staat, der Minister, die Freunde, die Frau, die Kinder das Unrecht wiedergutmachen. Er hatte so sehr auf das geschaut, was er von den anderen kriegte oder nicht kriegte, daß er gar nicht gemerkt hatte, wie es um sie stand. Ihm fiel sein Kampf gegen den Lärm der Kinder und ihrer Freunde ein. Der fröhliche Lärm war für ihn nur eine Mißachtung seines Bedürfnisses nach Ruhe gewesen.

Er fand in seinen Erinnerungen nichts, was ihm die Frage beantwortete, ob es zwischen Lisa und dem Anderen nach dem letzten Brief weitergegangen war. Manchmal war Lisa in jenem schwierigen Jahr auf ihn zugegangen, und er hatte sie zurückgestoßen, wenn auch nur, damit sie ihn trotzdem und erst recht liebe – wie ein Kind. Das wußte er noch, aber nicht, was sonst zwischen ihnen gewesen war. Er konnte sich nicht vorstellen, daß sie neben dem Orchester viel Zeit außer Hause verbracht haben sollte, ohne daß er, der stets zu Hause war, es gemerkt hätte. Aber was hatte er in jenem Jahr überhaupt gemerkt!

Er schrieb.

Deine jetzigen Briefe sind wie Deine damaligen: Sie bedrängen mich. Du bedrängst mich. Wenn sich das nicht ändert, ich will sagen, wenn Du das nicht änderst, wirst Du von mir nichts mehr hören. Mach nicht wieder denselben Fehler.

B.

Ihm war nicht wohl. Aber er fand, es komme nicht darauf an. Wohl war ihm auch nicht, wenn er den Brief nicht schrieb. Oder einen anderen schrieb. Lisa hatte sich dem Anderen entzogen, und wenn es dabei geblieben war, wollte er seinen Frieden damit machen. Und wenn es nicht lange gedauert hatte. Und wenn es nicht tief gegangen war.

7

Lisa, meine Braune,
sei fair. Ich war damals verzweifelt. Mein Leben war verpfuscht, sosehr Du mir geholfen hattest und ich gekämpft hatte, und dann hast Du mich auch noch aus Deinem Leben geworfen, wie man einen streunenden Köter aus seiner Wohnung wirft, und alle Türen und Fenster verschlossen. Ich wußte mir nicht zu helfen. Ich wollte Dich nicht bedrängen. Ich wollte Dich nur erreichen, Dich sehen, mit Dir reden. Ich erinnere mich nicht mehr genau an den Inhalt der Briefe, die ich Dir damals geschrieben habe. Aber ich kann mir nicht vorstellen,

daß in dem, was Dich bedrängend anmutet, nicht meine Verzweiflung spürbar ist, meine Angst, Dich zu verlieren oder schon verloren zu haben. Und habe ich Dich, nachdem ich Dich schließlich am Telefon erreicht und um die Ecke im Regen getroffen habe und Du mir gesagt hast, daß es aus ist, ein und für allemal aus, daß Du mich nicht mehr sehen kannst und willst, nicht in Ruhe gelassen?
Aber vielleicht meinst Du ja auch gar nicht nur das Ende. Meinst Du den Anfang? Als Du weggelaufen bist und ich hinter Dir hergerannt bin und Dich an der Mauer neben der Kirche gestellt habe? Ja, wenn ich nicht die Hände neben Dir gegen die Mauer gepreßt und Dich mit meinen Armen eingesperrt hätte, hätte ich Dir nicht sagen können, was ich Dir zu sagen hatte. Aber ich habe Dich nicht angerührt, bis Du mir die Arme um den Hals gelegt hast. Und in unserer ersten Nacht hast auch Du die Arme um mich gelegt – erinnerst Du Dich nicht mehr? Es war kalt, so kalt, daß Du nicht mehr unter der Decke hervorkommen wolltest, und so habe ich mich aufgerichtet und über Dich gebeugt und das Licht neben Dir ausgeknipst, und dann hast Du doch die Arme unter der Decke hervorgestreckt und mich zu Dir genommen.
Ich weiß, Du hast Dich und mich später noch mal und noch mal gefragt, ob ich unsere erste Begegnung nicht von langer Hand eingefädelt, ob ich nicht ein abgekartetes Spiel mit Dir gespielt habe. Ich mochte damals und mag auch heute nicht sagen, daß es Zufall war, daß wir uns begegnet sind. Es war ein Geschenk des Himmels.
Hast Du die Bilder noch? Von den ersten hattest nur Du Abzüge. Ein Kollege von Dir hat sie gemacht, und eines

sehe ich vor mir: das Restaurant in Mailand, lauter Musiker um einen großen Tisch und neben Dir ich, gerade von der Oboe von meinem einsamen Tisch an Euren geselligen geholt. Die nächsten Bilder sind vom Comer See – ich habe noch die Negative. Auf einem hat der kleine Junge vom Obststand auf den Auslöser gedrückt, und wir schauen verwirrt, verliebt, glücklich und entschlossen. Auf einem anderen ist das große, alte, weiße Hotel unserer ersten Nacht zu sehen; die Berge tragen noch Schnee, und Du lehnst an unserem Mietwagen und hast das Tuch um den Kopf gebunden wie Caterina Valente in den fünfziger Jahren. Eines hast Du von mir gemacht, ohne daß ich's gemerkt habe; ich bin, schon im Mantel und Aufbruch, auf den Balkon getreten und schaue auf den See hinunter, auf dem, weil es noch so kalt ist, kein Schiff und kein Boot unterwegs ist. Und das Bild von Dir im Morgenlicht, zu dem Du mir den silbernen Rahmen geschenkt hast.

Wenn Du Dich von mir bedrängt gefühlt hast, am Anfang, am Ende, wann auch immer – es tut mir leid. Ich dachte, wir hätten gemeinsam unter dem Druck der Situation gestanden und gelitten, beide nicht so frei füreinander, wie wir gerne gewesen wären. Wir waren auf verschiedene Weise eingesperrt, und vielleicht hast Du an Deinem Konflikt schwerer getragen als ich an meinem. Aber auch ich hatte es mit meinem nicht leicht, und das schwerste war, daß ich Dich ständig bitten mußte, mir zu helfen.

Ich traue mich nicht, Dich um ein Wiedersehen zu bitten. Aber Du sollst wissen, daß ich es mir sehr wünsche.

Rolf

Er hatte das Album, als er es im Geheimfach gefunden hatte, wieder zurückgelegt. Jetzt nahm er es heraus, zerschnitt den Lederriemen und schlug es auf. Auch das Album fing mit den Bildern der Tischrunde im Mailänder Restaurant an: blitzlichtgeblendete Blicke, alkoholbeschwingte Gesten, leer gegessene Schüsseln und Teller, volle und leere Karaffen, Flaschen und Gläser. Er erkannte den einen und anderen Kollegen von Lisa. Sie saß neben einem Mann, den er noch nie gesehen hatte. Auf jedem Bild lachte er in die Runde, zu seinem Nachbarn, zu Lisa, in die Kamera, die Linke mit erhobenem Glas und die Rechte um Lisas Schultern gelegt. Dann kamen die Bilder vom Comer See: Lisa und der Andere neben einem Obststand, Lisa mit Auto in der Auffahrt eines Hotels der Jahrhundertwende, Lisa neben einer Palme am See, Lisa an einem Cafétisch, Espressotasse und Wasserglas vor sich, Lisa mit schwarzer Katze auf dem Arm. Er fand auch den Anderen auf dem Balkon über dem See. Und er fand Lisa im Bett. Sie lag auf der Seite, Arme und Beine um die Decke geschlungen, und wandte das verschlafene, zufriedene Gesicht der Kamera zu.

Es kamen noch mehr Bilder. Auf manchen erkannte er Häuser, Straßen, Plätze, das Schloß oder eine Kirche der Stadt, in der er lebte. Einige mochten in der Stadt des Anderen aufgenommen worden sein. Kein Bild deutete noch mal auf eine Reise hin. Das letzte Bild zeigte den Anderen in Badehose und mit Handtuch über eine Wiese kommen. Groß, schlank, mit gerader Haltung und festem Gang, mit vollem Haar und weichem Lächeln – er sah gut aus.

8

Er musterte sich im Spiegel. Die weißen Haare auf der Brust, die Altersflecken und -warzen am ganzen Körper, der Speck um die Hüfte, die dünnen Beine und Arme. Der Kopf mit dem schütteren Haar, die tiefen Furchen über der Stirn, zwischen den Brauen und von den Nasenflügeln zu den Mundwinkeln, der schmallippige Mund, die leere Haut unter dem Kinn. Er fand in seinem Gesicht nicht Schmerz oder Trauer oder Zorn, sondern nur Verdruß.

Der Verdruß fraß in ihm und zehrte in kleinen Bissen sein vergangenes Leben auf. Was immer seine Ehe getragen hatte, Liebe, Vertrautheit, Gewohnheit, Lisas Klugheit und Fürsorge, ihr Körper, ihre Rolle als Mutter seiner Kinder – es hatte auch sein Leben außerhalb seiner Ehe getragen. Es hatte ihn getragen sogar bei seinen gelegentlichen Phantasien von einem anderen Leben und anderen Frauen.

Er zog den Bademantel über und rief seine Tochter an. Ob er am nächsten Tag kommen könne? Nicht für lange, nur für ein paar Tage. Nein, er halte es alleine schon noch aus. Er wolle mit ihr reden.

Sie sagte, er solle kommen. Er hörte das Zögern in ihrer Stimme.

Ehe er am nächsten Morgen aufbrach, schrieb er eine Antwort. Den Anderen anzureden, konnte er sich wieder nicht entschließen; er begann wieder einfach so.

Was Du Dir alles vormachst! Ja, wir standen in verschiedenen Situationen – was soll daran gemeinsam gewesen sein? Und was soll für Dich schwer daran gewesen sein,

mich um Hilfe bitten zu müssen? Ich habe sie geleistet. War das nicht schwerer?
Die Dinge schönreden – das hast Du damals gemacht, und Du machst es heute wieder. Ja, ich habe die Bilder noch. Aber ich schaue sie an, und sie wecken keine glücklichen Erinnerungen. Da war zuviel Lüge.
Du willst mich sehen – wir sind noch nicht soweit, wenn wir es überhaupt jemals sein werden.

B.

Er hatte das Auto seit Monaten nicht mehr benutzt. Jemand von der Werkstatt mußte kommen und beim Anlassen helfen. Das Fahren war ungewohnt, aber nicht unangenehm. Er stellte das Radio an, machte das Schiebedach auf und ließ die Frühlingsluft herein.

Das letzte Mal war er die Strecke mit seiner Frau gefahren. Sie war schon sehr krank gewesen und hatte nur noch wenig gewogen; er hatte sie in eine Decke gehüllt und die Treppe hinab und über die Straße zum Auto getragen. Er hatte das geliebt: sie einhüllen, aufnehmen und tragen. Ehe sie ausfuhren, ließ sie sich von ihm waschen und kämmen und nahm ein bißchen Eau de Toilette; das Schminken hatte sie aufgegeben. Er trug sie, und sie duftete und seufzte und lächelte.

Die Erinnerung war ungetrübt. Er merkte, daß überhaupt die Erinnerung der letzten Jahre, der Jahre der Krankheit und des Sterbens, von den jüngsten Entdeckungen nicht berührt war. Als wären die Lisa, um die er geworben und mit der er eine Familie gehabt und das Leben bewältigt hatte, und die andere, die langsam verlosch, zwei verschiedene gewesen. Als hätten Krankheit und Sterben in ihr alles getilgt, woran sich seine Eifersucht festmachte.

Die Straße führte durch kleine Orte, Felder und Wald, durch weißgetünchte, rotgeziegelte Ordnung und eine ebenfalls geordnete Natur, die in hellem Grün und in den Gärten mit bunten Blumen prunkte. In den Orten waren die Straßen leer; die Kinder waren in der Schule und die Erwachsenen bei der Arbeit. Zwischen den Orten begegnete ihm ab und zu ein anderes Auto, ein Traktor, ein Lastwagen. Er liebte das hügelige Land zwischen den Bergen und der Ebene. Es war ein Teil von seiner und Lisas Heimat, der sie, auch als ihn seine Karriere ins Ministerium und in die Hauptstadt geführt hatte, die Treue bewahrt hatten. Sie hatten ihr Haus behalten, die Kinder waren in ihren Schulen geblieben, und er war gependelt, manchmal nur für einen Tag, manchmal für mehrere Tage oder die ganze Woche. Auch die Kinder hingen an dieser Heimat; als sie aus dem Haus gingen, zogen auch sie nicht weit weg. Eine Stunde mit dem Auto zur Tochter, zwei Stunden zum Sohn – über die Autobahn und bei schneller Fahrt konnte er es sogar in der Hälfte der Zeit schaffen. Aber jetzt hatte er es nicht eilig.

Er versuchte, sich auf das Gespräch vorzubereiten, das er mit seiner Tochter führen wollte. Was sollte er seiner Tochter von Lisa und sich und dem Anderen sagen? Wie sie fragen, ob Lisa mit ihr über ihn und den Anderen gesprochen hatte? Ihm war, als hätten Lisa und seine Tochter einander nahegestanden. Aber genau wußte er es nicht; seine Erinnerungen an Lisa und seine Tochter Arm in Arm, an seine Tochter, die nach Hause kommt und nach ihrer Mutter ruft, oder an Lisa, die mit ihm Urlaub macht und Stunden am Telefon verbringt, weil ihre Tochter mit ihr reden muß, stammen aus einer Zeit, als die Tochter noch ein Teenager war.

9

»Was willst du mit mir reden?«

Seine Tochter fragte ihn, während sie die Couch im Wohnzimmer für die Nacht bezog. Er hatte angeboten zu helfen, sie hatte abgelehnt, und er stand mit den Händen in den Taschen da. Sie fragte ihn abweisend.

»Laß uns morgen darüber reden.«

Sie breitete die Decke über das Bett und richtete sich auf. »Seit Mutters Tod haben wir dich eingeladen, und ich habe gedacht, daß es dir und mir guttäte, daß wir uns näherkämen, weil wir beide... Weil du deine Frau verloren hast wie ich meine Mutter, und Georg und die Kinder hätten sich auch gefreut. Du hast unsere Einladungen ausgeschlagen und mir damit sehr weh getan. Jetzt kommst du und willst mit mir reden. Es ist wie früher, wenn du dich monatelang nicht um uns gekümmert hattest und plötzlich am Sonntag morgen mit uns spazierengehen und reden wolltest. Uns fiel nichts ein, und du wurdest ärgerlich – ich möchte das gerne hinter mich bringen.«

»War es so schlimm?«

»Ja.«

Er guckte auf seine Schuhe. »Es tut mir leid. Ich hatte, wenn ich lange viel zu tun hatte, den Kontakt zu euch verloren. Dann hatte ich ein schlechtes Gewissen, wußte aber nicht, was ich euch fragen sollte. Ich war mehr verzweifelt als ärgerlich.«

»Verzweifelt?« Seine Tochter fragte ironisch.

Er nickte. »Ja, wirklich verzweifelt.« Er wollte seiner Tochter erklären, wie sein Leben damals war und daß er den Verlust des Vertrauens seiner Kinder gemerkt und darunter gelitten hatte. Aber er sah im Gesicht seiner Tochter die Ablehnung dessen, was er sagen wollte. Sie war streng und bitter geworden. Zwar konnte er dahinter noch das offene, fröhliche und zutrauliche Mädchen erkennen, das sie einmal gewesen war, aber er konnte es nicht mehr ansprechen und hervorlocken. Er konnte auch nicht fragen, wie das fröhliche Mädchen zur bitteren Frau hatte werden können. Immerhin konnte er die Frage stellen, die er mitgebracht hatte, auch wenn die Antwort wieder abweisend sein würde. »Hat deine Mutter mit dir über unsere Ehe geredet?«

»Deine Mutter – kannst du nicht einfach ›Mutter‹ sagen, wie andere Männer, oder ›Lisa‹? Daß sie meine Mutter ist, betonst du, als … als …«

»Hat deine … hat Mutter gesagt, daß sie nicht mag, wenn ich so von ihr rede?«

»Nein, sie hat nie gesagt, daß sie nicht mag, was du machst.«

»Erinnerst du dich an die Zeit vor elf Jahren? Du hast Abitur gemacht und im Sommer …«

»Du mußt mir nicht sagen, was ich damals gemacht habe, ich weiß es selbst. Im Sommer ist Mutter mit mir zur Feier des Abiturs eine Woche nach Venedig gefahren. Warum?«

»Hat sie auf der Reise über mich gesprochen? Über unsere Ehe? Vielleicht über einen anderen Mann?«

»Nein, hat sie nicht. Und du solltest dich schämen, über Mutter solche Fragen zu stellen. Du solltest dich schämen.« Sie ging kurz in den Flur und kam mit zwei Handtüchern zurück. »Hier. Du kannst ins Bad. Frühstück ist um halb acht, und ich wecke dich um sieben. Gute Nacht.«

Er wollte sie in die Arme nehmen, aber als er auf sie zutrat, winkte sie ihm kurz zu und witschte aus dem Zimmer. Oder winkte sie ihm nicht zu, sondern ab?

Er ging nicht ins Bad. Er hatte Angst; ihn kostete der Weg über den Flur ins Bad mehr Mut, als er hatte. Wenn er sich vertun und plötzlich im Zimmer seiner Tochter und ihres Mannes stehen würde? Oder im Kinderzimmer? Oder im Treppenhaus, bei zugefallener Wohnungstür? Er würde klingeln, sich ausschimpfen lassen und entschuldigen müssen. Er beschloß, nicht auch noch seinen Sohn zu besuchen. Er würde auch Lisas beste Freundin nicht besuchen und nach Rolf fragen.

10

Er fuhr am nächsten Morgen, als das Haus leer, seine Tochter und ihr Mann bei der Arbeit und die Kinder in der Schule waren. Er verabschiedete sich mit einem Gruß auf einem Zettel.

Die Fahrt dauerte vier Stunden. Er kannte die Stadt nicht gut, fand aber die Straße, das Haus am Park und in der Nähe ein Zimmer in einem Hotel. Er hängte seine Kleider in den Schrank und machte einen Spaziergang. Die kleine Straße, an der das Hotel lag, kreuzte eine breite Straße mit breiten Bürgersteigen und mündete in einen kleinen Platz. Von der Bank auf dem Platz konnte er in die Straße schauen, in der der Andere wohnte. Das Haus war eine in Wohnungen aufgeteilte Jugendstilvilla, deren Rückseite wie die der Nachbarhäuser an einen Bach und den Park grenzte.

Wenn er in den nächsten Tagen auf seinem Spaziergang zur Bank kam, fand er sie leer. Zwar lud das warme Wetter zum Sitzen ein, aber auf den Bänken im Park, zu dem es nur ein paar Schritte waren, saß es sich schöner. Er blieb, bis er die Zeitung gelesen hatte, nicht länger und nicht kürzer, ging danach am Haus des Anderen vorbei und über den Bach in den Park. Er machte die Runde jeden Tag ein bißchen später. Dabei schmiedete er Pläne. Den Anderen ausforschen, einkreisen, seine Gewohnheiten und Neigungen erkunden, sein Vertrauen gewinnen, seinen wunden Punkt finden. Dann – er wußte nicht, was dann kommen, was er dann tun würde. Irgendwie würde er den Anderen aus seinem und Lisas Leben tilgen.

Am Dienstag der zweiten Woche saß er gegen zwölf Uhr auf der Bank, als der Andere aus dem Haus trat. Er trug einen Anzug mit Weste, hatte eine Krawatte umgebunden und ein passendes Tüchlein in die Brusttasche gesteckt. Ein Geck! Er war schwerer als auf den Fotografien, hatte eine stattliche Gestalt und ging mit beschwingtem Schritt. Als er den Platz erreichte, bog er in die kleine Straße und an der Kreuzung in die breite. Nach ein paar hundert Metern setzte er sich auf die Terrasse eines Cafés.

Der Kellner brachte ihm unaufgefordert Kaffee, zwei Croissants und ein Schachspiel. Der Andere nahm ein Buch aus der Innentasche, stellte die Figuren auf und spielte eine Partie nach.

Als der Andere am nächsten Tag kam, saß er schon vor einem Schachbrett mit einer Partie von Keres gegen Euwe.

»Indisch?« fragte der Andere, als er stehenblieb und zusah.

»Ja.« Er schlug mit einem weißen Turm einen schwarzen Bauern.

»Schwarz muß die Dame opfern.«

»Das fand Keres auch.« Er schlug den weißen Turm mit der schwarzen Dame und diese mit der weißen. Er stand auf. »Gestatten Sie, mein Name ist Riemann.«

»Feil.« Sie schüttelten sich die Hände.

»Wollen Sie sich dazusetzen?«

Sie tranken zusammen Kaffee, aßen Croissants und spielten die Partie zu Ende. Dann spielten sie eine Partie gegeneinander.

»O Gott, es ist drei, ich muß los.« Der Andere verabschiedete sich hastig. »Sehe ich Sie morgen wieder?«

»Gerne. Ich bleibe noch eine Weile in der Stadt.«

Sie verabredeten sich für den nächsten Tag, dann für den Tag darauf, und dann bedurfte es keiner Verabredung mehr. Sie trafen sich um halb eins, aßen ein spätes Frühstück und spielten eine Partie. Dann redeten sie. Manchmal schlenderten sie durch den Park.

»Nein, ich war nie verheiratet. Ich bin nicht für die Ehe geschaffen. Ich bin für die Frauen geschaffen, und die Frauen sind's für mich. Aber Ehe – manchmal mußte ich rennen, wenn's brenzlig wurde, und ich war immer schnell genug.« Er lachte.

»Sie haben nie eine Frau getroffen, bei der Sie gerne geblieben wären?«

»Klar hat's Frauen gegeben, die bei mir bleiben wollten. Aber wenn's genug war, war's genug. Sie kennen Sepp Herberger: Nach dem Spiel ist vor dem Spiel.«

Oder sie sprachen über den Beruf.

»Wissen Sie, für mich, der jahrelang internationale Verantwortung getragen hat und heute in New York und morgen in Hongkong war, war der Beruf etwas anderes als für jemanden, der Tag um Tag ins selbe Büro geht und dieselbe Arbeit macht.«

»Was haben Sie gemacht?«

»Nennen wir's Troubleshooting. Ich habe in Ordnung gebracht, was andere vermasselt haben. Rebellen entführen die Frau des deutschen Botschafters oder die Tochter des Repräsentanten von Mannesmann, der Dieb bietet der Nationalgalerie das gestohlene Bild zum Rückkauf, die PDS parkt das Vermögen der SED bei der Mafia – Sie verstehen, was ich meine?«

»Sie haben mit den Rebellen, dem Dieb oder der Mafia verhandelt?«

»Einer muß es machen, oder?« Der Andere guckte bedeutend und bescheiden.

Oder sie sprachen über ihre Liebhabereien.

»Lange konnte ich mir ein Leben ohne Polo nicht vorstellen. Sie spielen Golf? Nein? Nun, Polo verhält sich zu Golf wie Reiten zu Laufen.«

»Was Sie nicht sagen!«

»Sie reiten auch nicht? Wie soll ich's Ihnen dann erklären? Es ist das schnellste, härteste und ritterlichste Spiel. Leider habe ich nach dem letzten Sturz aufgeben müssen.«

Oder sie sprachen über Hunde.

»So, Sie haben lange einen Hund gehabt? Was für einen?«

»Einen Mischling. Er hatte ein bißchen Schäferhund, ein bißchen Rottweiler und noch ein bißchen was. Wir haben ihn gekriegt, als er ein oder zwei Jahre alt war, einen rumgeschubsten, geprügelten, depressiven Kerl. Das blieb er auch. Aber er war so glücklich, wie er sein konnte, und hätte sich für die Familie in Stücke hauen lassen. Wenn er nicht vor Angst unter den Sessel gekrochen wäre.«

»Ein Versager. Das ist auch was, das ich nicht leiden kann. Versager. Ich hatte lange einen Dobermann, der Preise gewonnen hat, Preise über Preise. Ein tolles Tier.«

11

Ein Aufschneider, dachte er, ein Geck und ein Aufschneider. Was hat Lisa an ihm gefunden?

Er rief seine Putzfrau an und bat sie, ihm die Post ins Hotel nachzuschicken.

Nein, meine Braune, so schlimm war es nicht, mir zu helfen. Wir haben gedacht, es würde ein Erfolg werden. Außerdem hast Du gemocht, daß ich Dich gebraucht habe. Für mich war es schlimm, nicht alleine zurechtzukommen.

Es war mir eine Lehre. Inzwischen sieht mein Leben anders aus. Daß ich die Dinge schönrede, ist nicht wahr. Ich sehe in ihnen Schönes, das die anderen nicht sehen. Ich habe auch Dir Schönes gezeigt, das Du nicht gesehen hast, und Dich damit glücklich gemacht.
Laß mich Dir wieder die Augen öffnen und Dich wieder glücklich machen!

Rolf

Aus Angst, sich zu verraten, hatte er dem Anderen nicht gesagt, aus welcher Stadt er kam. Das war unnötig vorsichtig gewesen und nahm ihm überdies Anknüpfungspunkte für Gespräche mit dem Anderen, Angelhaken, die der Andere schlucken und mit denen er ihn fangen konnte. So erwähnte er die Stadt; er habe eine Weile in ihr gelebt.

»Hatte ich auch mal eine Wohnung. Kennen Sie die Häuser am Fluß, zwischen der neuen Brücke und der anderen, noch neueren, deren Namen ich nicht mehr weiß? Da war das.«

»Wir hatten ein Haus im selben Viertel, aber am Feld hinter der Schule.« Er nannte die Straße, seine Straße.

Der Andere runzelte die Stirn. »Erinnern Sie sich an Ihre Nachbarn?«

»Den einen und anderen.«

»Erinnern Sie sich an die Frau, die im Haus Nummer 38 wohnte?«

»Braune Haare, braune Augen, Geigerin, zwei Kinder, der Mann Beamter? Meinen Sie die? Haben Sie sie gekannt?«

Der Andere schüttelte den Kopf. »So ein Zufall, so ein

Zufall. Ja, wir haben uns einmal gekannt. Ich meine, wir hatten...« Er schaute auf seine Hände. »Sie ist eine feine Frau.«

Meine Frau war eine feine Frau? Obwohl der Andere es respektvoll sagte, klang es ihm herablassend und anmaßend. Es ärgerte ihn.

Es ärgerte ihn auch, wenn er im Schach gegen den Anderen verlor. Es passierte selten; der Andere spielte fahrig, hatte die Augen auf der Straße oder bei einer Frau oder einem Hund am Nebentisch, redete viel, lobte die eigenen Züge, nahm sie, wenn sie falsch waren, beleidigt zurück und erklärte, wenn er verlor, wortreich, warum er eigentlich hätte gewinnen müssen. Wenn er gewann, freute er sich und gab an wie ein Kind. Wie klug er den Turm gegen den Springer getauscht oder den Bauer geopfert, wie raffiniert er seinen Damenflügel geschwächt und dadurch sein Zentrum gestärkt hätte – alles, was während des Spiels passiert war, interpretierte und präsentierte der Andere als Beleg seines überlegenen Könnens.

In der zweiten Woche pumpte der Andere ihn an. Ob er für ihn zahlen könne? Er habe sein Geld vergessen. Am nächsten Morgen pumpte er ihn wieder an. Er habe sein Geld nicht zu Hause vergessen, wie er gedacht habe. Er müsse es in der Hose gelassen haben, die er in die Reinigung gebracht habe und die er erst nach dem Wochenende abholen könne. Deshalb müsse er auch um einen größeren Betrag bitten, der ihn übers Wochenende bringe. Vierhundert Mark seien wohl zuviel, aber wie stünde es mit dreihundert?

Er gab ihm das Geld. Er ärgerte sich über die Bitte des

Anderen. Er ärgerte sich über den Gesichtsausdruck, mit dem der andere um das Geld bat und es nahm. Als tue er ihm, indem er ihn bat und von ihm nahm, einen Gefallen.

Er ärgerte sich darüber, daß er nicht wußte, was er weiter machen sollte. Weiter mit dem Anderen Schach spielen, spazierengehen, ihm Geld leihen und seine angeberischen Geschichten hören, darunter eines Tags die Geschichte der Affäre mit seiner Frau? Er mußte näher an ihn rankommen.

Er schrieb seiner Putzfrau, legte einen Brief an den Anderen bei und bat sie, ihn einzuwerfen.

Ja, vielleicht sollten wir uns wiedersehen. In ein paar Wochen komme ich in Deine Stadt und könnte Dich treffen. Dein Leben sieht anders aus – zeig es mir. Zeig mir Deine Arbeit, Deine Freunde und, wenn es sie gibt, die Frau in Deinem Leben. Da, wo wir damals aufgehört haben, können wir nicht weitermachen. Aber vielleicht gibt es einen Platz in Deinem Leben für mich und in meinem für Dich – im Leben drin und nicht an seinem Rand.

B.

Er besuchte den Anderen. Unaufgefordert und unangekündigt klingelte er bei ihm. Das Schild mit den Namen, Klingeln und der Sprechanlage, in Messing glänzend und zu der Jugendstilfassade und dem Jugendstileingang des gepflegten Hauses passend, führte zuunterst den Namen des Anderen auf. Die Haustür war offen, und als er den Namen des Anderen an den beiden Wohnungstüren im Erdgeschoß nicht fand, ging er die Treppe hinunter, deren

Stufen wie der Boden der Eingangshalle aus Marmor und deren Geländer wie das der Treppe zu den oberen Geschossen aus geschnitzter Eiche waren. Es war die Kellertreppe; an ihrem Ende war rechter Hand eine Eisentür mit der Aufschrift Keller. Aber linker Hand war eine Wohnungstür mit dem Namen des Anderen. Er klingelte.

Der Andere rief »Frau Walter?«, nach einer Weile »Ich komme gleich!« und machte nach wieder einer Weile auf. Er stand in ausgebeulten Sporthosen und fleckigem Unterhemd da. Durch die Tür waren ein ebenerdiges Fenster zum Garten, ein ungemachtes Bett, ein Tisch voller Geschirr, Zeitungen und Flaschen, zwei Stühle, ein Schrank und durch eine weitere offene Tür Klo und Dusche zu sehen. »Oh«, sagte der Andere, trat in den Flur und zog die Tür fast zu, »das ist eine Überraschung.«

»Ich wollte einfach einmal ...«

»Kolossal, wirklich kolossal. Tut mir leid, daß ich Sie nicht gehörig empfangen kann. Hier ist's zu eng und oben zu lange her, daß ich nach dem Rechten gesehen habe. Ich kampiere seit zwei Monaten im Keller, weil ich mich um die Schildkröten kümmere. Sie mögen Schildkröten?«

»Ich habe nie ...«

»Sie haben nie mit Schildkröten zu tun gehabt? Selbst Leute, die welche zu Hause haben, kennen sie nicht. Und wie sollen sie sie mögen, wenn sie sie nicht kennen? Kommen Sie mit!« Er führte ihn durch die Eisentür und einen Gang in den Heizungskeller. »Bald können sie raus, aber ich sage mir, lieber zuviel Vorsicht als zuwenig. Das gibt's bei uns fast nie, daß Schildkröten Junge kriegen. Als die Alte im Herbst bei den Büschen gegraben hat, habe ich an alles gedacht, nur nicht daran, daß sie Eier vergräbt. Drei Eier, ich habe sie in den Heizungskeller gelegt, und aus zweien sind kleine Schildkröten geschlüpft.«

Das Licht im Heizungskeller war schwach. Ehe sich seine Augen daran gewöhnten, nahm der Andere seine Linke und setzte eine winzige Schildkröte in seine Handfläche. Er spürte ihre unbeholfen rudernden Beine, ein zartes Kratzen und Kribbeln. Dann sah er sie, gepanzert wie eine große Schildkröte und mit der gleichen faltigen Haut unter dem Kopf und dem gleichen langsamen Lidschlag über den alten, weisen Augen. Zugleich war sie anrührend klein, und als er sie mit den Fingern der Rechten berührte, spürte er, wie weich ihr Panzer noch war.

Der Andere sah ihm zu. Er machte eine lächerliche Figur; die Sporthose hing unter seinem dicken Bauch, die Arme waren kläglich weiß und dünn, und das Gesicht zeigte den innigen Wunsch, bewundert und gelobt zu werden.

Ob das stimmte? Oder hatte der andere die kleinen Schildkröten gekauft? Konnte man so kleine Schildkröten kaufen? Trug er sonst ein Korsett, das seinen dicken Bauch hielt? Wohnte er in diesem Kellerloch, damit er eine gute Adresse angeben und morgens mit seinem guten Anzug aus einem guten Haus treten konnte?

Die kleine Schildkröte in seiner Hand ließ ihn beinahe weinen. So jung und schon so alt, so schutzlos und unbeholfen und schon so weise. Zugleich ärgerte ihn der Andere. Seine schmuddelige Erscheinung, seine verkommene Wohnung, sein Aufschneiden, seine Gier nach Anerkennung – diesen Versager hatte Lisa ihm vorgezogen?

12

Ein paar Tage später zog der Andere beim Frühstück den Briefumschlag aus der Jackentasche und legte ihn auf den Tisch. »Ich habe eine wichtige Nachricht bekommen.« Er strich mit der Hand über den Briefumschlag. »Mich wird eine berühmte Geigerin besuchen – daß ich ihren Namen nicht nennen kann, werden Sie verstehen. Ich werde ihr einen Empfang ausrichten. Bleiben Sie in der Stadt? Darf ich Sie einladen?«

Aber es ging weniger um seine Einladung als darum, ihn als finanziellen Förderer zu gewinnen. »Sie können kommen? Wie schön! Darf ich Sie auch bitten, mir aus einer momentanen Schwierigkeit zu helfen? Bei den Immobilien, mit denen ich zur Zeit zu tun habe, bin ich in einer schon länger drin, als es mir recht ist. Als Folge davon habe ich ein kleines Cash-flow-Problem, das den Empfang nicht beeinträchtigen soll, nicht wahr?«

»Wieviel Geld brauchen Sie?« Er sah den Anderen an, wieder eine gepflegte Erscheinung mit Anzug, Weste, Krawatte und passendem Brusttuch. Die Krawatten und Tüchlein wechselten oft, Anzüge gab es zwei, und die schwarzen Schuhe mit dem Budapester Lochmuster, die immer makellos glänzten, waren immer dieselben. Erst jetzt kam es ihm zu Bewußtsein. Erst jetzt kam ihm auch zu Bewußtsein, daß der Andere bei ihren Spaziergängen durch den Park darauf bestand, daß sie auf den geteerten und gekiesten Wegen gingen, auf denen die Schuhe geschont würden. Daß er mit Immobilien zu tun hatte und in einer schon länger drin war, als ihm recht war – war er in der Jugendstilvilla Hausmeister? Er würde ihm Geld geben. Der Empfang mochte eine Gelegenheit sein, seine Freunde und Bekannten kennenzulernen. Eine Gelegenheit, ihn vor seinen Freunden und Bekannten bloßzustellen.

»Sie kennen die Trattoria Vittorio Emanuele zwei Straßen weiter links? Es ist eines der besten italienischen Restaurants, das ich kenne, und den hinteren Raum, den Raum zum Hof, kann man für eine geschlossene Gesellschaft bekommen. Ich kenne den Wirt. Mehr als dreitausend Mark wird er für ein Essen für zwanzig Personen nicht nehmen.«

»Ein Essen? Ich denke, Sie wollen einen Empfang geben.«

»So stelle ich mir's vor. Helfen Sie mir mit dem Geld aus?«

Noch während er nickte, begann der Andere, Pläne zu machen. Was es zum Essen geben solle. Daß der Aperitif bei schönem Wetter im Hof serviert werden könne, daß Reden gehalten werden sollten. Wen er einladen wolle.

Wen er einladen wolle – bei jedem weiteren Frühstück ging es darum. Langsam gewann aus den möglichen Gästen, die er benannte und beschrieb, sein Leben Gestalt. Er redete von dem Theater, das er einmal gehabt habe, und von Leuten von Theater und Film, nicht oder nicht mehr berühmt, aber der eine und andere Name klang immerhin bekannt. Er erwähnte einen ehemaligen Polizeipräsidenten, einen Domkapitular, einen Professor und einen Bankdirektor; er habe ihnen einmal einen Gefallen getan, und sie kämen sicher gerne. Was für einen Gefallen? Dem Polizeipräsidenten habe er bei einer Geiselnahme einen Hinweis geben können, der Professor und der Bankdirektor hätten ohne ihn nicht rechtzeitig gemerkt, daß ihre halbwüchsigen Kinder Drogenprobleme hatten, und der Domkapitular habe sich mit dem Zölibat schwergetan. Er wolle auch das erste und zweite Brett der Schachmannschaft einladen, in der er das dritte gewesen war. Unter den Immobilienleuten, mit denen er zur Zeit zu tun habe, hätten nur wenige Niveau, aber einen oder zwei könnte er einladen. »Bei meinen internationalen Kontakten muß ich mich leider zurückhalten. Bei ihnen ist Geheimhaltung alles.«

Nachdem der Andere dieselben Namen noch mal und noch mal durchgespielt hatte, sagte er: »Und meinen Sohn.«

»Sie haben einen Sohn?«

»Ich habe mit ihm kaum Kontakt gehabt. Sie werden sich erinnern, wie das mit unehelichen Kindern früher war. Als unehelicher Vater konnte man zahlen, aber Besuche, gemeinsame Tage und Ferien gab's nicht. Immerhin weiß mein Sohn, daß ich sein Vater bin.« Er schüttelte den Kopf. »Ich fürchte, er ist, was mich angeht, ein bißchen voreingenommen. Aber gerade darum wär's gut, wenn er mich in meiner Welt sähe, meinen Sie nicht auch?«

Nach Tagen freudiger Planung wurde er ängstlich. Er hatte einen weiteren Brief mit dem Datum des Besuchs bekommen. »Am Samstag in zwei Wochen. Die Trattoria ist frei; aber ich muß mich mit den Einladungen beeilen. Und was, wenn niemand kommt?«

»Warum bitten Sie auf den Einladungen nicht um Antwort?«

»U.A.w.g. – natürlich kommt das auf die Einladungen. Aber die Antworten können Ab- und Zusagen sein. Schreibe ich: ›Zu Ehren der Violinistin… erlaube ich mir, Sie zu einem Essen in der Trattoria Vittorio Emanuele einzuladen‹, oder schreibe ich: ›Aus Anlaß des Aufenthalts der Violinistin… in unserer Stadt erlaube ich mir…‹, oder lasse ich den Namen weg und schreibe: ›Eine alte Freundin und berühmte Violinistin ist zu Besuch in unserer Stadt. Ich erlaube mir, Sie zu einem gemeinsamen Essen…‹, oder stelle ich am Anfang um: ›Eine berühmte Violinistin und alte Freundin…‹«

»Ich würde den Namen weglassen. Ich finde die knappen Einladungen die besten.«

Der Andere ließ den Namen weg, ließ sich aber die berühmte Violinistin und alte Freundin nicht nehmen. Zwei Wochen vor dem Termin waren die Einladungen bei den Empfängern. Es begann das Warten auf die Zu- und Absagen.

Er beobachtete die Vorbereitungen, Hoffnungen und Ängste des Anderen mit gemischten Gefühlen. Wenn er Rache suchte, war die Einladung die Gelegenheit, sie zu nehmen, auch wenn er noch nicht wußte, wie er sie nehmen würde. Also hoffte er mit dem Anderen auf Zusagen. Also half er mit Geld und Rat. Aber zugleich gönnte er dem Anderen nichts, nicht einmal die Zusagen. Der Andere war ein Geck, ein Aufschneider, ein Schönredner, ein Versager. Er war in seine Ehe eingebrochen. Er war vermutlich auch in andere Ehen eingebrochen. Er hatte vermutlich nicht nur ihn angepumpt, sondern auch andere um ihr Geld betrogen.

Eines Abends gingen sie zusammen zur Trattoria Vittorio Emanuele und probierten den Raum und das Menü. Paté tricolore, Lamm mit Polenta und Contorni, Torta di ricotta, dazu Pinot Grigio und Barbera. Das Essen war hervorragend, aber der Andere sorgte sich um alles und jedes: War die Paté nicht zu fest? War genug Rosmarin am Lamm? Sollten die Contorni nicht anders gewählt werden? Er sorgte sich, ob Leute kämen, ob sein Sohn käme und was er dächte, ob ihm die Rede gelänge, wie er den Besuch der berühmten Violinistin und alten Freundin sonst zu einem Erfolg machen könne. Er vertraute sich an: Es handele sich um eine Frau, die ihm und der er einmal sehr nahegestanden habe. Dann fiel ihm ein, daß er einen ehemaligen Nachbarn der Frau vor sich hatte. »Wir haben neulich über sie geredet – erinnern Sie sich? Sie ist eine feine Frau, und Sie sollten keine falschen Schlüsse ziehen.«

13

Die meisten sagten ab. Zusagen kamen von ein paar Leuten von Theater und Film, vom Domkapitular, dem zweiten Brett und dem Sohn. An Stelle derer, die absagten, wurden andere eingeladen. Aber von den zusätzlichen Einladungen war der Andere nicht eigentlich überzeugt; er kannte die, die er einlud, kaum, oder er fand, mit ihnen sei kein Staat zu machen.

Mit dem Wachsen der Schwierigkeiten, das Essen zu einem gelungenen Ereignis zu machen, wurde er kleinlauter. »Sie müssen wissen, daß ich mich in letzter Zeit gesellschaftlich zurückgehalten habe. Sie kennen das sicher;

manchmal lebt man mehr nach außen und manchmal mehr nach innen. Ich hatte gehofft, mit dem Empfang ins gesellschaftliche Leben zurückzukehren. Gut, daß Sie kommen. Ich kann mich darauf verlassen, nicht wahr?« Eines Tages, beim Weg von der Toilette auf die Terrasse des Cafés, in dem sie frühstückten und Schach spielten, kam er am Telefon vorbei, an dem der Andere gerade von seinem alten Freund, dem ehemaligen Staatssekretär im Innenministerium, sprach. Er fragte nach. »Wer ist der ehemalige Staatssekretär, mit dem Sie befreundet sind?« – »Sie. Haben Sie nicht gesagt, daß Sie im Ministerium gearbeitet haben? Und ein Mann Ihres Formats – ich weiß, was Sache ist, auch ohne daß man's mir sagt.«

Vor wem sollte er den Anderen beim Essen bloßstellen? Vor Gästen, die ebensolche Versager waren wie der Andere selbst? Er hatte sich manchmal ausgemalt, er würde sagen, die berühmte Violinistin, am Kommen leider verhindert, habe ihm als ehemaligem Nachbarn, der ihr in Vorfreude auf das Wiedersehen geschrieben habe, mit einem Brief geantwortet. Sie habe ihn gebeten, den Brief beim Essen vorzulesen. Im Brief würde er den Anderen der Lächerlichkeit und Verachtung preisgeben, nicht grob und nicht plump, sondern auf scheinbar liebevollste Weise. »Ich freue mich, daß Deine Hoffnungen endlich in Erfüllung gegangen sind. Wie gerne würde ich Deinen Erfolg mit Dir und Euch feiern. Daß ich nicht nur auf Dich, sondern auch auf mich stolz bin – verstehst Du es? Damals, als niemand an Dich geglaubt hat, habe ich an Dich geglaubt und Dir mit meinem Geld helfen können. Und jetzt hast Du's der Welt endlich gezeigt!«

Er war ziemlich sicher, daß das die Hilfe war, die der Andere von Lisa bekommen hatte: Geld. Es war leicht herauszufinden gewesen, daß der Andere mit seinem Theater vor elf Jahren bankrott gemacht hatte. Er hatte nur mit dem jetzigen Eigentümer sprechen müssen. Lisas Bank hatte er nicht gefragt. Aber von der Erbschaft, die sie gleich nach der Hochzeit gemacht hatte, war nach ihrem Tod nichts übrig gewesen. Er hatte sich, als er ihre Bankkonten aufgelöst hatte, gewundert, denn wenn sie das Geld verbraucht oder den Kindern gegeben hätte, hätte er es mitgekriegt. In den ersten Jahren der Ehe hätte ihnen das Geld das Leben leichter machen können, aber sie hatten sich vorgenommen, es nur anzutasten, wenn es nicht anders ginge. Es ging immer anders; sie verdienten bald mehr, als sie verbrauchten. So hatte er sich gewundert. Aber nachzuforschen, wann und wohin die fünfzigtausend verschwunden waren – danach war ihm nach ihrem Tod nicht gewesen.

Er schrieb den Brief nicht, der den Anderen bloßstellen würde. Er schrieb einzelne Absätze im Kopf, aber wenn er sich hinsetzte, um einen Entwurf zu Papier zu bringen, hatte er keine Energie. Zuerst war es noch zu lange hin. Dann wurde angesichts der zu erwartenden Gäste das Vorhaben überhaupt fraglich.

Aber daran lag es nicht, daß ihm die Energie fehlte. Auch seine Eifersucht und sein Ärger verloren ihre Kraft. Ja, er war betrogen und bestohlen worden. Aber hatte Lisa nicht genug gebüßt? Und hatte sie ihm in den letzten Jahren nicht in einer Weise gehört, von der der Andere keine Ahnung hatte? Wovon hatte der Andere überhaupt Ahnung? Er war ein Versager, ein Blender, und wäre es

Lisa damals nicht schlechtgegangen, hätte er bei ihr keine Chance gehabt. Um Eifersucht, Ärger zu wecken, war er zu mies.

Er beschloß abzureisen. Zuerst wollte er den Anderen in seinem Kellerloch besuchen und sich von ihm verabschieden. Dann verschob er es auf das nächste Frühstück.

»Ich reise heute ab.«

»Wann kommen Sie wieder? Es sind nur noch drei Tage.«

»Ich komme nicht wieder. Ich will auch mein Geld nicht wieder. Essen Sie mit denen, die kommen. Lisa wird nicht kommen.«

»Lisa?«

»Lisa, Ihre Braune, meine Frau. Sie ist im letzten Herbst gestorben. Sie haben nicht mit ihr korrespondiert, sondern mit mir.«

Der Andere senkte den Kopf. Er nahm die Hände vom Tisch, legte sie in den Schoß und ließ Kopf und Schultern hängen. Der Zeitungsverkäufer kam, legte wortlos eine Zeitung hin und nahm sie wortlos wieder weg. Die Kellnerin fragte: »Darf's noch was sein?« und bekam keine Antwort. Ein Cabriolet fuhr an den Straßenrand und hielt im Halteverbot; zwei Frauen stiegen aus, gingen lachend über den Bürgersteig und setzten sich lachend einen Tisch weiter. Ein Terrier schnüffelte von Tisch zu Tisch und an den Beinen des Anderen. »Woran ist sie gestorben?«

»Krebs.«

»War es schlimm?«

»Sie ist ganz dünn geworden, so dünn, daß ich sie auf einem Arm tragen konnte. Die Schmerzen waren nicht schlimm, auch am Ende nicht. Das kriegt man heute in den Griff.«

Der Andere nickte. Dann sah er auf. »Sie haben meinen Brief an Lisa gelesen?«

»Ja.«

»Dann wollten Sie rausfinden, was ich für Lisa war? Wer ich bin? Sie wollten sich an mir rächen?«

»So etwa.«

»Wissen Sie's jetzt?« Als er keine Antwort bekam, fuhr er fort. »Das Rächen hat sich erledigt, weil ich ohnehin ein Versager bin. Stimmt's? Ein Aufschneider, der von den alten Zeiten schwadroniert, als seien sie gut und golden gewesen und nicht Blech und Bankrott und Gefängnis. Was? Das haben Sie noch nicht gewußt? Jetzt wissen Sie's.«

»Warum?«

»Ihre Frau hat meine Schulden und beim zweiten Prozeß meinen Verteidiger bezahlt, aber die Bewährung vom ersten war dahin. Ich hatte versucht, mein Theater zu retten.«

»Dafür ...«

»... kommt man nicht ins Gefängnis? Kommt man doch, wenn man tut, als wäre alles besser, als es ist, als gäb's Geld, wo keines ist, und Verträge, wo weit und breit nicht einmal Interessenten sind, und Zusagen von Schauspielern, die man noch nie gesehen hat und mit denen man noch nie geredet hat. Aber das wissen Sie doch. Haben Sie mir nicht geschrieben, daß ich die Dinge schönrede? Ja, ich mache sie schön. Ich mache sie schöner, als sie es sonst wären. Ich kann es, weil ich in ihnen Schönes sehe, das Sie nicht darin sehen.«

Der Andere richtete sich auf. »Ich kann nicht sagen, wie

leid mir Lisa tut.« Er schaute herausfordernd. »Sie tun mir nicht leid. Denn ich will Ihnen noch etwas sagen. Lisa ist bei Ihnen geblieben, weil sie Sie geliebt hat, noch in schlechten Tagen mehr als mich in guten. Fragen Sie mich nicht, warum. Aber mit mir war sie glücklich. Und ich will Ihnen auch sagen, warum. Weil ich ein Aufschneider bin, ein Schwadroneur, ein Versager. Weil ich nicht das Monster an Effizienz, Rechtschaffenheit und Griesgrämigkeit bin, das Sie sind. Weil ich die Welt schön mache. Sie sehen nur, was sich Ihnen darbietet, und nicht, was sich darunter verbirgt.« Er stand auf. »Ich hätte es merken können. Die Briefe klangen so griesgrämig, wie Sie griesgrämig klingen. Ich habe sie mir schöngelesen.« Er lachte. »Machen Sie's gut.«

14

Er fuhr nach Hause. Hinter der Haustür lagen die Briefe, die der Postbote durch den Schlitz geworfen hatte, und Benachrichtigungen über Päckchen, die auf dem Postamt lagerten. Die Putzfrau war, nachdem er sie gebeten hatte, ihm die Post nachzuschicken, nicht mehr im Haus gewesen. Sie hatte auch den Müll stehengelassen, den er bei seiner Abreise aus der Küche geräumt, aber im Flur vergessen hatte. Jetzt stanken Flur und Treppenhaus. Die Blumen, die Lisa geliebt und die er ihr zum Andenken gepflegt hatte, waren grau verdorrtes, geschrumpftes Geranke auf rissiger Erde.

Er machte sich sofort an die Arbeit. Er trug den Müll

und die Blumen raus, putzte die Küche, taute den Eisschrank ab und wischte ihn aus, saugte Wohn- und Schlafzimmer, bezog das Bett und wusch Wäsche. Er holte die Päckchen vom Postamt, die noch nicht wieder zurückgeschickt worden waren, kaufte ein und schaute im Garten, worum er sich in den nächsten Tagen und Wochen würde kümmern müssen.

Am Abend war er fertig. Es war spät; als er die letzte Wäsche in der Maschine gewaschen und zum Trocknen aufgehängt hatte, war Mitternacht. Er war zufrieden. Er hatte ein unerfreuliches Kapitel abgeschlossen. Er hatte sein Haus in Ordnung gebracht. Am nächsten Morgen würde er beginnen, wieder sein Leben zu leben.

Aber am nächsten Morgen wachte er auf, wie er aufgewacht war, ehe er zu seiner Reise aufgebrochen war. Die Sonne schien, die Vögel sangen, durch das Fenster kam ein weicher Wind, und die Bettwäsche roch frisch. Er war glücklich, bis ihm alles einfiel: die Briefe, die Affäre, seine Eifersucht und sein Ärger, sein Überdruß. Nein, er hatte nichts abgeschlossen. Er war auch nirgendwo angekommen, weder unten, wo er wieder von vorne anfangen konnte, noch in seinem alten Leben noch in einem neuen. Sein altes Leben war ein Leben mit Lisa gewesen, auch noch nach ihrem Tod, auch noch, nachdem er von der Affäre erfahren hatte und eifersüchtig geworden war. Über der Kampagne gegen den Anderen hatte er Lisa verloren. Sie war ihm fremd geworden, wie ihm der Andere fremd war, ein Posten in seinem Liebes-, Eifersuchts-, Aufklärungs- und Rachekalkül, dessen er nun überdrüssig war. Hier hatte sie neben ihm gelegen und hatte er sie auch nach ihrem

Tod so lebendig erinnert, daß ihm manchmal gewesen war, als müsse er nur den Arm ausstrecken und könne sie berühren. Jetzt war neben ihm nur ein leeres Bett.

Er machte sich im Garten an die Arbeit. Er mähte, beschnitt, hackte, jätete, kaufte und setzte neue Pflanzen und sah, daß die Platten des Sitzplatzes unter der Birke neu verlegt und der Zaun an der Straße neu gestrichen werden mußten. Er beschäftigte sich zwei Tage lang im Garten und sah, daß er sich noch drei, vier und fünf Tage lang beschäftigen könnte. Aber daß er mehr als das Beet oder die Rosen oder den Buchs, daß er sein Leben in Ordnung brächte, wenn er mit Hacke, Rechen und Schere arbeitete, glaubte er schon am zweiten Tag nicht mehr.

Er glaubte auch nicht mehr ans Fallen und daran, unten anzulangen und wieder von vorne anzufangen. Er hatte das Bild geliebt und sich den Fall und das Aufkommen schmerz- und schwerelos vorgestellt. Aber Fallen konnte ganz anders sein. Wenn er fiel, dann vielleicht, um krachend aufzuschlagen und mit gebrochenen Gliedern und zerplatztem Schädel liegenzubleiben.

Am dritten Tag hörte er mit der Arbeit auf. Es ging auf Mittag zu; er räumte Farbe und Pinsel weg und hängte das Schild »Frisch gestrichen« an den halbfertigen Zaun. Er schaute im Fahrplan nach den Verbindungen nach der Stadt im Süden. Er mußte sich beeilen. Der Empfang sollte um sieben Uhr beginnen; der Andere hatte es ihm oft genug gesagt und auch im letzten Brief an Lisa geschrieben, der unter der Post war.

Als er im Zug saß, fragte er sich, ob er nicht an der nächsten Station aussteigen und umkehren solle, und als er ankam, ob er nicht ins Hotel fahren, ein, zwei Tage in der Stadt verbringen und endlich einfach deren Schönheit genießen solle. Aber die Adresse, die er dem Fahrer der Taxe gab, war die Adresse der Trattoria Vittorio Emanuele, und dort stieg er aus, ging hinein und in den Raum zum Hof. Die Türen zum Hof waren offen, im Hof standen die Gäste zu zweien und dreien mit Gläsern und kleinen Tellern, und der Andere ging von Gruppe zu Gruppe. Dunkler Seidenanzug, dunkles Hemd, Krawatte und Brusttuch zueinander passend, die vertrauten schwarzen Schuhe mit dem Budapester Lochmuster, das Haar voll und schwarz, das Gesicht lebhaft, Haltung und Bewegungen leicht und sicher – er war der Star. Hatte er den Anzug geliehen? Hatte er die Haare gefärbt? Trug er ein Korsett, oder zog er den Bauch so gut ein? Als er sich das fragte und selbst den Bauch einzuziehen versuchte, sah der Andere ihn und kam zu ihm. »Wie schön, daß Sie gekommen sind!«

Der Andere führte ihn herum und stellte ihn als Staatssekretär a. D. vor. Wenn ich Staatssekretär a. D. bin, wer mag sich hinter dem Domkapitular und den Schauspielern und Schauspielerinnen verbergen? Wer hinter den verlegen lächelnden Kollegen aus der Immobilienbranche und den lauten Frauen von der Haute Couture? Das zweite Brett war echt; ein Rentner, der früher Lastwagen gefahren war und mit denselben ausholenden Armbewegungen, mit denen er Lastwagen durch Kurven gesteuert hatte, seine Erfolge am Schachbrett beschrieb. Echt war auch der Sohn, ein etwa dreißig Jahre alter Fernsehtechniker, der seinen Vater und die Gäste mit interessierter, gelassener Verwunderung betrachtete.

Der Andere war ein vollendeter Gastgeber. Wo ein Glas oder ein Teller leer war, ein Gast alleine stand, das Gespräch stockte – ihm entging nichts, und er brachte den Kellner auf Trab, zog die alleine Stehenden ins Gespräch und gruppierte seine Gäste immer wieder neu, bis alle sich so gefunden hatten, daß sie gerne miteinander redeten. Nach einer halben Stunde war der Hof erfüllt vom Gewirr der Stimmen.

Als es dunkel wurde, bat der Andere seine Gäste hinein. Aus kleinen Tischen war eine große Tafel gestellt worden. Der Andere führte jeden an seinen Platz, setzte am oberen Ende den Staatssekretär a. D. rechts neben sich und den Domkapitular links und neben diese beiden an den Längsseiten zwei Frauen von der Haute Couture. Als alle saßen, blieb er stehen. Seine Gäste sahen es und wurden still.

»Ich hatte Sie eingeladen, weil ich mit Ihnen den Besuch einer alten Freundin feiern wollte. Sie kommt nicht. Sie ist gestorben. Aus dem Wiedersehens- und Willkommensessen ist ein Abschiedsessen geworden.

Das heißt nicht, daß wir nicht fröhlich sein dürfen. Ich selbst bin fröhlich, weil Sie gekommen sind, meine Freundinnen und Freunde, mein Sohn, Lisas Mann.« Er legte ihm die Hand auf die Schulter. »So muß ich nicht einsam Abschied nehmen. Ich muß nicht traurig Abschied nehmen von Lisa, die eine fröhliche Frau war.«

War meine Frau eine fröhliche Frau? Er spürte eine Welle von Eifersucht. Er wollte nicht, daß sie mit dem Anderen fröhlich gewesen war und mit ihm nicht, daß sie mit dem Anderen fröhlicher gewesen war als mit ihm. Mit ihm – er erinnerte sich an Lisa, die strahlte, lachte, glücklich war, die ihn anlachte, ihm zulachte, ihn mit ihrem Glück über die Kinder oder eine Musik oder den Garten anstecken wollte. Es waren seltene Erinnerungen. Eine fröhliche Frau?

Der Andere redete von Lisas Geigenspiel und der Vielfalt ihres Repertoires und ihrer Interpretationen und redete Lisa vom ersten Pult der zweiten Geige zur Solistin schön. Aber dann erzählte er, wie er sie in Mailand die erste Variation des Adagios von Joseph Haydns Streichquartett opus 76 Nr. 3 hatte spielen hören. Er erzählte, als höre er, wie ihre Geige das ruhige Auf und Ab, mit dem die Melodie beginnt, mit spielerischem und zugleich abgemessenem Schritt umtanzt. Wie sie die absinkende Melodie mit dem einen und anderen Schluchzen hinabbegleitet, ehe sie sie ermuntert, sich noch mal mit einem kleinen Schlenker erwartungsvoll aufzurichten. Dann nimmt die Melodie einen neuen Anlauf, beginnt wieder mit einem ruhigen Auf und Ab, steigt danach fordernd auf, verweilt stolz auf einem Akkord wie auf einer Terrasse, steigt dort auf einer breiten Treppe durch einen schönen Garten hinab, voll heiterer Würde, ehe sie sich dankbar und huldvoll mit einem Nicken verabschiedet. Und Lisas Geige umtanzt wieder das Auf und Ab und tritt dann mehrmals tief und fest auf, um der Forderung Nachdruck zu geben, ehe sie dem Stolz, mit dem die Melodie auf der Terrasse verweilt, und der Würde, mit der sie die Treppe hinabsteigt, trotz aller Bewegtheit der Variation ihre Reverenz erweist. Aber bei der Wiederholung schwingt sie sich mit kühnem Sprung zum Terrassenakkord auf, noch ehe die Melodie dort ankommt – wie ein Aufbegehren.

Der Andere machte eine Pause. Hatte er sie das Stück am Abend vor der ersten Begegnung spielen hören? Auf den längeren Tourneen des Orchesters trat immer auch das Quartett auf, das der Konzertmeister mit Lisa, der Bratschistin und dem Cellisten des Orchesters gebildet hatte. Hatte er sie dabei gesehen und sich dabei in sie verliebt? Sich verliebt, weil sie, die zarte Frau, mit einer solchen Kraft, Klarheit und Leidenschaft gespielt hatte, daß es ihn danach verlangte, etwas davon abzukriegen? So spielte sie. Als sie sich noch nicht lange kannten, hatte er es auch gesehen. Später hatte er nicht mehr aufgepaßt. Später war Lisa eben seine Frau, die am ersten Pult der zweiten Geige spielte und oft abends nicht für ihn da war, obwohl er sie gebraucht hätte und sie nicht einmal ordentlich verdiente.

Der Andere hatte Lisa nicht zur Solistin schöngeredet. Er hatte gesehen, was für eine wunderbare Geigerin sie war. Ob Solistin, erste oder zweite Geige, ob mehr oder weniger erfolgreich, mehr oder weniger berühmt – das war ihm ganz unwichtig. Er redete nicht schön, sondern fand schön, fand Schönheit, wo andere sie verstellten und verkannten, und nahm die Attribute, die andere zum Ausdruck ihrer Bewunderung verwendeten, zum Ausdruck seiner eigenen. Wenn die anderen sich nur unter einer berühmten Geigerin eine wunderbare Geigerin vorstellen konnten, dann mußte er eben von der wunderbaren als einer berühmten sprechen. Ähnlich sah er wohl in sich das Zeug zum Troubleshooter, zum Polospieler und zum Herren eines preisgekrönten Dobermanns. Vielleicht hatte er auch das Zeug dazu. Denn die Schönheit, die er pries, enthielt nicht nur eine höhere, sondern eine handfeste Wahrheit; immerhin redete er nicht über Auftritte von Lisa als Solistin, auch wenn sein Rühmen und Preisen für die Gäste so klingen mochte und niemand sich daran gestört hatte, sondern über ein Stück, in dem sie ausnahmsweise den entscheidenden, prägenden, leuchtenden Part spielte.

Auch Lisas Fröhlichkeit war wahr. Lisa war nicht mit dem Anderen fröhlich gewesen und mit ihm nicht, war mit dem Anderen nicht fröhlicher als mit ihm gewesen. Lisa hatte auf vielfältige Weise fröhlich gegeben, fröhlich genommen und andere fröhlich gemacht. Die Fröhlichkeit, die sie ihm gegeben hatte, war keine geringere, sondern gerade die, der sich sein schwerfälliges und griesgrämiges Herz öffnen konnte. Sie hatte ihm nichts vorenthalten. Sie hatte ihm alles gegeben, was er zu nehmen fähig gewesen war.

Der Andere war mit der Rede fertig und hob das Glas. Der Sohn stand auf, alle standen auf, und sie tranken im Stehen auf Lisa. Später hielt der Sohn eine kleine Rede auf seinen Vater. Auch der Domkapitular redete; er sprach über die heilige Elisabeth von Ungarn und die heilige Elisabeth von Portugal, die ihren Mann und ihren Sohn miteinander versöhnt hatte. Er hatte zu schnell zu viel getrunken und war verwirrt. Eine Schauspielerin setzte zu einer Rede über die Frauen und die Künste an und kam nach wenigen Worten über die Musik zuerst auf das Theater und dann auf sich zu sprechen. Das zweite Brett erhob sich, schlug klingend mit der Gabel an das Glas und bat mit schwerer Zunge um Aufmerksamkeit. Er sei kein Mann großer Worte, aber wenn die Damenbauer-Eröffnung, an der er seit vielen Jahren arbeite, fertig sei, werde er sie Lisas Eröffnung nennen.

Sie feierten bis in die tiefe Nacht. Als er sich von allen verabschiedet hatte, lief er durch leere Straßen zum Bahnhof. Dort wartete er auf dem Bahnsteig, bis er in den ersten Zug nach Hause steigen konnte. Als der Zug die Stadt hinter sich ließ, dämmerte der Morgen. Er dachte an den nächsten Morgen zu Hause. Er würde aufwachen, die Sonne sehen, die Vögel hören, den Wind spüren, und ihm würde alles wieder einfallen, und es würde in Ordnung sein.

Zuckererbsen

1

Als Thomas sah, daß die Revolution nicht kam, besann er sich darauf, daß er vor 1968 Architektur studiert hatte, nahm das Studium wieder auf und schloß es ab. Er spezialisierte sich auf Dachausbauten, kundschaftete Dächer aus, trieb Interessenten auf und kümmerte sich um Bauplanung, -genehmigung und -aufsicht. Dachwohnungen waren in Mode, und Thomas machte seine Sache gut. Nach ein paar Jahren hatte er mehr Dächer und Interessenten, als er bewältigen konnte. Aber sie langweilten ihn. Dächer – das sollte alles sein?

Eines Tages stieß er auf die Ausschreibung eines Wettbewerbs für eine Brücke über die Spree. Schon als Kind hatte ihn die Würde beeindruckt, mit der die alte Brücke in Rastatt ihre dicken Pfeiler in das Bett der Murg stemmt, der Stolz, mit dem in Köln die eiserne Brücke die Bahn über den Rhein trägt, Bogen um Bogen, und die Leichtigkeit, mit der die Golden-Gate-Brücke über das Meer schwingt, auf dem die großen Schiffe ganz klein sind. Das Buch über Brücken, das er zur Konfirmation bekommen und wieder und wieder gelesen hatte, stand bei den Büchern in seinem Büro. Er entwarf eine Brücke von zerbrechlichem Aussehen, die die Fußgänger nur mit Scheu betreten und auf der die Autofahrer automatisch langsamer und behutsamer fahren sollten. Denn er fand nicht selbstverständlich, daß man vom einen Ufer mir nichts, dir nichts ans andere gelangen kann, und daher sollte es von den Benutzern auch nicht als Selbstverständlichkeit genommen werden.

Zu seiner und aller Überraschung gewann er den zweiten Preis. Außerdem wurde er aufgefordert, sich an einem Wettbewerb für eine Brücke über die Weser zu beteiligen. Das Geschäft mit den Dächern nicht aufgeben, die Brücke über die Weser entwerfen, an weiteren Wettbewerben teilnehmen – es wurde zuviel. Er machte Jutta, die als Studentin in seinem Büro Praktika gemacht und gerade ihr Diplom bekommen hatte, zu seiner Partnerin. Sie baute Dächer aus, er baute Brücken. Als sie von ihm ein Kind erwartete, heirateten sie. Gleichzeitig zogen sie in die schönste Dachwohnung, die ihr Büro je gebaut hatte; der Interessent war krank geworden und abgesprungen. Der Blick von der Terrasse ging über Spree und Tiergarten zum Reichstag und Brandenburger Tor. Vom Dachgarten sahen sie im Westen die Sonne untergehen.

Dann befriedigten ihn auch die Brücken nicht mehr recht. Erfolg, Umsatz, Büro und Familie wuchsen, und dennoch fehlte ihm etwas. Zunächst wußte er nicht, was; er dachte, er brauche noch mehr berufliche Herausforderung, und arbeitete noch mehr. Aber er wurde nur noch unzufriedener. Erst als er im Sommer in Italien nicht, wie sonst im Urlaub, Brücken entwarf, sondern die Brücken malte, die er sah und die ihm gefielen, merkte er, daß es das Malen war, das ihm gefehlt hatte. Er hatte als Schüler und Student gemalt, bis er dachte, seine Freude daran werde sich im Entwerfen von Architektur erfüllen. Eine Weile hatte er die

Erfüllung auch gespürt. Aber dann hatte er, ohne es zu wissen, das Malen doch vermißt.

Auf einmal stimmte die Welt. Weil die Architektur für ihn nicht mehr alles war, konnte er sie spielerischer betreiben. Weil er sich schon durch den Erfolg als Architekt bewiesen hatte, mußte er sich nicht mehr durch den Erfolg als Maler beweisen. Er kümmerte sich nicht um Moden und Trends, sondern malte, was er gerne als Bild gesehen hätte: Brücken, Wasser, Frauen und Blicke durch Fenster.

2

Er lernte die Hamburger Galeristin, die seine Bilder bekannt machte, zufällig kennen. Sie saßen nebeneinander im Flugzeug von Leipzig nach Hamburg, sie auf dem Weg von ihrer Filiale nach Hause, er auf dem von einer Baustelle zu einer anderen. Er erzählte ihr von seinen Bildern, brachte ihr ein paar Wochen später einige mit, malte auch das eine und andere, zu dem sie ihn anregte, und fand eines Tages verblüfft und erfreut seine Bilder bei ihr ausgestellt. Sie hatte ihn unter dem Vorwand nach Hamburg geholt, er müsse sie beim Umbau der Galerie beraten. Aber als er kam, fand er seine Bilder in allen Räumen und auch alles für eine Vernissage gerichtet. Er kam um vier, um fünf waren die ersten Gäste da und um acht die ersten Bilder verkauft. Um neun waren Veronika und Thomas vom Champagner, vom Erfolg und voneinander so betrunken, daß sie das Ende der Vernissage nicht mehr abwarteten, sondern zu ihr nach Hause fuhren. Am Morgen wußte er, daß er die Frau seines Lebens gefunden hatte.

Als er übernächtig und glücklich mit dem Zug nach Berlin fuhr, bereitete er sich auf das Gespräch mit Jutta vor. Es würde nicht einfach werden. Sie waren seit zwölf Jahren verheiratet, hatten gute und schlechte Tage, die Sorge um die drei Kinder, die schwere Schwangerschaft bei der Tochter, den Kampf um den beruflichen Erfolg und einen Seitensprung von ihr und zwei von ihm bewältigt. Ihm war, als seien sie miteinander verwachsen, sie ein Stück von ihm und er ein Stück von ihr. Sie waren immer offen miteinander gewesen und offen auch dafür, daß die Welt sich ändert, die Verhältnisse in Bewegung sind und mit den Verhältnissen die Menschen. Es würde auch nicht einfach werden, die Kinder mit Trennung und Scheidung und mit der neuen Frau in seinem Leben zu konfrontieren. Aber Jutta würde fair sein und Veronika die richtige Art, den richtigen Ton mit den Kindern schon finden. Sie war einfach wunderbar.

In Berlin war der Teufel los. Im Dach in der Ansbacher Straße, das sie gerade ausbauten, war nachts Feuer ausgebrochen. Und die Tochter war krank. Und die Frau, die sich um den Haushalt und die Kinder kümmerte, war für zwei Wochen bei ihrer Familie in Polen. Als Thomas und Jutta am Abend um zehn Uhr in der Küche saßen und Pizza aßen, waren sie völlig erschöpft.

»Ich möchte dir was sagen.« Er hielt sie zurück, als sie vom Essen aufstand und ins Schlafzimmer gehen wollte.

»Ja?«

»Ich habe eine Frau kennengelernt. Ich meine, ich habe mich in eine Frau verliebt.«

Sie schaute ihn an. Ihr Gesicht war undurchdringlich. Oder war es müde? Dann lächelte sie und gab ihm einen schnellen Kuß. »Ja, mein Schatz. Das letzte Mal ist auch vier Jahre her.« Sie rechnete. »Und das vorletzte Mal acht.« Sie blieb einen Moment stehen und sah zu Boden. Er wußte nicht, ob sie noch etwas sagen wollte oder darauf wartete, daß er noch etwas sagen würde. Sie sagte: »Machst du bei Regula bitte das Fenster zu?«

Er nickte. Seine Tochter hatte immer noch Fieber. Als er sie zugedeckt und eine Weile ihrem Schlaf zugeschaut hatte, lag Jutta im Bett. Ihm kam plötzlich kindisch vor, auf der Couch im Wohnzimmer zu schlafen, wie er es sich vorgenommen hatte. Er zog sich aus und legte sich auf seine Seite des Betts. Jutta kuschelte sich an ihn, schon halb im Schlaf.

»Ist sie dunkel, wie ich?«

»Ja.«

»Erzähl mir morgen von ihr.«

3

Veronika drängte ihn nicht. Sie verstand, daß für die Auseinandersetzung mit Jutta, für die Trennung von ihr nicht die richtige Zeit war, solange Regula krank war. Solange die Haushalts- und Kinderfrau in Polen war. Solange Jutta mit den Folgen des Brands und der Einarbeitung von zwei neuen Mitarbeitern mehr als alle Hände voll zu tun hatte. Solange er an dem Entwurf für eine Brücke über den Hudson saß. Schließlich hatte sie mit der Galerie in Hamburg und den beiden Filialen in Leipzig und Brüssel selbst mehr als genug um die Ohren, und sie war ohnehin nicht die Frau, die ständig einen Mann um sich haben muß. Und reichte nicht, daß die Ehe zwischen Jutta und Thomas nur noch eine leere Hülle war, dem Büro und den Kindern geschuldet, während er sein eigentliches Leben mit ihr lebte? Jede freie Minute bei ihr verbrachte? Die Ferien teilte er. Nach einer Woche Skifahren mit Jutta und den Kindern flog er für eine Woche von München nach Florida, wo Veronika eine Wohnung hatte. Im Sommer machte er eine zehntägige Radtour mit den beiden Söhnen, ehe er mit Veronika zwei Wochen durch die Peloponnes wanderte. An Weihnachten verbrachte er Heiligabend und den ersten Feiertag zu Hause, die Tage zwischen den Jahren und Silvester in Hamburg. Veronika hatte ihm in ihrer großen Wohnung ein Atelier eingerichtet, und er malte. Auch seine Familie hatte Verständnis dafür, daß er sich zum Malen zurückzog und niemanden wissen ließ, wohin.

Ja, auf einmal war aus Frühling, Sommer, Herbst und Winter ein Jahr geworden. Am 15. Januar jährte sich die Vernissage, und Veronika eröffnete die zweite Ausstellung mit Bildern von ihm. Wieder fuhr er am nächsten Morgen mit dem Zug nach Berlin, nicht ganz so übernächtig wie vor einem Jahr und nicht ganz so glücklich. Aber er war glücklich. Zwar fand er sein Doppelleben nicht richtig. So konnte man doch nicht leben. So konnte man doch mit Frauen nicht umgehen. So konnte man doch nicht Vater sein, nur halb für die Kinder da und immer auf dem Sprung. Und was sollte werden, wenn Veronika ein Kind bekam? Sie hatte es ihm nicht gesagt, aber er hatte gemerkt, daß sie nicht mehr verhütete. Er nahm sich fest vor, mit Jutta zu reden. Aber zu Hause war alles wie immer und gab es keinen Grund, jetzt, gerade jetzt, über Trennung und Scheidung zu reden. Als sie am Abend beim Essen um den runden Tisch saßen, wußte er, daß er seine Familie nicht verlieren wollte. Die beiden Söhne, ein bißchen wild, aber liebe Jungen, geradeheraus und hilfsbereit, die Tochter, sein blonder Engel, und Jutta, herzlich, großzügig, effizient und unverändert attraktiv – er liebte sie. Warum sollte er sie preisgeben?

Im zweiten Jahr bekam Veronika eine Tochter. Er war bei der Geburt dabei, besuchte sie, sooft er durfte, und wartete und malte im übrigen in ihrer Wohnung, bis er sie und Klara aus dem Krankenhaus holen konnte. Für zwei Wochen hatte er sich von Berlin verabschiedet, und als sie vorüber waren, war ihm die Wohnung in Hamburg zum Zuhause geworden. Zum zweiten Zuhause – die Berliner Wohnung hörte nicht auf, Zuhause zu sein. Aber es gab eben nicht mehr hier das Leben zu Hause und dort das mit der anderen.

Alles wurde anstrengender. Veronika brauchte ihn. Sie schlug ihm gegenüber einen gereizten, bemüht geduldigen Ton an, der ihn verrückt machte, und behandelte ihn als nicht lieblosen, aber nicht hinreichend verläßlichen, letztlich egoistischen Statisten des Geschehens, was er als Kränkung empfand. »Ich weiß nicht, wie ich mit allem zurechtkommen soll«, schrie sie ihn eines Tages an, »ich kann nicht auch noch beweisen, daß es mit mir leichter und schöner ist als mit deiner Frau.« Später weinte sie. »Ich bin derzeit schwierig, ich weiß. Ich wär's nicht, wenn wir endlich richtig zusammen wären. Ich habe dich nie gedrängt, aber jetzt tue ich's. In meinem und im Namen unserer Tochter. In den ersten Jahren braucht sie dich besonders. Deine Kinder in Berlin sind aus den ersten Jahren schon lange raus.«

Zu Hause in Berlin drängte Jutta. Sie hatten nie aufgehört, miteinander zu schlafen, und in den Monaten vor und nach Klaras Geburt war Thomas wieder zugewandt und leidenschaftlich wie in den alten Zeiten. Wenn sie erschöpft und befriedigt beieinander lagen, entwickelte Jutta das New-York-Projekt. Wollte er die Brücke über den Hudson nicht selbst bauen? Einmal in seinem Leben den Bau einer Brücke selbst leiten? Sollten sie nicht für die zwei bis drei Jahre des Brückenbaus alle zusammen nach New York ziehen? Die Kinder dort in die Schule schicken? In eine der schönen Wohnungen am Park ziehen, die sie bei ihrer letzten Reise gesehen hatten? Das alles präsentierte Jutta nicht fordernd. Aber sie hatte vom gegenwärtigen Zustand genug und drängte auf seine Beendigung. Er merkte es, und es strengte ihn an.

Im Herbst wurde ihm alles zuviel. Er brach mit einem alten Schul- und Studienfreund zu einer mehrtägigen Wanderung durch die Vogesen auf. Das Laub war bunt, die Sonne noch warm, und nach vorangegangenen Regenwochen roch der Boden schwer und würzig. Der Wanderweg folgte der alten deutsch-französischen Grenze über die Berghöhen. Abends fanden sie ein Landgasthaus oder stiegen in ein Dorf im Tal ab. Am zweiten Abend trafen sie im Gasthof zwei Mädchen aus Deutschland, Studentin der Kunstgeschichte die eine und der Zahnheilkunde die andere. Am dritten Abend trafen sie sich zufällig wieder.

Das Zusammensein war fröhlich, ausgelassen, unbeschwert, und daß er sich am Ende mit der Zahnärztin im Zimmer der Mädchen fand, nachdem der Freund die Kunsthistorikerin mit auf das Zimmer genommen hatte, das sie, die beiden Männer, teilten, ergab sich von selbst. Helga war blond, hatte nichts von der feingliedrigen, feinnervigen Eleganz und Energie, die Jutta und Veronika gemeinsam war, sondern war von großzügiger Körperlichkeit, ihrer Freude an ihm und seiner Freude an ihr ganz gewiß, so weiblich und so einladend, daß ihm alle seine Anstrengungen, alle seine Sorgen, alle seine Entscheidungen nichtig vorkamen.

Am nächsten Tag wanderten sie zu viert. Als die Mädchen am übernächsten Tag wieder nach Hause nach Kassel mußten, stellte sich heraus, daß sie zum Wintersemester nach Berlin kommen würden. Helga gab ihm ihre Adresse. »Du meldest dich?« Er nickte. Als ihn im November alles überforderte und er nicht mehr konnte, Juttas Vorschläge nicht mehr hören konnte und nicht mehr Veronikas Vorwürfe, in Hamburg den süßlichen Babygeruch leid war und in Berlin den Lärm seiner pubertierenden Söhne, im Büro zuviel zu tun und im Atelier zu wenig Zeit hatte, sich in seiner Haut nicht mehr wohl fühlte, nicht mehr mochte, rief er Helga an.

Als er bei ihr war und sie mitbekam, daß er zwei Anrufe machte, zweimal sagte, er müsse noch dringend nach Leipzig, fragte sie ihn lachend: »Hast du zwei Ehefrauen?«

4

Ohne Helga wäre er nicht über den Winter gekommen. Sie fragte nicht viel, redete auch sonst nicht viel, war schön, war weich, freute sich an ihm im Bett, an den Fahrten und Essen mit ihm und an seinen Geschenken. Er war so glücklich über ihre Beziehung, daß er sie verwöhnte. Sie war für ihn da, wenn er mit allem nicht mehr zurechtkam.

Bis sie ins Examen kam. Sie brauchte einen Patienten, bat ihn, und er wollte ihr die Bitte nicht abschlagen. Er dachte, er würde sich auf besonders schmerzhafte Spritzen, besonders quälendes Bohren, schlechte Plomben und schiefe Kronen einlassen, und wollte das um ihretwillen auch auf sich nehmen. Tatsächlich ließ er sich auf etwas anderes ein. Nichts lief falsch, nichts war schmerzhaft oder quälend. Im Gegenteil wurde jeder Schritt, den Helga tat, zuerst vom Assistenzarzt kontrolliert und dann, wenn dieser Zweifel hatte oder der Schritt wichtig oder schwierig war, vom Oberarzt. Nichts ging daneben. Das Warten auf den Assistenz- und den Oberarzt war auch nicht unangenehm. Helga und die andere Studentin, die ihr und der sie assistierte, redeten und scherzten mit ihm, und wenn Helga sich über ihn beugte, ließ sie ihn ihre Brüste an seinem Gesicht spüren. Aber alles dauerte ewig. Er verbrachte Stunden um Stunden, halbe Tage um halbe Tage in der Zahnklinik. Wenn er um neun bestellt war, platzten alle Vormittagstermine, und wenn er um zwei kam, saß er um fünf noch da und hatte keine Besprechung, Baustelle oder Behörde geschafft. Er mußte mehr Termine auf den Abend legen und mehr Arbeit ins Wochenende nehmen, und das kunstvolle Gefüge von Berliner und Hamburger Stunden und Tagen geriet ins Wanken.

Er merkte, was er sich oder was Helga ihm eingebrockt hatte, und wollte mit den halb gefüllten Wurzeln, halbfertigen Plomben und Kronen zu seinem Zahnarzt gehen und alles in zwei Stunden hinter sich bringen. Als er es Helga sagte, reagierte sie mit kalter Wut. Er brauche sich nie mehr bei ihr sehen zu lassen, wenn er sie jetzt im Stich lasse. Sie wisse zwar noch nicht, wie sie ihm den Schaden heimzahle, den sein Ausfall für ihr Examen bedeute, werde sich aber etwas einfallen lassen, das er nie vergessen werde. Nun wollte er ihr Examen nicht gefährden, hatte einfach nicht gewußt, daß sein Ausstieg aus der Behandlung eine Gefährdung war, und erklärte sich sofort bereit, sich von ihr weiterbehandeln zu lassen. Das grobe Geschütz, das sie aufgefahren hatte, wäre nicht nötig gewesen. Aber er lernte daraus, daß hinter Helgas einladender Weiblichkeit Härte und Entschlossenheit steckten.

Als sie ihr Examen glänzend bestanden hatte, entwickelte sie ihm ihr Projekt einer privaten Zahnklinik. Sie werde während der Assistenzärztinnenzeit mit der Vorbereitung beginnen. Ob er mitmachen wolle? Als Architekt mit ihr planen und bauen? Als stiller Teilhaber den finanziellen Erfolg mit ihr gestalten und genießen?

»Wer braucht eine private Zahnklinik?«

»Wer braucht deine Wohnungen? Oder deine Brücken? Oder deine Bilder?« Sie sah ihn herausfordernd an, als wolle sie fragen: Wer braucht dich?

Zuerst stutzte, dann lachte er. Was für eine Kämpferin Helga war! Beim Architekten- und Teilhabervertrag würde er aufpassen müssen, daß sie ihn nicht über den Tisch zog.

Sie merkte, daß er seine Frage nicht so grundsätzlich gemeint hatte, und erklärte ihm geduldig die Vorteile der Zahnklinik gegenüber der Zahnarztpraxis. »Du denkst daran, daß dich zwar dein Arzt schon oft in die Klinik, aber dein Zahnarzt noch nie in die Zahnklinik geschickt hat. Aber du wirst älter, verlaß dich drauf, und wenn dein Zahnarzt auch alles schlecht und recht machen wird – mit einem Spezialisten fürs Konservierende und einem für die Prothetik und einem für Parodontitis bist du besser dran.«

Zuerst: wer braucht dich, und dann: du wirst älter – Thomas fand, in ihrem Arrangement des Gebens und Nehmens schulde sie ihm einen etwas liebevolleren Umgang.

Sie sah es ihm an. Sie sagte ihm, was für ein Glück sie habe, daß er in ihrem Leben sei. Wie sie ihn bewundere, als Architekten und als Maler. Was für ein Mann er sei. Wie sehr sie sich bei ihm als Frau fühle.

Dann mußte sie nichts mehr sagen.

5

Der Sommer war voller Energie. Die Stadt reckte energisch Kräne in den Himmel, grub Löcher in die Erde und ließ Häuser wachsen. Die Energie des Wetters entlud sich in zahllosen Gewittern. Die Tage waren heiß, am Mittag zogen Wolken auf, am späten Nachmittag verdüsterte sich der Himmel, erhob sich der Wind und fielen unter zuckenden Blitzen und krachendem Donner die ersten, schweren

Tropfen. Es schüttete zwanzig Minuten lang oder eine halbe oder eine dreiviertel Stunde. Dann roch die Stadt nach Staub und Regen und war still, bis die Leute, die das Gewitter in die Häuser getrieben hatte, für den Abend auf die Straße kamen. Für kurze Zeit wurde es noch einmal hell, ein spätes Sonnenlicht, eine klare Dämmerung zwischen dem Dunkel des Gewitters und dem Dunkel der Nacht.

Thomas fühlte sich energisch, federnd, leicht. Er schaffte alles, die Planung der Brücke über den Hudson, eine Serie von Bildern, die Entwicklung des Projekts der privaten Zahnklinik, den laufenden Betrieb im Büro. Er plante mit Jutta zwei bis drei Jahre in New York, mit Veronika das gemeinsame Leben nach der Scheidung von Jutta und mit Helga, was sie das Gestalten und Genießen ihres Erfolgs nannte. Er genoß das Hochgefühl des Jongleurs, der mehr und mehr Ringe zu seinem Spiel nimmt und dem das Spiel glückt, mit noch einem und noch einem Ring.

Und wie steht es beim Jongleur mit der Angst? Wächst auch sie mit jedem weiteren Ring? Weiß er, daß das Spiel nicht immer weitergehen kann, sich verwirren, verhaken und scheitern muß? Weiß er's nicht? Ist es ihm egal? Thomas sah sich in der Leichtigkeit dieses Sommers auch das Spiel mit Leichtigkeit beenden. Einen Ring nach dem anderen sorgsam zur Seite legen. Helga freundlich sagen, es sei vorbei, er bleibe gerne ihr Freund und helfe ihr gerne als Freund, aber aus dem gemeinsamen Bauen und der stillen Teilhaberschaft werde nichts. Mit Veronika ruhig darüber reden, was wäre, wenn es aus wäre. Alimente, sein Kontakt mit Klara, ihre Vertretung seines Ateliers – sie wußte zu verhandeln, war Geschäftsfrau, an dem lukrativen Verkauf seiner Bilder ebenso interessiert wie er am Kontakt mit der Tochter. Jutta erklären, daß fünfzehn Jahre genug seien, sie Partner für die Kinder und Partner im Büro bleiben könnten, aber sich im übrigen loslassen sollten. Was sollte schwer daran sein, die Ringe wieder aus dem Spiel zu nehmen? Oder doch den einen oder den anderen?

Im August hatte er seinen neunundvierzigsten Geburtstag. Jede der drei Frauen wollte mit ihm feiern. Sich zwei Frauen zu entziehen, weil er mit der dritten zusammensein wollte, war er gewohnt. Ebenso leicht war es, sich allen dreien zu entziehen.

Er verbrachte den Tag allein, und es war wie Schuleschwänzen. Er fuhr an einen See vor den Toren der Stadt, schwamm, lag in der Sonne, trank Rotwein, schlief, schwamm noch eine Runde. Am Abend fand er am anderen Ende des Sees ein Restaurant mit Terrasse. Er aß, trank Rotwein und sah in den Abend. Er war mit sich und der Welt zufrieden.

War's der Rotwein? Der schöne Tag und Abend? Sein Erfolg im Beruf und sein Glück mit den Frauen? Er hatte noch ein Jahr Zeit, bis er fünfzig würde und Bilanz ziehen müßte. Aber die Posten im Buch seines Lebens würden bis dahin keine anderen werden. Vor bald dreißig Jahren hatte er sich auf die Welt eingelassen, um sie besser und gerechter zu machen. Weil es doch auf Erden für alle genug Brot gibt, auch Rosen, Myrten, Schönheit, Lust und Zuckererbsen. Heines Zuckererbsen hatten es ihm damals besonders angetan, mehr als Marx' kommunistische Gesellschaft, auch wenn er keine Vorstellung hatte, wie sie aussahen, schmeckten und sich zu normalen Erbsen verhielten. Aber davon, wie die kommunistische Gesellschaft aussehen, schmecken und sich zur normalen Gesellschaft verhalten würde, hatte er auch keine Vorstellung. Zuckererbsen? Ja, Zuckererbsen für jedermann, sobald die Schoten platzen!

Sollte er sich noch mal um die Politik kümmern? Bei den Grünen engagieren, wo seine Freunde von damals waren? Bei der SPD, wo seine neuen Freunde waren? Sie luden ihn ein, politisch aktiv zu werden. Das administrativ vereinigte Ost- und Westberlin müsse auch politisch und architektonisch zusammenwachsen. Das eine gehe nicht ohne das andere und beides nicht ohne Männer wie ihn. Männer – er würde in der Politik lieber Frauen treffen. Eine politische Emanze mit Nickelbrille und Knoten, der das rote Haar, wenn sie den Knoten löst, üppig auf die Schultern fällt und deren Augen ohne Brille verwundert und verführerisch schauen.

Er lachte in sich hinein. Jetzt war's der Rotwein. Aber war's nur der Rotwein? War im Rotwein nicht eine tiefe Weisheit verborgen, die sich dem offenbart, der sich ihm öffnet? Die Weisheit der Zuckererbse? Man muß glücklich sein, damit man glücklich machen kann. Man muß sich's gutgehen lassen, damit man sich daran freuen und dazu beitragen kann, daß es anderen gutgeht. Und selbst wenn man nur sich selbst glücklich macht – mit jedem Quentchen Glück, das in die Welt kommt, wird die Welt ein glücklicherer Ort, mit dem eigenen Quentchen ebenso wie mit dem fremden. Man darf nur niemandem etwas zuleid tun. Er tat niemandem etwas zuleid.

So saß Thomas auf der Terrasse. Der Mond schien, und

die Nacht war hell. Ah, wie gut es tat, mit Grund und Recht mit sich und der Welt zufrieden zu sein.

6

Im Herbst mußte er nach New York. Die Verhandlungen mit dem Brückenkonsortium gingen über mehrere Wochen, und der Stil, in dem sie geführt wurden, wurde ihm unerträglich. Die falsche Vertraulichkeit der Anrede mit Vornamen, die falsche Vertraulichkeit der Gespräche über Frau, Kinder und Wochenendausflüge, die falsche Herzlichkeit der morgendlichen Begrüßung – er war es leid. Er war auch leid, die mündlich erzielten Verhandlungsergebnisse des einen Tags im schriftlichen Vertragsentwurf des nächsten immer nur zur Hälfte wiederzufinden und zur anderen Hälfte erneut verhandeln zu müssen. Überdies begann, wenn der Arbeits- und Verhandlungstag in New York zu Ende war, der Arbeitstag in Tokio, und alles mußte mit dem Tokioter Partner bis in die Morgenstunden telefonisch ein weiteres Mal besprochen werden.

Dann ging eines Tages nichts mehr. Mit New Jersey gab es politische Probleme, die nur der Gouverneur lösen konnte. Als klar war, daß er sie nicht am selben Tag lösen würde, sah Thomas keinen Grund, weiter mit den anderen zu sitzen und zu warten. Er ging.

Er ließ sich durch die Stadt treiben, schlenderte durch den Park, warf einen Blick ins Museum, kam an den Häusern vorbei, in denen Jutta gern leben würde, durchquerte ein Viertel, in dem er nur Spanisch hörte, und fand schließlich gegenüber einer großen Kirche ein Café, das ihm gefiel. Keines der schicken Cafés, in denen man prompt bedient wurde und ebenso prompt die Rechnung serviert bekam, zahlen und gehen mußte. Die Gäste saßen, lasen, schrieben und redeten wie in einem Wiener Café. Als gebe es keine Eile. Die Tische auf dem Gehweg waren besetzt, und so setzte er sich ins Innere.

Unterwegs hatte er drei Postkarten gekauft. »Liebe Helga«, schrieb er auf die erste, »die Stadt ist heiß und laut, und ich verstehe nicht, was die Leute an ihr finden. Ich bin die Verhandlungen leid. Ich bin die Amerikaner und die Japaner leid. Ich bin mein Leben leid. Ich sehne mich nach dem Malen, und mehr als alles andere sehne ich mich nach Dir. Wenn ich zurückkomme, gehen wir's neu an, ja?« Er schrieb, daß er sie liebe, und unterschrieb. Er sah Helga vor sich, schön, weich und zugleich hart, berechnend und zugleich berechenbar, oft lieblos und doch oft liebebedürftig und liebebereit. Ah, und die Nächte mit ihr! »Liebe Veronika«, schrieb er auf die nächste Karte und wußte nicht weiter. Sie waren bei seinem letzten Besuch im Streit geschieden. Sie hatte ihm unrecht getan, aber er wußte, daß sie es aus Verzweiflung getan hatte. Dann war sie in der Tür gestanden und hatte ihm nachgerufen, er solle zum Teufel gehen, noch mal und noch mal, und darauf gewartet, daß er zurückkommen und sie in den Arm nehmen und ihr ins Ohr flüstern würde, es werde alles gut werden. »Wenn ich zurückkomme, gehen wir's neu an, ja? Ich sehne mich nach Dir. Ich sehne mich auch nach dem Malen, aber nach nichts so wie nach Dir. Ich bin es leid, so weiterzuleben. Ich bin die Arbeit leid, die Verhandlungen, die Amerikaner und die

Japaner. Ich bin die Stadt leid. Sie ist heiß und laut, und ich verstehe nicht, was die Leute an ihr finden. Ich liebe Dich. Thomas.« Lange saß er vor der dritten Karte. Auch sie zeigte die Brooklyn-Brücke im Licht der untergehenden Sonne. »Liebe Jutta! Erinnerst Du Dich noch an die Stadt im Frühling? Jetzt ist sie heiß und laut, und ich verstehe nicht, was die Leute an ihr finden. Die Verhandlungen und die Amerikaner und Japaner, mit denen ich sie führe, bin ich unendlich leid. Ich bin auch mein Leben leid und daß das Malen nicht mehr Platz in ihm hat. Und daß Du nicht mehr Platz in ihm hast. Ich liebe und vermisse Dich. Wenn ich zurückkomme, gehen wir's neu an, ja?« Er wußte, wie sie beim Lesen lächeln würde, staunend, glücklich, ein bißchen skeptisch. Auch in dieses Lächeln hatte er sich vor zwanzig Jahren verliebt, und es bezauberte ihn immer noch. Er klebte Briefmarken auf die Postkarten, ließ die Jacke über der Stuhllehne hängen und die Zeitung auf dem Tisch liegen, ging zum Briefkasten auf der anderen Straßenseite und warf die Postkarten ein.

Er kehrte zu seinem Tisch zurück und schaute durch das Fenster dem Treiben auf dem Gehweg zu. Das Fenster war offen; er hätte den Passanten zurufen und sich mit ihnen unterhalten können. Ihn trennten von ihnen nur ein paar Meter. Nur ein paar Schritte, und er wäre einer von ihnen, ein Passant auf dem Gehweg. Und umgekehrt hätten sie mit ein paar Schritten das Café betreten und wie er an einem Tisch sitzen können, vielleicht ihm gegenüber oder neben ihm. Gerade schwenkte einer vom Gehweg ins Café, bestellte an der Theke ein Backwerk und einen Kaffee, hinterließ seinen Namen, fand einen Tisch, packte Buch, Papier und Stift aus und winkte die Bedienung zu sich, als sie, das Bestellte auf dem Tablett, nach Tom rief. Tom. Er hieß wie er.

Er schaute wieder nach draußen. Der Gehweg war belebt. Was machten all die Menschen nur? Natürlich wußte er, daß hier zwei eng umschlungen gingen, sich in die Augen sahen und küßten, daß dort Vater, Mutter und Kind mit vollen Taschen vom Einkaufen kamen, daß der schäbig gekleidete Schwarze, der links immer wieder in sein Blickfeld kam, bettelte, daß einmal Touristen entlangschlenderten und das andere Mal Schüler und daß der Mann in brauner Hose und Bluse Pakete für United Parcel Service lieferte. Aber warum machten sie, was sie machten? Warum hielt sie, die hübsch und lieb aussah, dieses dreiste Pickelgesicht umschlungen? Warum hatten die Eltern diesen quengeligen Quälgeist in die Welt gesetzt, warum zogen sie ihn auf und kauften für ihn ein? Warum waren sie selbst in der Welt? Ihm sah man den erfolglosen wissenschaftlichen Wichtigtuer an, und sie war schon mit einem Kind sichtbar überfordert. Was erwartete der Bettler, wie kam er dazu, etwas zu erwarten, und warum sollte es irgendeinen Menschen interessieren? Wem würden die grundlos fröhlichen Touristen fehlen, wenn sie plötzlich der Erdboden verschluckte? Wem die Schüler, wenn sie jetzt stürben? Den Eltern? Aber war nicht egal, ob sie jetzt ihren Eltern oder später ihren Kindern und noch später ihren Enkelinnen und Enkeln fehlten? Tragik eines frühen Tods? Daß man das Leben nicht über den frühen Tod hinaus lebt, erschien Thomas ebensowenig tragisch, wie daß man es nicht über einen späten Tod hinaus lebt oder daß man es vor der Geburt noch nicht gelebt hat.

Der Mann, der für United Parcel Service lieferte, stolperte und stürzte mit dem Paket, das er gerade trug, auf den Gehweg. Warum fluchte er? Wenn der Tod schlimm ist, soll er froh sein, daß er lebt, und wenn der Tod schön ist, dann kann ihm vor dessen Ewigkeit die Gegenwart und auch der Augenblick seines Sturzes gleichgültig sein. Ein schönes Paar kam vorbei, schlank, kraftvoll, fröhlich, mit klugen, wachen Gesichtern. Sie hielt kein dreistes Pickelgesicht im Arm und er kein hübsches, liebes Dummchen. Aber das machte nichts besser. Es ging nicht darum, daß Vergeblichkeit und Nichtigkeit augenfällig waren. Thomas sah sie, auch wo sie nicht deutlich sichtbar waren. Er sah sie überall.

Er fragte sich, ob er, wenn er eine Waffe hätte, die Passanten abknallen könnte, wie seine Söhne die Gegner am Computer abknallten. Er würde Ärger kriegen und wollte keinen Ärger haben. Aber näher, wirklicher, lebendiger als die Figuren auf dem Bildschirm waren ihm die Passanten im Fensterausschnitt nicht. Sie waren Menschen wie er. Aber das brachte sie ihm nicht näher.

7

Wenn er später zurückdachte, fing sein Absturz an diesem Tag und Ort an. Von jetzt an war er ein Abstürzender – wie auf dem Bild von Max Beckmann, das er in der Wohnung des Präsidenten des Baukonsortiums gesehen hatte. Er stürzte kopfüber, hilflos trotz aller Kraft im muskulösen Körper und trotz der wie zum Schwimmen kraftvoll gereckten Arme und Beine. Er stürzte zwischen brennenden Häusern, seinen brennenden Häusern, denen, die er gebaut hatte, und denen, in denen er lebte. Er stürzte zwischen Vögeln, die ihn verspotteten, Engeln, die ihn retten könnten, aber nicht retteten, Booten, die sicher im Himmel schwammen, wie er sicher im Himmel schwimmen könnte, wenn er sich nicht auf die Häuser eingelassen hätte.

Er kehrte zurück und nahm sein Leben wieder auf. Das Berliner Leben mit Familie, Büro und den Freunden, für die er Juttas Mann, Vater dreier Kinder, Architekt und Hobbymaler war. Mit ihnen und ihren Familien war er seit langem verbunden, hatte er Ferien zusammen verbracht, Ehekrisen bestanden und Kindersorgen geteilt. Er bewegte sich unter ihnen wie ein Fisch im Wasser, des wechselseitigen Vertrauens sicher, auch wenn er es lieber nicht darauf ankommen ließ, und sicher auch des gemeinsamen Schatzes von Erinnerungen, Anekdoten und Scherzen. Mit den Hamburger Freunden war es anders. Auch die gab es, nicht so viele wie in Berlin, nicht durch den Beruf, sondern durch Veronika vermittelt, meist alleinstehend, gelegentlich mit Kind. Für sie war er der Maler, den Veronika unter Vertrag und mit dem sie ein Kind hatte, der im Umgang angenehm war, aber noch ein anderes Leben hatte und aus diesem letztlich fremd in ihre Welt ragte. Mit Veronikas bester Freundin, einer Kinderärztin, war ein herzliches, vertrautes Verhältnis entstanden, aber auch hier blieb sein anderes Leben ausgespart. Sein zweites Berliner Leben war wieder anders. Wie Helga waren auch ihre Freunde fast zwanzig Jahre jünger als er, mit Studienabschluß und Berufsbeginn beschäftigt, ohne gefügte Welt, offen für vieles und auch für Helgas älteren Freund, der vielseitig, großzügig und in Fragen der Praxisgründung oder des Wohnungskaufs ein freundlicher, kluger Ratgeber war. Sie freuten sich, wenn Helga ihn mitbrachte oder wenn er bei Helgas Einladungen dabei war. Aber die Kontakte mit ihnen blieben unverbindlich, wie sie vielleicht unter ihnen selbst unverbindlich waren.

Trotz dieser Unverbindlichkeit und trotz der letzten Distanz zu den Hamburger und, wenn er ehrlich war, auch den alten Berliner Freunden wurde das Zusammensein mit ihnen allen anstrengend. Er wußte nicht, warum; im Sommer war es noch leicht gewesen. Jetzt hatte er das Gefühl, er müsse sich jedesmal wieder neu erfinden, den Helga-, den Veronika- und den Jutta-Thomas, den Architekten- und den Maler-Thomas, den Vater-Thomas mit drei heranwachsenden Kindern und den Vater-Thomas, der mit einer Einjährigen fast ein Großvater-Thomas sein könnte. Manchmal hatte er Angst, er würde sich nicht schnell und komplett genug umerfinden und in Hamburg noch der Berliner Thomas sein oder bei Helga der Jutta-Thomas. Nachdem er einem von Veronikas Freunden zu später, müder und betrunkener Stunde seine Vorstellungen vom Leben als deutsche Familie mit schulpflichtigen Kindern in New York entwickelt und bei einem Ehepaar, mit dem Jutta und er seit alters befreundet waren, ausgiebig über die Not alleinerziehender Galeristinnen geredet hatte, wurde er mit dem Alkohol vorsichtig. Er gewöhnte sich an, sich beim Wechsel vom einen in das andere Leben wie vor einer Verhandlung mit Geschäftsleuten zu konzentrieren, den

Kopf von allem zu leeren und in ihm nur das zu lassen, was er als nächstes brauchen würde. Aber auch das war anstrengend.

Auch die Träume wurden anstrengend. Er begann tatsächlich von sich als Jongleur zu träumen, nicht mit Ringen, aber mit Tellern, wie die chinesischen Jongleure sie auf eine Stange häufen, oder mit Messern oder brennenden Fackeln. Zuerst ging es gut, dann steigerte er die Zahl der Teller, Messer oder Fackeln, bis er ihnen nicht mehr gewachsen war. Wenn sie ihn unter sich begruben, wachte er schweißnaß auf. Oft schlief er nur für wenige Stunden.

Eines Morgens kam er im Zug von Hamburg nach Berlin mit seinem Gegenüber ins Gespräch. Der war Vertreter eines Betriebs, der Jalousien herstellte, erzählte von Heim- und Büro-, Holz- und Kunststoff-, hitze- und lärmschluckenden Jalousien, von der Erfindung der Jalousie und ihrer Überlegenheit gegenüber dem Vorhang, von seinen Reisen und seiner Familie. Es war ein nettes, kurzweiliges, belangloses Gespräch. Thomas hörte lange nur zu. Als er selbst nach Woher und Wohin, Beruf, Familie und Lebensumständen gefragt wurde, hörte er sich von seinem Betrieb in Zwickau reden, von dem Zeichenbedarf, den er herstellte, von den Problemen, vor denen er sich angesichts der Ablösung der Arbeit am Reißbrett durch die Arbeit am Computer sah, von dem Kampf seiner Familie um den Betrieb in den fünfziger Jahren und nach der Wende. Er berichtete von seinem Haus am Fluß, seiner Frau, die an den Rollstuhl gefesselt war, und seinen vier Töchtern. Jetzt sei er auf der Rückfahrt von Hamburg, wo er Sandel- und Zedernholz für eine neue Bleistiftserie für den gehobenen

Bedarf gekauft habe. Manchmal reise er für sein Bleistiftholz bis nach Brasilien und Burma.

8

Er nahm sich vor, die Beziehung mit Veronika zu beenden. Jedesmal kam er in Hamburg mit dem Vorsatz an, ihr am Abend, wenn die Tochter im Bett lag und sie am Tisch in der Küche saßen, zu sagen, daß er zu Jutta zurückwolle, daß er allerdings, wann immer sie es wünsche, über Alimente, die Kontakte zur Tochter und den Verkauf seiner Bilder reden werde, und ruhig zu gehen. Aber wenn sie am Tisch in der Küche saßen, Veronika so glücklich, daß der Tag vorbei und er da war, brachte er die Worte nicht über die Lippen. Wenn sie unglücklich war, konnte er erst recht nicht reden, weil er sie nicht noch unglücklicher machen wollte. Er verschob das Reden auf den Morgen. Aber der Morgen gehörte der Tochter.

Er sagte sich alles, was in einer solchen Situation zu sagen ist. Daß es doch nur einen Zustand zu beenden gelte, der unerträglich geworden sei. Daß er, wenn er nicht wirklich bei Veronika bleiben wolle, sie auch nicht länger halten, sondern sie gehen und ihr Leben leben lassen solle. Daß ein Ende mit Schrecken besser sei als ein Schrecken ohne Ende. Oder würde er vielleicht doch bei ihr bleiben? Nein, er war seelisch und körperlich schon weit weg, konnte nicht mehr bei ihr bleiben und würde auch nicht wieder zu ihr finden. Nein, es gab nichts, nichts, was er zur Entschuldigung seiner Unfähigkeit, mit ihr zu reden, vorbringen konnte. Er erlebte seine Unfähigkeit körperlich, als gehorchten ihm, der reden will, Mund, Zunge und Kehle nicht, wie der gelähmte Arm dem Befehl, sich zu heben und zu bewegen, nicht gehorcht. Aber Mund, Zunge und Kehle waren nicht gelähmt. Wenn er im Zug nach Berlin saß, schämte er sich.

Dann entschloß er sich, vor dem Schwierigeren das Leichtere zu tun, am Leichteren das Schwierigere zu lernen und zuerst die Beziehung mit Helga zu beenden. Mit ihr schaffte er es zu reden. Er erklärte ihr, er wolle zurück zu seiner Frau und Familie. Zwar werde aus den ehrgeizigen gemeinsamen Plänen nichts werden. Aber er wolle gerne ihr Freund bleiben und ihr gerne als Freund helfen. Hätten sie nicht eine schöne Zeit zusammen verbracht? Sollten sie nicht auch auf schöne Weise voneinander Abschied nehmen?

Helga hörte ihm aufmerksam zu. Als er fertig war, sah sie ihn mit großen Augen an. Ihre Augen wurden naß und flossen über, die Tränen rollten über die Wangen und tropften auf den Rock. Dann warf sie sich aufschluchzend in seine Arme, und er hielt sie, spürte ihren weichen Körper, wollte reden und sie trösten, aber sie schüttelte den Kopf und preßte ihren Mund auf seinen. Beim Frühstück am nächsten Morgen erzählte sie ihm von ihrer neuen Idee für die Zahnklinik. Wäre das machbar?

Mit Jutta versuchte er gar nicht erst zu reden. Er saß ihr eines Abends gegenüber und malte sich aus, was er ihr sagen, wie sie reagieren und wie er die Segel streichen würde. Ja, auch im Gespräch mit Jutta würde er alsbald die Segel streichen und froh sein, wenn er sie wieder versöhnen und sie ihn schließlich in die Arme nehmen würde. Die

Kläglichkeit und Vergeblichkeit seiner Entschlüsse, das Lächerliche seines Hin und Her – er fing an zu lachen, hörte nicht auf, lachte hysterisch, bis Jutta sich nicht anders zu helfen wußte und ihm zwei Ohrfeigen gab, die ihn zu Sinnen brachten.

Er war erstaunt, wieviel er bei alledem leistete. Er revidierte die Planung der Brücke über den Hudson und entwarf eine neue Brücke über die Drina. Er malte eine neue Serie von Bildern; alle zeigten Frauen, die einen Kahn ruderten, mal im Stehen und mal im Sitzen, mal bekleidet und mal nackt, mal dunkel, feingliedrig und feinnervig, mal blond und weich, mal rothaarig und kräftig. Veronika stellte die ersten Bilder aus, noch ehe die Serie fertig war, und sofort interessierte sich ein Sammler für die ganze Serie.

Wie eine Erlösung kam eines Tages die Blinddarmentzündung. Er war mit dem Auto von Dresden nach München unterwegs, als die Schmerzen einsetzten. Magenweh, dachte er zunächst, aber bald wurde ihm klar, daß es etwas anderes, Ernsteres, Schlimmeres sein mußte. Über das Steuer gebeugt, weil sich so die Schmerzen besser ertragen ließen, und voller Angst schaffte er es in ein Kreiskrankenhaus hinter Hof. Er wurde sofort operiert. Am nächsten Morgen erzählte ihm der Arzt bei der Visite, nach der Symptomatik hätte es auch ein Pankreaskarzinom sein können; er sei froh, daß es nur ein entzündeter Blinddarm gewesen sei.

Thomas blieb eine Woche. Er malte sich aus, wie der Arzt ihn aufschneidet, das inoperable Pankreaskarzinom oder den Bauch voller Metastasen findet und wieder zunäht. Ein paar Wochen hätte er dann noch zu leben oder ein paar Monate. Er wäre für nichts verantwortlich, würde niemandem etwas schulden, von jedem rücksichtsvoll und aufmerksam behandelt, vielleicht sogar wegen seiner Haltung bewundert werden. Er würde sich von Helga, Veronika und Jutta verabschieden, ohne daß sie ihm etwas vorwerfen könnten oder er selbst sich etwas vorwerfen müßte. Er würde noch ein Bild malen, sein letztes und tiefstes. Er würde Zeit mit seinen Kindern verbringen, so schön und so nah, daß sie ihnen nach seinem Tod noch lange in ihr Leben leuchten würde. Er würde einen Essay über die Brücke schreiben, sein theoretisches Vermächtnis an die Architektur. Ein paar Monate – mehr brauchte er nicht, um mit allem ein Ende und seinen Frieden zu machen. Und sein Glück. Er beneidete den, der noch ein paar Monate zu leben hat, als einen glücklichen Menschen. Einen, der wahrhaftig ausgesorgt hat.

Warum sollte er nicht dieser glückliche Mensch sein? Er hatte in Berlin und Hamburg angerufen und von seiner Blinddarmoperation berichtet. Aber zu der Haltung, die seine wäre, wenn er in ein paar Monaten stürbe, würde auch das passen: zuerst von einer Blinddarmoperation reden, um die anderen nicht zu erschrecken, und mit der Wahrheit später und schonend herausrücken.

So kehrte er nach Berlin zurück und war wie immer, nur ein bißchen stiller, bedrückter, würdiger, manchmal abwesend – eben wie jemand, den der Tod gezeichnet hat. Dann sagte er es ihnen. Er stand ihr Erschrecken durch, ihr Drängen, weitere Ärzte zu konsultieren, ihre hilflose Anteilnahme. Jede fragte ihn, was er nun machen werde, und jeder sagte er, er werde weiterleben wie bisher, was sonst. Dabei das Wesentliche machen und das Unwesentliche bleibenlassen. Ein Bild malen. Einen Essay über die Brücke schreiben. Zeit mit den Kindern verbringen. Tatsächlich stellte er eine neue Leinwand auf die Staffelei, kaufte sich einen neuen Füllhalter und machte Pläne mit den Kindern.

9

Nicht daß er über alledem zu glauben begonnen hätte, er habe tatsächlich Krebs. Aber als er an einem Wochenende, das er in Hamburg verbrachte, von Veronika angefahren wurde, weil er nach dem Essen sitzen blieb, statt sich um den Abwasch zu kümmern, war er empört. Wie konnte sie, die denken mußte, er habe Krebs, von ihm Einsatz im Haushalt verlangen? Überdies tat ihm der Schnitt wirklich noch weh; wenn man den Bauch aufgemacht und mit Blinddarm und Metastasen wieder zugemacht hätte, könnte er ihm nicht weher tun als jetzt ohne. Und schwach fühlte er sich auch, angestrengt und erschöpft.

Nein, es war nicht recht, wie Veronika ihn behandelte, und auch Jutta und Helga hätten eigentlich mehr Rücksicht nehmen müssen. Jutta, die ihn mehr zu Hause sah als in all den letzten Jahren, bat ihn darum, den Söhnen bei den Schulaufgaben zu helfen, die Tochter vom Musikunterricht abzuholen, den Rolladen zu reparieren und die Wäsche aufzuhängen. »Das ist dir doch nicht zuviel, oder?« Helga, die ihn bei den Fahrten und Gesprächen zur Erkundung der geeigneten Immobilie für die Zahnklinik dabeihaben wollte, war zwar bereit zu chauffieren – er vermutete, weniger um ihn zu schonen, als weil sie seinen BMW fahren wollte. Aber wenn er mit ihr schlafen wollte, wiegte sie den Kopf. »Ob dir das guttut?«

Er merkte selbst, daß er quengelig und nörgelig wurde. Aber er fand, was ihm geschah, einfach nicht gerecht. Er hatte sich für drei Frauen abgestrampelt und jetzt, wo es ihm dreckig ging und er sie gebraucht hätte, lebten sie einfach ihre Leben weiter. Er hatte Jutta zur gleichberechtigten Partnerin im Büro gemacht und den Ertrag seines Erfolgs mit ihr geteilt und Veronika an seinen Bildern mehr verdienen lassen, als Galerien sonst an Bildern verdienen, und Helga mit Geschenken verwöhnt wie ein Duodezfürst seine Mätresse. Jede hätte zwar gerne mehr Zeit mit ihm verbracht. Aber in der Zeit, die er mit ihnen zusammen war, hatte er sie glücklich gemacht. Außerdem beklagen sich alle Frauen, daß ihre Männer zuwenig Zeit haben, auch die, deren Männer keine anderen Frauen neben ihnen haben. Nein, er hatte für sie getan, was er nur tun konnte, und sie vergalten es ihm nicht, wie sie es hätten vergelten sollen. Sie hatten ihn in eine Lage getrieben, aus der er sich nur noch in den Krebs und in den Tod flüchten konnte. Was sollte er eigentlich in ein paar Wochen oder Monaten machen? Gesund, wie er war? Sie hatten ihn in eine ausweglose Lage getrieben.

Eines Tages ging er zu seinem Schneider. Über der Tür des kleinen Ladens, zu dem ein paar Stufen von der Straße hinunterführten, stand »Änderungsschneiderei«, aber der Grieche mit großem Schnurrbart, dem der Laden gehörte, konnte nicht nur ändern und ausbessern, sondern fertigte die schönsten Hemden, Anzüge und Mäntel an. Thomas ließ sich von ihm regelmäßig knöchellange Nachthemden schneidern, wie es sie in keinem Geschäft zu kaufen gab. Als er im Laden stand und ein neues Nachthemd bestellen wollte, da und erst da merkte er, wie absurd die Bestellung war. Er, der in ein paar Wochen oder Monaten sterben mußte!

Dann sah er einen Ballen Stoff aus schwerer Wolle und von leuchtendem dunklem Blau.

»Der Stoff ist für einen Mantel oder auch für eine Jacke. Ein Kunde wollte sich eine Pelerine machen lassen, hat es sich aber anders überlegt.«

»Machen Sie mir etwas daraus?«

»Was möchten Sie denn?«

»Eine Kutte, wie Mönche sie tragen, knöchellang wie meine Nachthemden, mit angeschnittener Kapuze und tiefen Taschen.«

»Mit Knöpfen? Mit Futter? Mit Schlaufen für einen Gürtel oder eine Kordel?«

Thomas überlegte. Hatten Mönchskutten Knöpfe? Hatten sie ein Futter? Er entschied sich für Futter und Schlaufen und gegen Knöpfe. Er wollte die Kutte über den Kopf ziehen. Er entschied sich weiter für eine dunkelgrüne Kordel und für Dunkelgrün auch bei den Nähten und dem Futter.

»Wollen Sie auch...«, der Grieche deutete das Kreuz auf der Brust nur mit der Hand an, »in derselben Farbe gestickt?«

Nein, Thomas wollte kein Kreuz.

»Ja, dann weiß ich, was ich wissen muß.«

»Wie lange brauchen Sie?«

»Eine Woche.«

Eine Woche. »Ich muß eine Weile allein sein«, sagte er in den nächsten Tagen zu Jutta, zu Veronika und zu Helga. »Ich weiß noch nicht, wohin ich will, aber ich weiß, daß ich wegwill. Es war alles so viel. Ich muß zu mir selbst kommen.« Er dachte, sie würden protestieren, ihn halten oder begleiten wollen. Aber sie nahmen es einfach zur Kenntnis. Jutta verlangte lediglich, daß er die Abreise um zwei Tage verschiebe und sich um die Handwerker kümmere, die das Dach reparierten. Veronika sagte, dann könne sie ja ihre Freundin für die nächste Woche in seinem Atelier unterbringen. Helga fragte, ob er mit dem Auto reisen müsse oder es ihr lassen könne.

Er kaufte sich einen leichten, langen, dunklen Regenmantel. Er packte den Mantel, ein zweites Paar schwere Schuhe, einen Pullover, ein Hemd, Unterwäsche, schwarze Socken und eine Jeans mit dem Wasch- und Rasierzeug in eine Ledertasche. Er verschob die Abreise um zwei Tage, ließ Helga den BMW und räumte im Atelier die gemalten und ungemalten Bilder zur Seite. Und die Staffelei mit der leeren Leinwand für sein letztes und tiefstes Bild. Er ging mit der Ledertasche und mit einer großen Plastiktüte im Bahnhof Zoo aufs Klo. Als er herauskam, hatte er die Kutte an und statt ihrer in der Tüte die Sachen, die er am Morgen angezogen hatte. Er steckte die Tüte in den Müll, kaufte eine Fahrkarte und stieg in den Zug.

10

Er reiste ein Jahr lang.

Anfangs gab er das Geld mit vollen Händen aus. Er blieb ein paar Wochen in Brenners Parkhotel in Baden-Baden und ein paar im Baur au Lac in Zürich. Das Personal und die Gäste musterten ihn zunächst erstaunt, kamen aber gerne mit ihm ins Gespräch und gewannen Zutrauen zu ihm. Er hörte Lebensgeschichten, Geschichten von Schmerz und Schuld, Liebesglück und -leid, Ehe, Familie, Alltäglichem. Einmal rief der Empfangschef ihn in der Nacht zu einer Frau, die sich hatte aufhängen wollen und zufällig vom Zimmermädchen noch rechtzeitig gefunden und abgeschnitten worden war. Er redete mit ihr bis in den Morgen. Als sie am nächsten Tag abreiste, ließ sie ihm für seinen Orden einen Scheck über mehrere tausend Dollar zurück.

Manchmal schickte er Karten nach Berlin und Hamburg, nicht an Jutta, Veronika oder Helga, sondern an seine Kinder. Helga, die er einmal anrief, fragte als erstes, ob er den Wagen zurückhaben wolle. Als zweites redete sie von Zahlungen, die im Rahmen seiner stillen Teilhaberschaft anstünden. Er hängte auf. Als seine Kreditkarte auslief, bekam er es mit der Angst zu tun und hob an Bargeld ab, was er noch konnte.

Aber er hätte keine Angst haben müssen. Als er von den teuren Hotels genug hatte, brauchte er auch kaum noch Geld. Meistens übernachtete er umsonst in Klöstern und nahm dort auch umsonst an den Mahlzeiten teil. Zuerst scheute er sich, seine Geschichte vom Thomasianerorden zu präsentieren, der bei den Siebenbürger Sachsen die Reformation und den Kommunismus überstanden habe, dem heute noch fünf Brüder angehörten und dem er, selbst Abkömmling von Siebenbürger Sachsen, vor einigen Jahren beigetreten sei. Aber mit jedem Mal erzählte er sicherer; er erlaubte sich Ausschmückungen und parierte Fragen gelassener. Oft wollten die Mönche gar nicht viel wissen. Sie zeigten ihm seine Zelle, nickten ihm in der Kirche und beim Essen zu und erwiderten seinen Abschiedsgruß. Wenn er vom klösterlichen Leben genug hatte, übernachtete er in kleinen Hotels und Pensionen. Hier und auf den Fahrten mit dem Zug suchten die Menschen das Gespräch mit ihm. Er verurteilte niemanden, bestätigte niemanden, ihm tat niemand leid. Er hörte zu, und wenn er etwas gefragt wurde, spielte er den Ball zurück.

»Was soll ich machen?«

»Was wollen Sie machen?«

»Ich weiß es nicht.«

»Warum wissen Sie es nicht?«

Einmal hätte er beinahe eine Frau geliebt. Wenn er die Kutte reinigen ließ, ging er nachmittags in eine Reinigung und bat darum, bis die Kutte am Abend gereinigt wäre, in einer Ecke sitzen und warten zu dürfen. In einer kleinen Stadt im Hunsrück wurde es spät, bis die Kutte gereinigt war. Die Frau schloß den Laden ab und ließ die Jalousien herunter. Dann kam sie zu ihm, zog den Kittel ein Stück hoch, setzte sich rittlings auf seine Knie und nahm seinen Kopf zwischen ihre Arme und Brüste. »Mein Hühnchen«, sagte sie traurig und mitleidig, weil er sie im weißen, zu weit gewordenen T-Shirt, in der zu weit gewordenen Jeans und mit den selbst und schlecht geschnittenen kurzen Haaren an ein gerupftes Huhn erinnerte. Er blieb die Nacht bei ihr, ohne mit ihr zu schlafen. Am Morgen, als er ihr beim Frühstück im Morgenmantel ihres verstorbenen Mannes gegenübersaß, fragte sie ihn, ob er nicht eine Weile bleiben wolle.

»Du mußt dich nicht verstecken. Du kannst Sachen von meinem Mann anziehen, und ich sage, du bist sein Bruder und besuchst mich. Es ist eigentümlich – daß du ohne deine Kutte derselbe bist wie mit ...«

Er wußte es. Gleich zu Beginn seiner Reise hatte er im Zug mehrere Stunden lang einem Bauunternehmer aus Leipzig gegenübergesessen, mit dem er geschäftlich oft zu tun gehabt und der ihn gemustert, aber nicht erkannt hatte. Aber er wollte nicht bleiben. Er lächelte ihr schief zu und hob bedauernd die Schultern. »Ich muß weiter.«

Er fand, wenn er bliebe, müsse er mit der Frau schlafen. Aber er wollte nicht. Vor Jahren hatte er das Rauchen aufgegeben, von einem Tag auf den anderen, und die Leichtigkeit, mit der er ohne die fünfzig bis sechzig Zigaretten lebte, die er davor täglich geraucht hatte, ließ ihn über das Entbehrliche nachdenken. Als nächstes den Alkohol aufgeben, dann die Liebe, dann das Essen – es schienen ihm leichte, natürliche Schritte zu sein, nach deren letztem ihm seine physische Existenz entbehrlich wäre. Als er in der Kutte aufgebrochen war, hatte er den Alkohol aufgegeben und lebte mit Leichtigkeit auch ohne die Flasche Rotwein, die er davor jeden Abend geleert hatte. Mit der Aufnahme des zölibatären Lebens eines Manns in Kutte hatte er auch gleich den nächsten Schritt gemacht, und das Essen wurde ihm ohnehin immer gleichgültiger.

Oft war ihm, als schwebe er. Als berühre er die Erde nicht wirklich mit seinen Füßen. Ihm war auch, als nähmen ihn die Menschen nicht wirklich wahr oder als seien die Gesichter und Körper, die er sah, gar nicht wirkliche, lebendige Menschen, sondern Schemen, Gebilde, die sich formten und auflösten und wieder formten und wieder auflösten. Gelegentlich berührte er sie, zufällig oder absichtlich, und so wußte er, daß ihre Körper Widerstand boten. Er hatte auch keinen Zweifel, daß sie bluten würden, wenn sie verletzt würden. Vielleicht würden sie schreien und, wenn die Verletzung schlimm genug wäre, sich nicht mehr regen. Aber ob sie sich regten oder nicht regten – was bedeutete das? War nicht alles voll mit Gebilden, die sich regten, übervoll?

Sein Leben in Berlin und Hamburg erschien ihm erst recht schemenhaft. Was hatte er mit den drei Frauen zu schaffen gehabt? Wozu hatte er die Bilder gemalt und die Brücken gebaut? Was war das für ein Getriebe gewesen, in dem er sich mit vielen anderen geregt hatte? Das Getriebe des Büros oder der Galerie oder der Pläne und Projekte von Helga? Auch seine Kinder machten keinen Sinn mehr. Was wollten sie auch noch auf dieser Welt? Wer hatte sie gerufen, wer brauchte sie?

Am Comer See war er Zeuge, wie ein kleiner Junge von einem Bootssteg ins Wasser fiel. Der Junge schrie, schlug im Wasser kurz um sich und ging unter. Niemand war zur Stelle, ihm zu helfen. Als Thomas schließlich von der Bank, auf der er saß, aufstand, zum Bootssteg lief, ins Wasser sprang und den Jungen barg und wieder zum Atmen brachte, tat er es, weil er keinen Ärger kriegen wollte. Wenn ihn jemand beobachtet hätte, wie er saß und sitzen blieb, und seine Beobachtung der Polizei gemeldet hätte, wäre es um sein Leben in der Kutte geschehen gewesen.

11

Es war um sein Leben in der Kutte geschehen. Auf dem Weg von Como nach Turin stieg er in Mailand um. Die Türen des Zugs von Mailand nach Turin schnappten automatisch zu, als er gerade einsteigen wollte. Er trat zurück und merkte, daß sich seine Kutte in der Tür verfangen hatte. Er versuchte vergebens, die Tür wieder aufzukriegen, zerrte an der Kutte, lief zerrend neben dem anfahrenden Zug und mußte neben dem schneller und schneller fahrenden Zug bald so schnell rennen, daß er gar nicht mehr versuchen konnte, die Kutte aus der Tür zu befreien. Er hörte das Lachen der Reisenden auf dem Bahnsteig, die seine Notlage nicht verstanden und den rennenden blauen Mönch ulkig fanden. Als er mit dem Zug nicht mehr mithalten konnte, warf er sich verzweifelt gegen die Fahrtrichtung und hoffte, die Kutte würde reißen. Aber der schwere Wollstoff hielt, und der Zug zog und schleifte ihn mit, über die Länge des Bahnsteigs und dann über den Schotter neben dem Gleis. Bis ein Reisender, der aus dem Fenster des Zugs lehnte und zuerst das plötzliche Entsetzen der Reisenden auf dem Bahnsteig und dann den Notfall selbst mitbekam, die Notbremse zog und der Zug schließlich hielt, war Thomas nur noch ein blutendes Bündel.

Sie fuhren ihn ins Krankenhaus. Als er nach Tagen zu

Bewußtsein kam, sagte ihm der Arzt, sein Rückgrat sei verletzt und er werde von der Brust abwärts gelähmt bleiben. Er hatte nach Turin nur fahren wollen, um zu sehen, ob es noch Pferdedroschken und Droschkengäule gab, wie der verrückte Nietzsche einen umarmt hatte.

Auf der Intensivstation sind alle Patienten gleich. Als Thomas auf die normale Station verlegt wurde, kam er in einen großen Saal mit sechzig Betten, der in den zwanziger Jahren als Notsaal für Katastrophen gebaut worden war und in dem jetzt die Patienten der billigsten Klasse lagen. Es war laut, auch nachts. Die Soldaten, die schon gesund waren, aber noch krank spielten, weil sie lieber im Krankenhaus als in der Kaserne waren, tranken und feierten und holten manchmal Mädchen für die Nacht. Tags war es heiß und stank nach Essen, Desinfektions- und Putzmitteln und Exkrementen. Thomas' Bett stank; er hatte keine Kontrolle über seine Ausscheidungsorgane. Die Nonnen, die das Krankenhaus führten, versuchten, sich des blauen Mönchs anzunehmen, sprachen aber kein Deutsch, und er sprach kein Italienisch. Eines Tags brachte ihm eine Nonne eine deutsche Bibel. Er war erstaunt, wieviel Leben in dem Buch war. Aber gerade darum mochte er es nicht lesen.

Seine Wunden heilten. Nach drei Wochen meinte er, es in dem Lärm und Gestank nicht mehr aushalten zu können. War ihm das Leben vor seinem Unfall nicht schemenhaft und gleichgültig geworden, war es ihm nicht entrückt und er sich selbst auch? Jetzt war es ganz nah, wirklich und spürbar – das Leben als Krüppel in einer Kloake. Nur das Schweben, das er vor dem Unfall gekannt hatte, bewahrheitete sich. Ihm war gewesen, als berühre er die Erde nicht wirklich mit seinen Füßen, und so war es nun auch: Er berührte die Erde nicht mehr wirklich mit den Füßen.

Nach vier Wochen wurde er ohne Ankündigung abgeholt. Eines Tages standen Männer mit einer Faltbahre vor seinem Bett, legten ihn darauf und nahmen ihn mit.

»Wohin geht es?«

»Wir sollen Sie in der Nähe von Berlin in eine Rehabilitationsklinik bringen.«

»Wer schickt Sie?«

»Wenn Sie's nicht wissen – uns hat der Chef nichts gesagt. Aber wenn Sie nicht mitwollen, lassen wir Sie hier.« Die Träger blieben stehen. »Wollen Sie mit oder nicht?«

Sie standen in der Tür zu dem Saal, in dem er fast vier Wochen gelegen hatte. Nein, er würde nicht dableiben, wohin auch immer es ging.

12

Er verbrachte zwei Monate in der Rehabilitationsklinik. Er lernte, mit seiner reg- und gefühllosen Körperhälfte umzugehen, mit seinen Ausscheidungsfunktionen, mit dem Wundsitzen und -liegen, mit den Trainingsgeräten, mit dem Rollstuhl. Er hielt sich viel im Wasser auf, zuerst im Schwimmbecken und dann im See, an dessen Ufer die Klinik lag. Er machte beim Lernen solche Fortschritte, daß er dachte, er habe genug Willen und Disziplin, sich alles wieder zu erobern, das Wasser mit der Schwimmhilfe, das Land mit dem Rollstuhl und die Schnelligkeit und Beweglichkeit seines verkrüppelten Körpers mit der Kraft seiner Arme. Aber als er das dritte Mal eines der Druckgeschwüre hatte, die Menschen im Rollstuhl bekommen, trotz seines Lernens, seines Willens und seiner Disziplin, wußte er, daß er sich nie mehr auf seinen Körper würde verlassen können.

Er hatte erfahren, daß sein langjähriger Arzt und Freund den Transport von Mailand in die Rehabilitation veranlaßt hatte. Seine Krankenkasse hatte dafür bezahlt und bezahlte auch für den Aufenthalt in der Klinik. Als er Geld brauchte, um sich Wäsche, Hemden, Hosen, Bücher und eine CD-Anlage und CDs zu kaufen, rief er seine Bank an. Sein Konto war aufgelöst. Aber dann wurden ihm doch mehrere tausend Mark angewiesen und ausgezahlt. In die sechste Woche seines Aufenthalts in der Klinik fiel sein einundfünfzigster Geburtstag. Am Morgen bekam er einen Strauß mit einundfünfzig gelben Rosen. Die beiliegende Karte wies die TTT aus, eine Verwertungs- und Vermarktungsgesellschaft, von der er noch nie gehört hatte. Am Nachmittag kam sein Arzt und Freund zu Besuch.

»Gut schaust du aus, brauner, gesünder und kräftiger als beim letzten Mal. War das vor eineinhalb Jahren? Oder war's auf deiner Vernissage im Frühjahr? Jedenfalls schön, daß du bald wieder daheim bist.«

»Ich habe keine Ahnung, wie mein Leben weitergehen soll. Jutta habe ich nicht anrufen wollen, ich werde es noch müssen. Ich kriege doch wohl eine Rente wegen Berufsunfähigkeit und eine Wohnung übers Sozialamt und einen Kriegsdienstverweigerer – meinst du, ich kriege einen?«

»Die heißen Zivildienstleistende, und wenn's für dich

einen gibt, dann hat Jutta ihn schon besorgt. Sie kümmert sich um alles.«

Sie saßen am See, Thomas im Rollstuhl und sein Freund auf der Bank. Thomas bekam das Gefühl, er müsse aufpassen bei dem, was er sagte und fragte. Aber er war neugierig. Vorsichtig sagte er: »Über manches wüßte ich doch gerne Bescheid.«

»Das macht sich von selbst. Ich fand's klug von dir, Jutta alles zu überlassen und dich um nichts zu kümmern. Der Alltag kommt früh und schwer genug.« Der Freund legte den Arm um Thomas. »Mir imponiert auch, daß du Jutta erst begegnen willst, wenn du wieder beieinander bist.«

»Wann ist es soweit?«

»Mach zwei Monate voll. Ich habe mit den Ärzten geredet. Sie meinen, du wirst noch besser, und es ist gut, wenn sie dein Herz noch eine Weile im Auge behalten.«

Der Freund ließ ein Päckchen von Jutta da. Thomas packte es aus und fand den Katalog seiner Ausstellung im Frühjahr. Es hatte sie wirklich gegeben, in Berlin von Veronikas Hamburger Galerie veranstaltet. Sein zeichnerisches Werk – Veronika hatte seine Skizzen, Entwürfe und Versuche genommen und mit dreisten Preisen ausgezeichnet. Thomas fand außerdem eine kleine Broschüre, die ihn als Autor zum Thema »Gedanken zum Bau einer phantastischen Brücke über einen phantastischen Fluß« auswies. Es war ein Vortrag, den Jutta im Frühjahr in Hamburg für ihn gehalten hatte. Er erkannte Gedanken wieder, mit denen er gelegentlich gespielt und die er gelegentlich in einem Heft aufgeschrieben hatte; Jutta mußte das Heft gefunden und die Gedanken zu einem Vortrag zusammengefügt haben. Ihr Vorspann zum Vortrag war in der Broschüre als Vorwort abgedruckt. Jutta hatte verstanden, ihn dem Publikum als einen Mann zu präsentieren, der aus einem erfüllten Leben aus- und aufbricht, um in Freiheit und Einsamkeit die Architektur der Brücke noch tiefer zu begreifen und zu gestalten. Daher halte er den Vortrag nicht selbst; sich des Manuskripts zu entäußern und es ihr anzuvertrauen sei das Äußerste, was ihm möglich sei. Daher baue er übrigens auch die Brücke über den Hudson nicht selbst. Er überlasse es ihr, damit er sich ganz auf die Idee des Projekts einlassen könne und sich mit den bürokratischen, politischen und finanziellen Aspekten nicht herumschlagen müsse. Thomas lachte; er hätte Jutta nicht zugetraut, daß sie ihn so pfiffig verwerten und vermarkten und sich die Brücke über den Hudson schnappen würde. Und Veronika – auch sie hatte ein Talent bei seiner Verwertung und Vermarktung an den Tag gelegt, das er ihr nicht zugetraut hätte. Er lachte noch mehr. Fehlte nur noch Helga!

13

Helga kam mit einem neuen BMW. »Ich habe deinen alten in Zahlung gegeben.«

»Wieso holst du mich ab? Wieso holt mich Jutta nicht ab?« Er, der früher erst in letzter Minute gepackt und auch erst in letzter Minute auf dem Bahnsteig eingetroffen war oder im Flughafen eingecheckt hatte, wartete seit dem Vortag mit gepackten Koffern darauf, von Jutta abgeholt zu werden. Er war aufgeregt.

»Jutta hat viel um die Ohren. Willst du mit mir nicht fahren? Soll ich dir eine Taxe oder einen Wagen mit Fahrer besorgen?«

»Nein, aber wenn ich...« Er sah an sich herab.

»Wenn du mit deinem Katheter Schwierigkeiten hast? Als ob ich deinen Pimmel nicht kennen würde!« Sie lachte. »Steig ein und halt den Betrieb nicht auf.«

Sie fuhr schnell und sicher und erzählte zugleich von der privaten Zahnklinik. »In ein paar Wochen ist Richtfest, und du mußt kommen und eine Rede halten. Du mußt dich übrigens gleich um die Planung für die Zahnkliniken in Hannover und Frankfurt kümmern. Franchising geht standesrechtlich nicht, aber ich habe eine Idee, wie wir...«

»Helga!«

»...den gleichen Effekt erzielen können. Wir müssen lediglich...«

»Helga!«

»Ja?«

»Habe ich dich verletzt, weil ich mich damals einfach davongestohlen habe?«

»Das ist in Ordnung. Du hattest die Zahnklinik noch auf den Weg gebracht, wir haben das weitere gut ohne dich geschafft.«

»Ich meine nicht die Zahnklinik. Ich...«

»Von den anderen Sachen sollen die anderen erzählen. Nicht daß ich's nicht könnte, aber es wäre unfair.«

Sie kamen in einen Stau, und die Fahrt dauerte länger als geplant. Er hatte Schwierigkeiten mit seinem Katheter, und

Helga half ihm effizient, ohne Ekel, ohne Anteilnahme und als sei es die selbstverständlichste Sache von der Welt.

»Danke.« Er schämte sich. Erotik und Sexualität hatten sich nicht erledigt, wie er manchmal gehofft und manchmal befürchtet hatte. Er konnte sie nur nicht mehr leben. Er war impotent; der Kopf wollte, aber der Körper konnte nicht. Daß er sein Geschlecht, das sich nicht rührte, nicht spürte, half ihm nicht. Ihm half auch nicht, daß Helga kühl und distanziert war.

Sein Rollstuhl paßte gerade in den Aufzug. Helga nahm die Treppe. Als er oben ankam, standen Jutta und Veronika in der Tür. »Willkommen zu Hause!«

Unsicher schaute er von der einen zur anderen. »Hallo!« Veronika wollte ihn schieben, aber er wehrte ab und rollte allein in die Wohnung und durch den Gang auf die Terrasse. Der vertraute Blick über Spree und Tiergarten, zum Brandenburger Tor und Reichstag. Die neue Kuppel war fertig.

Er wandte den Kopf. Jutta lehnte in der Tür. »Wo sind die Kinder?«

»Unsere haben Sommerferien. Die Jungen sind in England, und Regula ist bei den Eltern. Eure Kleine ist bei der Tagesmutter.«

»Wie seid ihr ... Wie habt ihr ... Woher kennt ihr euch?«

»Helga hat uns zusammengebracht. Sie hat uns einfach einmal eingeladen.«

Thomas hörte, daß Helga die Treppe herauf und in die Wohnung kam und Veronika begrüßte. Er wendete den Rollstuhl und hielt vor Jutta. »Können wir nicht alleine miteinander reden? Laß mich dir erklären, wie alles gekommen ist. Ich habe dir nicht weh tun wollen, ich habe dir wirklich ...«

Jutta winkte ab. »Das ist doch Schnee von gestern. Du mußt dich nicht entschuldigen. Laß uns lieber voranmachen. Veronika muß bald los.« Sie nahm seinen Rollstuhl, kümmerte sich nicht darum, daß er selbst fahren wollte, rief Helga und Veronika und rollte ihn nach nebenan.

Er erkannte den Raum kaum wieder. Aus dem Wohnzimmer war ein Atelier geworden mit Staffeleien, leinwandbespannten Holzrahmen, Farben und Pinseln und an den Wänden die eine und andere Skizze von ihm. »Guck nicht so. Es sind die alten Sachen aus dem Hamburger Atelier.« Veronika zeigte auf die Skizze. »Ich hab sie nicht in die Ausstellung genommen, weil ich dachte, du kannst sie brauchen. Das Eisenbahnmotiv – du solltest eine nächste Serie daraus entwickeln. Die künstlerische Auseinandersetzung mit der Eisenbahn, die dich verkrüppelt hat – die Bilder werden großartig gehen.«

Jutta rollte ihn durch die Schiebetür ins ehemalige Eßzimmer. Vor dem Fenster stand sein Zeichentisch, im Regal standen seine Bücher aus dem Büro, und da, wo der Eßtisch gestanden hatte, stand ein Konferenztisch mit sechs Stühlen. Jutta schob ihn ans Kopfende. Die Frauen setzten sich.

»Das ist deine Wohnung. Die beiden Arbeitszimmer hast du gesehen. Das Schlafzimmer ist geblieben, im Zimmer der Jungen schläft die Schwester und in Regulas Zimmer die von uns, die sich gerade um dich kümmert.«

Helga unterbrach Jutta. »Tut mir leid, daß ich dränge. Aber Veronika muß gleich los und ich auch. Das mit Wohnung und Haushalt kriegt er schon mit. Der Entwurf eilt; wir haben ihn den Engländern auf den Herbst versprochen, und für morgen habe ich Heiner hierher bestellt, daß er Thomas zeigt, was er gemacht hat. Heiner hat«, sie wandte sich zu Thomas, »den Entwurf schon ein bißchen vorbereitet. Und am nächsten Montag kommt die Journalistin von der *Vogue*. Da sollte auf der Staffelei was zu sehen sein. Wenn wir mit der Pressearbeit jetzt anfangen, kriegen wir bis zur Ausstellung im Winter ein Wahnsinnsmomentum.« Helga dachte nach. Dann sah sie von Jutta zu Veronika. »Gibt's noch was?«

»Ein paar Sätze über die Gestalt des Ganzen?«

Helga nickte. »Veronika hat recht. Du kennst unsere Verwertungs- und Vermarktungsgesellschaft schon von den Blumen zu deinem Geburtstag. TTT, die drei Thomasse. Du überträgst uns die Rechte an deinen Arbeiten, und wir kümmern uns um dich.«

»Die Rechte an meinen…«

»Genau gesagt hast du sie uns bereits übertragen. Als du einfach verschwunden bist, ohne dich um deine Kinder, uns, euer Büro, ihr Atelier oder meine Klinik zu kümmern, mußte das Leben weitergehen, und ohne Unterschriften von dir wäre es nicht weitergegangen. Reg dich nicht auf, es tut dir nicht gut. Wir haben weder deine Kreditkarte kassiert noch deine Konten geplündert. Wir haben deine Unterschrift nicht ausgenutzt, sondern benutzt, als wir sie gebraucht haben.«

»Wenn ich mich selbst verwerten und vermarkten will? Wenn ich bei euch nicht mitspiele? Ich bin doch nicht…«

»Doch, du bist. Du bist ein Krüppel im Rollstuhl und

brauchst Hilfe. Die Hilfe muß rund um die Uhr erreichbar sein. Wir sorgen dafür. Und wir schaffen dich in Urlaub und führen dich aus, und wenn du einen bestimmten Videofilm sehen oder Spaghetti alla puttanesca essen willst, kriegst du, was du willst. Sei nicht albern und zwing uns nicht, den Aufzug und das Telefon abzustellen und dich ein paarmal Druckgeschwüre oder Harnweginfekte kriegen zu lassen. Außerdem kriegst du Reputation als Architekt und Maler und Gründer eines Klinikimperiums. Wenn du nicht mitmachst, werden wir einen jungen Maler finden, der statt deiner malt, und Jutta entwirft die Brücken, und ich kümmere mich um die Zahnkliniken. Derweil hockst du hier oben, ohne Aufzug, ohne Telefon und an den Fenstern installieren wir Läden. Wenn du so blöd sein willst, dann sei's eben. Jedenfalls habe ich deine Faxen dick. Wir alle haben deine Faxen dick. Wir haben lange genug deine Spiele mitgespielt, deine Fluchten toleriert, deine Launen ertragen, deinen Scheiß angehört und deinen …«

»He, Helga«, lachte Veronika, »mach langsam. Er macht schon mit. Er ziert sich nur.«

»Ich gehe.« Helga stand auf. »Kommt ihr mit?« Sie wandte sich zu Thomas. »Um sechs kommt jemand und bleibt bis morgen früh. Auch die nächsten Tage. Für den Anfang ist es besser so.« Helga und Veronika gingen ohne Abschied. Jutta strich ihm über den Kopf. »Mach keinen Quatsch, Thomas.« Dann war auch sie weg.

Er fuhr durch die Wohnung. Es war alles da, was er zum Leben brauchte. Er fuhr aus der Wohnung ins Treppenhaus und drückte den Knopf für den Aufzug. Der Aufzug kam nicht. Er fuhr auf die Terrasse, streckte den Kopf über die Brüstung und rief »hallo« hinunter, »hallo«. Niemand hörte ihn. Er konnte die Treppe ohne Rollstuhl hinunterrutschen. Er konnte Sachen auf die Straße werfen, bis Passanten aufmerkten. Er konnte einen Hilferuf auf einen großen Zeichenbogen schreiben und an die Brüstung der Terrasse hängen.

Er blieb auf der Terrasse sitzen und dachte an die Rede, die er auf dem Richtfest der Zahnklinik halten sollte. Er dachte an Bilder, die er malen könnte, und daran, was für eine Brücke die englischen Auftraggeber wohl haben wollten. Über die Themse? Über den Tay? Er dachte an die Zuckererbsen. Jetzt hatte er Zeit für Politik. Er würde zuerst für die Bezirksvertretung kandidieren und dann für das Abgeordnetenhaus. Und warum nicht danach für den Bundestag? Wenn's mit rechten Dingen zuginge, würde die Behindertenquote die Frauenquote schlagen. Wenn es noch keine Behindertenquote gab, würde er sie fordern. Zuckererbsen für jedermann!

Dann fiel ihm nichts mehr ein. Er sah zum Reichstag. In der Kuppel liefen winzige Menschen den Wendelweg hinauf und hinunter. Sie liefen auf gesunden Beinen. Aber er beneidete sie nicht. Er beneidete auch nicht die Passanten, die auf gesunden Beinen die Straße und das Ufer entlangliefen. Die Frauen sollten ihm eine Katze besorgen oder zwei. Zwei kleine Katzen. Wenn sie es nicht täten, würde er streiken.

Die Beschneidung

I

Das Fest war vorbei. Die meisten Gäste waren gegangen, die meisten Tische abgeräumt. Das Mädchen in schwarzem Kleid und weißer Schürze, das bedient hatte, machte Vorhänge und Fenster auf und ließ Sonne, Luft und Lärm herein. Auf der Park Avenue rauschte der Verkehr, kam in Abständen vor der Ampel zum Halten, ließ kurz den ungeduldig drängenden und hupenden Verkehr der Seitenstraßen vorbei und kam wieder in Fahrt. Die Luft, die hereinwehte, wirbelte den Zigarrenrauch und -geruch noch mal auf, ehe sie ihn hinaustrug.

Andi wünschte, Sarah käme wieder und sie könnten gehen. Sie war mit ihrem kleinen Bruder, dessen Bar-Mizwa sie mit der Familie feierten, verschwunden und hatte ihn mit Onkel Aaron allein gelassen. Onkel Aaron war freundlich, die ganze Familie war freundlich, auch Onkel Josef und Tante Leah, über die Andi von Sarah wußte, daß sie in Auschwitz gewesen waren und dort Eltern und Geschwister verloren hatten. Man hatte ihn gefragt, was er macht, wie er lebt, woher er kommt und wohin er im Leben will – was man eben einen jungen Mann fragt, den die Tochter oder Nichte oder junge Cousine erstmals auf ein Familienfest mitbringt. Keine schwierigen Fragen, keine herausfordernden Bemerkungen, keine peinlichen Anspielungen. Andi spürte bei niemandem die Erwartung, er werde sich anders fühlen als ein Holländer oder Franzose oder Amerikaner: willkommen, mit wohlwollender Neugier in Augenschein genommen und seinerseits zu einem neugierigen Blick auf die Familie eingeladen.

Aber er tat sich schwer. Mußte ein falsches Wort, eine falsche Geste von ihm nicht alles zerstören? War das Wohlwollen glaubhaft? War es verläßlich? Konnte es nicht jederzeit aufgekündigt und entzogen werden? Hatten Onkel Josef und Tante Leah nicht allen Grund, ihn beim Abschied spüren zu lassen, daß sie ihn nicht wiedersehen wollten? Die falschen Worte und falschen Gesten zu vermeiden war anstrengend. Andi wußte nicht, was alles falsch verstanden werden könnte. Daß er gedient statt verweigert hatte? Daß er in Deutschland keine jüdischen Freunde und Bekannten hatte? Daß ihm in der Synagoge alles neu und fremd war? Daß er noch nie nach Israel gereist war? Daß er sich die Namen der Anwesenden nicht merken konnte?

Onkel Aaron und Andi saßen am Ende der großen Tafel über Eck, das weiße Tischtuch mit Flecken und Krümeln, ihre zerknüllten Servietten und leeren Weingläser zwischen sich. Andi drehte den Stiel seines Glases zwischen Daumen und Zeigefinger, während Onkel Aaron von seiner Reise um das Mittelmeer erzählte. Achtzig Tage hatte er sich dafür genommen, wie Phileas Fogg für seine Reise um die Welt. Wie Phileas Fogg hatte er auf der Reise seine Frau gefunden, die Tochter einer jüdischen Familie, die um 1700 aus Spanien nach Marokko ausgewandert war. Onkel Aaron erzählte mit Lust und Witz.

Dann wurde er ernst. »Wissen Sie, wo Ihre Vorfahren damals gelebt und was sie gemacht haben?«

»Wir ...« Aber Andi kam nicht dazu, die Frage zu beantworten.

»Unsere haben im Schtetl als einzige die große Pest von 1710 überlebt und geheiratet, er aus einfacher Familie und sie die Tochter des Rabbi. Sie hat ihm Lesen und Schreiben beigebracht, und er hat einen Holzhandel begonnen. Ihr Sohn hat den Holzhandel vergrößert, und ihr Enkel war der größte Holzhändler im Rayon oder doch in den polnischen und litauischen Gouvernements. Wissen Sie, was das heißt?«

»Nein.«

»Es heißt, daß er nach dem großen Feuer von 1812 mit seinem Holz die Synagoge wieder aufbaute, größer und schöner als zuvor. Sein Sohn machte den Holzhandel noch größer. Bis 1881 seine Lager im Süden verbrannt wurden, wovon er sich nicht mehr erholt hat, nicht als Kaufmann und nicht als Mensch. Sie wissen, was 1881 war?«

»Ein Pogrom?«

»Ein Pogrom, ein Pogrom. Es war der größte Pogrom des Jahrhunderts. Danach sind sie ausgewandert; seine beiden Söhne haben ihn und seine Frau mitgenommen, auch wenn sie nicht mitkommen wollten. Am 23. Juli 1883 kamen sie in New York an.« Er machte eine Pause.

»Und weiter?«

»Und weiter? Das haben die Kinder auch immer gefragt. Wie es im Rayon war und warum das große Feuer ausbrach und was der Rabbi geschrieben hat, der an der großen Pest gestorben ist, denn er hat geschrieben – das alles wollten sie nicht wissen. Aber dann kommt die Familie in New York an, und sie drängen. Und weiter? Und weiter?« Er machte wieder eine Pause und schüttelte den Kopf. »Sie lebten auf der Lower East Side und schneiderten. Achtzehn Stunden oder fünfzig Cent pro Tag, sechs Tage oder drei Dollar pro Woche. Sie sparten genug, daß Benjamin ab 1889 bei der Erziehungsallianz studieren konnte. Samuel hat sich zunächst in die Politik gestürzt und in der *Naijen Tsaijt* geschrieben. Aber als Benjamin nach Pech im Holz- und im Altkleiderhandel mit dem Altmetallhandel Erfolg hatte, stieg Samuel bei ihm ein. 1917 verkauften sie ihren Schrotthandel und machten aus dem Erlös in dem einen wilden Kriegs- und Börsenjahr ein Vermögen. Können Sie sich das vorstellen? In einem Jahr ein Vermögen machen?«

Er wartete die Antwort nicht ab. »Im September 1929, drei Monate vor dem Börsenkrach, verkauften sie alle Wertpapiere. Sie hatten sich verliebt, alle beide, in zwei junge Schwestern, die 1924 aus Polen gekommen waren. Sie hatten sich verliebt und wollten sich nur noch um die Schwestern kümmern, nicht mehr um Wertpapiere.«

»Oh, die Liebe schlägt die Börse.« Einen Moment hatte Andi Angst, seine Bemerkung sei zu keck.

Aber Onkel Aaron lachte. »Ja, und mit dem Geld, das auf dem Höhepunkt der Wirtschaftskrise rar war, kauften sie das Schrottunternehmen in Pittsburgh, das 1917 ihren Schrotthandel gekauft hatte, und eines in Dallas und waren zugleich die glücklichsten Ehemänner und erfolgreichsten Geschäftsleute.«

»Geht das immer zusammen?«

»Nein, schön wär's. Und kaum ein Glück ohne Tropfen Bitterkeit. Samuel und Hannah hatten keine Kinder. Dafür hatten Benjamin und Thirza drei. Meinen Bruder, den

Arzt, kennen Sie.« Er zeigte auf Sarahs Vater, der im Sessel am Fenster saß und eingenickt war. »Mich kennen Sie nun auch, nur wissen Sie noch nicht, daß ich der Schlemihl der Familie bin und zu deren Ruhm nichts beigetragen habe. Meine Schwester Hannah werden Sie noch kennenlernen. Ob Sie es glauben oder nicht – sie führt das Unternehmen, sie mehrt das Unternehmen, und wie sie das macht, ist mir ein Rätsel, aber ein freundliches, von dem wir alle leben, auch Vetter Josef und Leah, die überlebt haben und hierhergekommen sind. Was hat Ihr Vater im Krieg gemacht?«

»Er war Soldat.«

»Wo?«

»Zuerst in Frankreich, dann in Rußland und schließlich in Italien, wo er in amerikanische Gefangenschaft gekommen ist.«

»Wenn Josef das hört, wird er Sie fragen, ob Ihr Vater durch Kosarowska gekommen ist, aber Sie werden es nicht wissen.«

»Ich habe keine Ahnung. Mein Vater hat vom Krieg kaum mehr erzählt, als ich Ihnen eben gesagt habe.«

Onkel Aaron erhob sich. »Wir brechen gleich alle auf. Josef und Leah wollen in die Synagoge.«

Andi schaute erstaunt.

»Sie meinen, vier Stunden heute morgen sind genug? Sind sie mir und den meisten auch. Aber Josef und Leah gehen gerne öfter, und heute ist Davids Bar-Mizwa.«

»Mir hat die Der...«, aber Andi bekam das Wort nicht mehr zusammen und wurde rot, »die kleine Rede gefallen, die David beim Essen gehalten hat.«

»Ja, Davids Derascha war gut, sowohl die Auslegung der

Thora als auch, was er danach über die Liebe zur Musik gesagt hat. Er hat auch heute morgen im Gottesdienst gut gelesen.« Onkel Aaron sah vor sich hin. »Er darf nicht verlorengehen. Keiner darf mehr verlorengehen.«

2

Andi und Sarah gingen durch den Central Park. Sarahs Eltern wohnten auf dessen östlicher Seite, sie selbst hatten ihre Wohnungen auf der westlichen. Die späte, tiefe Sonne warf lange Schatten. Es war kühl, die Bänke waren leer, nur ein paar Jogger, Rollschuh- und Fahrradfahrer waren unterwegs. Er hatte den Arm um sie gelegt.

»Warum hat Onkel Aaron mir eure Familiengeschichte erzählt? Ich fand sie interessant, aber ich hatte nicht das Gefühl, daß er sie mir deswegen erzählt hat.«

»Sondern? Warum hat er sie dir erzählt?«

»Du mußt meine Fragen nicht mit Gegenfragen unterlaufen.«

»Und du mußt mich nicht schulmeistern.«

Sie liefen schweigend, beide mit ein bißchen Groll gegen den anderen im Herzen und beide über den Groll unglücklich, den eigenen und den des anderen. Sie kannten sich seit zwei Monaten. Sie hatten sich im Park kennengelernt; die Hunde, die sie für ihren und er für seinen verreisten Nachbarn ausführten, kannten sich. Ein paar Tage später hatten sie sich für den Nachmittag auf einen Kaffee verabredet und erst um Mitternacht verabschiedet. Er wußte schon am selben Abend, daß er sich verliebt hatte, sie wußte es am nächsten Morgen beim Aufwachen. Seitdem verbrachten sie die Wochenenden zusammen und den einen und anderen Abend in der Woche und mit den Abenden die Nächte. Sie hatten beide viel zu tun; er hatte für ein Jahr von seiner Universität in Heidelberg Urlaub und ein Stipendium bekommen, um seine juristische Doktorarbeit zu schreiben, und sie arbeitete am Programm eines Computerspiels, mit dem sie in wenigen Monaten fertig sein mußte. Die Zeit lief ihnen davon, die Zeit, die sie für ihre Arbeit und die sie für sich brauchten.

»Es war ein schönes Fest, und ich danke dir, daß du mich mitgenommen hast. Die Synagoge war schön und das Essen und die Gespräche. Ich weiß auch die Freundlichkeit zu schätzen, mit der mir alle begegnet sind. Sogar Onkel Josef und Tante Leah waren freundlich, obwohl es ihnen sicher nicht leichtgefallen ist.« Er erinnerte sich, wie Sarah ihm an einem ihrer ersten Abende von Onkel Josef und Tante Leah und deren Familie, die in Auschwitz umgebracht worden war, erzählt hatte. Er hatte nicht gewußt, was er sagen sollte. »Furchtbar« zu sagen war ihm blaß vorgekommen, und »Wie groß war die Familie?« zu fragen ungehörig, als meine er, eine kleine Familie umzubringen sei weniger schlimm als eine große.

»Er hat dir unsere Familiengeschichte erzählt, damit du weißt, mit wem du es zu tun hast.«

Nach einer Weile fragte er: »Warum wollte er nicht wissen, mit wem ihr es zu tun habt?«

Sie blieb stehen und sah ihn besorgt an. »Was ist los? Warum bist du so gereizt? Was hat dich gekränkt?« Sie schlang ihm die Arme um den Hals und küßte ihn auf den

Mund. »Alle haben dich gemocht. Ich habe so viele Komplimente für dich gekriegt, wie gut du aussiehst und wie klug du bist und wie charmant und wie bescheiden und höflich du auftrittst. Was sollen sie dich mit deiner Geschichte plagen? Daß du Deutscher bist, wissen sie.«

Angesichts dessen ist alles weitere irrelevant? Aber er dachte es nur, er fragte es nicht.

Sie gingen zu ihr nach Hause und liebten sich, während es draußen dämmerte. Ehe es im Zimmer dunkel werden konnte, ging die Laterne an, die vor dem Fenster stand, und tauchte alles, die Wände, den Schrank, das Bett und ihre Körper, in ein hartes, weißes Licht. Sie zündeten Kerzen an, und der Raum leuchtete warm und weich.

In der Nacht wachte Andi auf. Das Licht der Laterne erfüllte den Raum, reflektierte von den weißen Wänden, schien in jeden Winkel, schluckte jeden Schatten und machte alles flach und leicht. Es nahm die Falten aus Sarahs Gesicht und machte es ganz jung. Andi betrachtete es glücklich, bis ihn plötzlich eine Welle der Eifersucht überkam. Nie würde er Sarah erleben, wie sie zum ersten Mal tanzt, Fahrrad fährt oder sich am Meer freut. Ihren ersten Kuß und ihre erste Umarmung hatten andere bekommen, und in den Ritualen ihrer Familie und ihres Glaubens hatte sie eine Welt und einen Schatz, die ihm immer verschlossen bleiben würden.

Er dachte an ihren Streit. Es war das erste Mal gewesen, daß sie miteinander gestritten hatten. Später kam er ihm wie ein Vorbote aller späteren Streite vor. Aber im Rückblick ist es billig, Vorboten zu sehen. In der Fülle dessen, was man miteinander macht, gibt es für alles, was später kommt, Vorboten – und auch für alles, was später nicht kommt.

3

Auf der Bar-Mizwa hatte er Rachel, Sarahs Schwester, kennengelernt. Sie war verheiratet, hatte einen dreijährigen und einen zweijährigen Sohn und war nicht berufstätig. Ob er nicht einen Wagen mieten und mit ihr eine Fahrt unternehmen wolle? Ob sie ihm nicht etwas zeigen solle, was er noch nicht kenne? Einen der prächtigen Landsitze am Hudson? Sarah ermunterte ihn. »Sie wird dir sagen, sie macht es für dich, aber sie kommt nie aus dem Haus und käme es doch gerne. Mach's ihret- und auch meinetwegen; ich freue mich, wenn ihr euch kennenlernt.«

Er holte sie ab. Der Morgen war klar und frisch, und da er in einiger Entfernung von ihrem Haus hatte parken müssen, waren sie froh, daß es im Wagen warm war. Sie hatte Kaffee und Schokoladenplätzchen mitgebracht, und während er sich in der Stadt auf den Verkehr konzentrierte und ab und zu einen Schluck und einen Bissen nahm, redete sie nicht, aß Plätzchen, trank Kaffee, wärmte sich am Becher die Hände und sah aus dem Fenster. Dann fuhren sie am Hudson entlang nach Norden.

»Das tat gut.« Sie stellte den Becher weg, streckte sich und wandte sich zu ihm. »Ihr liebt euch, Sarah und du?«

»Wir haben es uns noch nie gesagt. Sie ist ein bißchen ängstlich, und ich bin es auch.« Er lächelte. »Es ist seltsam, dir zu sagen, daß ich sie liebe, ehe ich's ihr gesagt habe.«

Sie wartete, ob er noch mehr sagen würde. Dann redete sie selbst, erzählte, wie ihr Mann sich in sie und sie sich in ihn verliebt hatte, von ihrem Schwiegervater, einem Rabbi, und den Koch- und Backkünsten ihrer Schwiegermutter, von der Arbeit ihres Manns in der Entwicklungsabteilung eines Elektronikunternehmens und von ihrer eigenen früheren Arbeit in der Bibliothek einer Stiftung und ihrer Sehnsucht nach einer neuen Arbeit. »Es gibt zu viele Leute, die Bücher lieben und etwas von ihnen verstehen, es gibt sie wie Sand am Meer. Und wo es sie bräuchte, werden sie oft nicht einmal eingestellt, sondern an ihrer Stelle wohlhabende Damen genommen, die nichts können, aber auch nichts kosten und sich so die Langeweile vertreiben dürfen, weil ihre Männer im Aufsichtsrat sitzen oder zu den Sponsoren gehören. Weißt du, ich kümmere mich gerne um die Kinder, und diese ersten Jahre sind jeden Tag voller Wunder. Aber für einen Job an zwei Tagen oder auch einem Tag pro Woche würde ich – nein, nicht meinen linken Arm, aber den kleinen Zeh am linken Fuß oder auch am rechten geben. Es wäre auch für die Kinder besser. Ich mache mir so viele Gedanken um sie, habe so viel Angst um sie, daß sie es spüren und darunter leiden.«

Andi erzählte von seiner Kindheit in Heidelberg. »Unsere Mutter hat auch nicht gearbeitet. Ich weiß, daß Mütter jedes Recht haben zu arbeiten, aber meine Schwester und ich haben die Zeit, die unsere Mutter für uns hatte, genossen. Dabei spielten wir noch auf der Straße, hinter dem Haus begann der Wald, und wir mußten nicht zum Sport, zur Musik, zu den Freunden und am besten auch noch zur Schule gebracht werden wie die Kinder in New York.«

Sie redeten über das Heranwachsen in der Groß- und in der Kleinstadt und die Schwierigkeiten des Heranwachsens hier wie dort. Sie waren sich einig, daß sie nicht noch mal jung sein wollten, weder in New York noch in Heidelberg, noch sonstwo.

»Wann gehen die Kinder aufs College? Ist dann nicht das Schlimmste vorbei? Ist nicht, wer in der High School nicht an Drogen gerät, auch später dagegen gefeit, und bekommt nicht, wer es aufs College schafft, dort auch den Abschluß?«

»Ist das das Schlimmste? Drogen oder Scheitern auf dem College?«

Andi schüttelte den Kopf. »Es ist das, wogegen Eltern ihre Kinder zu schützen versuchen können, oder? Das und einiges andere. Gewiß gibt es Schlimmeres, aber das liegt nicht in der Hand der Eltern.« Er fragte sich, ob das, was er gesagt hatte, stimmte, und war sich nicht sicher. »Was wäre für dich das Schlimmste?«

»Was meinen Kindern passieren könnte?« Sie sah ihn an. Später bedauerte er, daß er sich ihr Gesicht nicht besser vergegenwärtigen konnte. Sah sie ihn fragend an, weil sie sich fragte, was genau er wissen wollte? Sah sie ihn zögernd an, weil sie zögerte, ob sie seine Frage ehrlich beantworten sollte? Oder zögerte sie, weil sie nicht sicher war, was das Schlimmste sei? Die Stelle, die sie passierten, als ihre Antwort kam, prägte sich ihm dagegen deutlich ein. Von der Straße, die dem Ufer in Kurven folgte, zweigte links eine andere Straße ab, die auf einer langen Brücke über den Fluß führte. Die Brücke, eine Eisen- oder Stahlkonstruktion mit Bögen und Streben, kam gerade voll in den Blick, als Rachel sagte: »Das Schlimmste wäre, wenn die Buben einmal eine Frau heiraten würden, die nicht Jüdin ist.«

Er wußte nicht, was er sagen, was er denken sollte. War, was Rachel gesagt hatte, das gleiche, wie wenn für ihn das Schlimmste wäre, wenn sein Sohn eine Nichtdeutsche heiraten würde, eine Nichtarierin, eine Jüdin, eine Schwarze? Oder ging es nur um die Religion? Und wie schlimm wäre es für Rachel, wenn Sarah und er heirateten? Dann dachte er, es käme noch etwas nach, eine Erklärung, eine Aufforderung, sie nicht falsch zu verstehen, sich nicht getroffen zu fühlen. Aber es kam nichts. Nach einer Weile fragte er: »Warum wäre das so schlimm?«

»Sie würden alles verlieren. Die Kerzen am Freitagabend anzünden, den Kiddusch über dem Wein und den Segen über dem Brot sprechen, koscher essen, an Rosch-ha-Schana das Schofar hören, sich vor Jom Kippur versöhnen, an Sukkoth eine Laubhütte bauen und schmücken und darin wohnen – wie könnten meine Söhne das mit jemand anderem als mit einer Jüdin tun?«

»Vielleicht wollen deine Söhne oder einer von ihnen das alles gar nicht. Vielleicht hat er Spaß daran, mit seiner katholischen Frau zu entscheiden, welchen Feiertag sie wie feiern, jüdisch oder katholisch oder auf eine dritte Weise, und welches Kind sie wie erziehen. Warum soll nicht er mit seinem Sohn am Sabbat in die Synagoge und sie am Sonntag mit ihrer Tochter in die Kirche gehen? Was ist daran schlimm?«

Sie schüttelte den Kopf. »So läuft es nicht. In Mischehen findet nicht ein besonders reiches geistiges Leben statt, sondern keines.«

»Vielleicht sind die beiden glücklich, weder jüdisch noch katholisch zu sein. Aber darum sind sie keine schlechten Menschen; du schätzt und magst doch wohl auch Leute, die weder jüdisch noch katholisch sind. Und ihre Kinder mögen wieder ein reiches geistiges Leben entdecken, als Buddhisten oder Muslime oder auch Katholiken oder Juden.«

»Wie soll mein Sohn glücklich sein, wenn er nicht mehr jüdisch ist? Außerdem stimmt einfach nicht, was du sagst. Die zweite Generation kehrt nicht wieder zum Judentum zurück. Sicher gibt es einzelne Fälle. Aber statistisch ist, wer eine Mischehe eingeht, für das Judentum verloren.«

»Aber vielleicht wird er oder werden seine Kinder für etwas anderes gewonnen.«

»Was bist du? Katholik, Protestant, Agnostiker? Jedenfalls gibt es von euch so viele, daß ihr auf die Mischehen verzichten könnt. Wir können niemanden verlieren.«

»Nehmen die Juden in der Welt ab? Ich habe keine Statistik im Kopf, kann's mir aber nicht vorstellen. Außerdem – wenn eines Tages niemand mehr Katholik, Protestant, Agnostiker oder Jude sein will, was ist dagegen zu sagen?«

»Was dagegen zu sagen ist, wenn es eines Tages keine Juden mehr gibt?« Sie sah ihn ungläubig an. »Das fragst du?«

Er wurde ärgerlich. Was sollte ihre Frage? Durfte er als Deutscher nicht denken, daß die jüdische wie jede Religion davon lebt, daß sie freiwillig gewählt wird, und stirbt, wenn sie es nicht mehr wird? Glaubte Rachel, die jüdische Religion sei etwas Besonderes? Die Juden seien tatsächlich das auserwählte Volk?

Als hätte sie seine Frage gehört, sagte sie: »Wenn du an

deine Religion so wenig glaubst, daß du sie aussterben lassen kannst, ist das deine Sache. Ich will, daß meine lebt und meine Familie mit ihr und in ihr. Ja, ich halte meine Religion für einzigartig, und ich verstehe deinen Ärger nicht, weil ich keinem anderen verwehre, seine Religion auch für einzigartig zu halten. Und ebenso ist es mit meiner Familie. Aber schau«, sie legte ihm die Linke auf den Arm und zeigte mit der Rechten voraus, »dort geht die Zufahrt nach Lyndhurst ab. Wir sind da.«

Sie besichtigten die neugotische Pracht des Landsitzes von außen und innen, schlenderten durch den über und über blühenden Rosengarten, aßen zu Mittag, saßen am Hudson und redeten über alles mögliche, über Bücher und Bilder, Baseball und Fußball, Schuluniformen und Landhäuser. Es wurde ein leichter, vertrauter und fröhlicher Tag. Aber als er auf der Heimfahrt die Frage im Kopf hatte, wie schlimm sie finde, daß Sarah und er einander liebten, stellte er sie lieber nicht.

4

Er hatte in New York keine Freunde und Freundinnen, mit denen er Sarah hätte bekannt machen können, und es dauerte eine Weile, bis sie anfing, ihn ihren Freundinnen und Freunden vorzustellen. Während der ersten gemeinsamen Monate waren sie zu zweit zu glücklich, gab es aneinander und miteinander zuviel zu entdecken, als daß ihnen nach Geselligkeit gewesen wäre. Zusammen im Park spazieren, im Central Park und im Riverside Park, zusammen ins Kino, Theater und Konzert gehen und die Lieblingsfilme auf Video leihen und sehen, zusammen kochen, zusammen reden – sie hatten schon für sich zuwenig Zeit, wie sollten sie Zeit für andere haben.

In der ersten gemeinsamen Nacht hatte Sarah ihn angesehen, bis er sie fragte, was sie denke, und sie sagte: »Hoffentlich hörst du nie auf, mit mir zu reden.«

»Warum sollte ich?«

»Weil du meinst, du weißt schon, was in meinem Kopf vor sich geht, und es von mir nicht mehr wissen willst. Wir kommen aus zwei verschiedenen Kulturen, wir sprechen zwei verschiedene Sprachen, auch wenn du aus deiner gut in meine übersetzt, wir leben in zwei verschiedenen Welten – wenn wir aufhören, miteinander zu reden, treiben wir auseinander.«

Sie hatten verschiedene Weisen, miteinander zu reden. Die eine war leicht und schnell und ging, weil manchmal unbedacht, nicht ohne Korrekturen, Verletzungen und Entschuldigungen ab. Aber es blieb nichts zurück. Die andere war langsam und behutsam. Wenn sie auf ihre verschiedenen Religionen zu sprechen kamen oder das Deutsche in seiner Welt und das Jüdische in ihrer, paßten sie auf, daß sie einander nicht in Frage stellten. Wenn er mit ihr in die Synagoge ging, fand er es eindrucksvoll; wenn er mit ihr einen Vortrag über Chassidismus hörte, fand er es interessant; wenn er mit ihr am Freitagabend bei ihren Eltern war, fand er es schön. Er ging wirklich gern mit; er wollte ihre Welt kennenlernen. Was ihn befremdete, verschwieg er nicht nur ihr, sondern sich selbst; er gestand es sich nicht ein. Auch das Gespräch mit Rachel verdrängte er. »Schön war es«, sagte er, als Sarah ihn nach dem Ausflug nach Lyndhurst fragte, und da er und Rachel sich von da an herzlicher begegneten, war sie's zufrieden. Umgekehrt fand sie die deutsche Literatur schön, die er ihr in Übersetzungen besorgte, die Veranstaltungen im Goethe-Institut, zu denen er sie mitnahm, und die Gottesdienste in der Riverside Church.

Im April hatte er Geburtstag, und sie überraschte ihn mit einem kleinen Fest. Sie lud die zwei amerikanischen Kollegen ein, mit denen er in der Universität das Zimmer teilte, und ihre eigenen Freunde, zwei Programmiererinnen, eine Lektorin mit ihrem Mann, einem Maler, der seinen Unterhalt mit dem Restaurieren von Bildern verdiente, Rachel und ihren Mann Jonathan und ein paar ehemalige Studenten aus einer Zeit, in der sie Computer Science unterrichtet hatte. Sie hatte Salate vorbereitet und Käsegebäck gebacken, und die Gäste standen mit ihren Tellern und Gläsern im Wohnzimmer und sangen, als er eintrat, »Happy birthday, dear Andi«. Sarah stellte ihn stolz ihren Freundinnen und Freunden vor, er lächelte allen zu.

Das Gespräch kam auf Deutschland. Einer von Sarahs ehemaligen Studenten hatte als Austauschschüler ein Jahr in Frankfurt verbracht. Er schwärmte von den pünktlichen, bequemen und sauberen deutschen Zügen, von deutschem Brot und deutschen Brötchen, von Äppelwoi, Zwiebelkuchen und Sauerbraten. Aber die Sprache hatte ihn oft irritiert. Die Deutschen redeten von polnischer Wirtschaft und jüdischer Hast. Wenn sie etwas bis zum Überdruß taten, taten sie es bis zur Vergasung.

»Bis zur Vergasung?« Der Maler fiel ein und sah Andi an.

Andi zuckte die Schultern. »Ich habe keine Ahnung, woher der Ausdruck kommt. Ich vermute, daß er älter ist als der Holocaust und aus dem Ersten Weltkrieg stammt oder vom Selbstmord durch Gas. Ich habe ihn auch schon lange nicht mehr gehört; heute macht man etwas eher bis zum Gehtnichtmehr, bis zum Erbrechen oder bis zum Abwinken.«

Aber der Maler war fassungslos. »Die Deutschen sagen, wenn sie von etwas genug haben, daß sie es vergasen? Und wenn sie von Menschen genug haben?«

Andi unterbrach. »Bis man nicht mehr kann – es geht darum, daß man etwas tut, bis man nicht mehr kann. Bis man kotzt, weil man nicht mehr essen kann, bis man stirbt, durch Gas stirbt, weil man mit dem Leben nicht mehr zurechtkommt. Es geht um einen selbst, nicht um etwas, was man einem anderen antut.«

»Ich weiß nicht. Mir kommt es vor, als...« Der Maler schüttelte den Kopf. »Und die polnische Wirtschaft? Die jüdische Hast?«

»Das sind harmlose ethnische Witzeleien, wie es sie auch unter den Deutschen selbst gibt, wenn sie von einem westfälischen Dickschädel oder einer rheinischen Frohnatur oder preußischer Disziplin und sächsischem Schlendrian reden. Über Autos, die von Polen gestohlen und nach Polen geschmuggelt werden, macht heute ganz Europa Witze.« Er hatte keine Ahnung, ob irgendein Deutscher von sächsischem Schlendrian redet und irgendein anderer Europäer über polnische Autodiebe scherzt. Aber er konnte es sich vorstellen. »Wir sitzen in Europa eben eng aufeinander, viel enger als ihr in Amerika. So veralbern wir uns auch mehr.«

Die Lektorin widersprach. »Ich glaube, es ist genau umgekehrt. Gerade weil in Amerika die verschiedenen ethnischen Gruppen so eng miteinander leben, sind ethnische Anspielungen bei uns tabu. Anders hätten wir ständig Ärger.«

»Warum Ärger? Ethnische Anspielungen müssen nicht bösartig, sondern können witzig sein.«

Der eine von Andis Kollegen schaltete sich ein. »Aber ob sie witzig und willkommen oder bösartig und verletzend sind, kann doch nur der entscheiden, den sie treffen, oder?«

»Es kommt immer sowohl auf den an, der eine Äußerung macht, als auch auf den, den sie erreicht«, korrigierte der andere Kollege. »Verträge, Angebote, Kündigungen – nimm, was du willst, es kommt auf beide an.« Die Kollegen begannen zu fachsimpeln.

Andi atmete auf. Als er Sarah von dem am selben Tag eingetroffenen Brief erzählte, mit dem sein Urlaub und sein Stipendium um ein Jahr verlängert wurden, umarmte sie ihn mit Tränen des Glücks in den Augen und rief alle zusammen. Es gab Hallo und Prost, und der Maler und Andi tranken sich besonders herzlich zu.

Am Abend, als Sarah und Andi über die Einladung und die Eingeladenen redeten, sagte Sarah allerdings: »Mein treuer kleiner Soldat, warum kämpfst du für etwas, das du selbst nicht gut findest? Du schuldest niemandem die Verteidigung bösartiger ethnischer Witzeleien. Die Vergasung, die jüdische Hast – es kränkt einfach.«

Andi wußte nicht, was er denken sollte. Ihm kamen die amerikanischen und englischen Kriegsfilme in Erinnerung, die er als Junge gesehen hatte. Er hatte gewußt, daß die

Deutschen zu Recht als die Bösen dargestellt wurden, und sich trotzdem hin- und hergerissen gefühlt. Bei der jüdischen Hast wußte er nicht einmal, ob sie bösartig und nicht vielleicht wirklich harmlos gemeint war.

Im Bett fragte er sie: »Liebst du mich?«

Sie richtete sich auf und legte ihre Hand auf seine Brust. »Ja.«

»Warum?«

»Weil du lieb bist und klug, anständig, großzügig. Weil du mein treuer kleiner Soldat bist und es dir so schwer im Leben machst. Du willst allen alles recht machen, und obwohl du vieles schaffst, kannst du nicht alles schaffen, wie solltest du auch, aber du versuchst es trotzdem, und es rührt mir das Herz. Weil du eine gute Art mit Kindern und Hunden hast. Weil ich deine grünen Augen mag und deine braunen Locken, und weil mein Körper deinen mag.« Sie hielt und küßte ihn. Sie flüsterte: »Nein, er mag ihn nicht nur. Er braucht ihn.«

Später fragte sie: »Und du? Weißt du, warum du mich liebst?«

»Ja.«

»Sagst du's mir?«

»Ja.« Er machte eine lange Pause. Sarah dachte, er sei eingeschlafen. »Ich bin noch nie einer Frau begegnet, die so viel sieht, die so sorgsam und einfühlsam hinschaut. Dafür liebe ich dich. Ich bin in deinem Blick aufgehoben. Und ich liebe dich für die Computerspiele, die du erfindest. Du nutzt deinen Kopf, damit andere fröhlich sind. Du wirst eine wunderbare Mutter sein. Du hast auch ... du weißt, wer du bist, wo du herkommst, wo du hinwillst und was du brauchst, damit das Leben stimmt. Ich liebe dich für den festen Ort, den du in der Welt hast. Und du bist schön.« Er fuhr mit der Hand die Konturen ihres Gesichts nach, als sei das Zimmer nicht hell, sondern dunkel und er könne nichts sehen. »Du hast das schwärzeste Haar, das ich jemals gesehen habe, und die frechste Nase und den aufregendsten Mund, zugleich so sinnlich und so klug, daß ich's immer wieder nicht fassen kann.« Er kuschelte sich an sie. »Langt das?«

5

Im Mai, als das Semester vorbei war, reisten Sarah und Andi nach Deutschland. Sie kamen vor Anbruch des Tages in Düsseldorf an und nahmen den Zug nach Heidelberg. Als er bei Köln über den Rhein fuhr, ging die Sonne auf und ließ den Dom und das Museum glänzen.

»He«, sagte Sarah, »das ist schön.«

»Ja, und es wird noch schöner.« Er liebte die Bahnfahrt entlang dem Rhein, den Fluß mit seinen Windungen, das mal liebliche und mal schroffe Ufer, die Weinberge und Waldhänge, Burgen und kleinen Orte und die Frachtschiffe, schnell flußab und langsam, mühsam flußauf. Er liebte die Strecke im Winter, wenn in der kalten Morgenluft das Wasser des Flusses dampfte und die Sonne sich durch den Nebel kämpfte, und im Sommer, wenn die Spielzeugwelt der Burgen, Orte, Züge und Autos auf der anderen Flußseite verläßlich im hellen Licht der Sonne lag. Im Frühling freuten ihn die Blüten und im Herbst die gelben und roten Blätter.

Der Tag, an dem er die Strecke mit Sarah fuhr, war wolkenlos, und unter blauem Himmel und bei klarer Luft präsentierte sich das Spielzeugdeutschland. Andi zeigte ihr alles mit kindlichem Eifer: die Allee des Brühler Schlosses, die Insel Nonnenwerth, die Loreley und die Pfalz bei Kaub. Als der Zug in die Rheinebene bog, wurde ihm heimatlich und wehmütig ums Herz. Die weite Ebene, die Berge im Osten und im Westen, die roten Sandsteinbrüche, als der Zug von Mannheim auf Heidelberg zufuhr – da kam er her, und da gehörte er hin. Dahin führte er jetzt Sarah. In Heidelberg lenkte er sie ab, während die Taxe durch die Stadt und auf der anderen Flußseite den Berg hinauffuhr. Sie stiegen aus, gingen zum Philosophenweg, und dann legte er ihr stolz seine Heimatstadt zu Füßen: Schloß, Altstadt, Alte Brücke und Neckar, das Gymnasium, das er als Schüler besucht, die Stadthalle, in der er bei der Abiturfeier mit einem Klassenkameraden ein Konzert für zwei Flöten gespielt, und die Mensa, in der er als Student gegessen hatte. Er redete und redete, wollte ihr alles interessant und zugleich vertraut machen.

»Mein Schatz«, sagte sie und legte ihm den Finger auf den Mund, »mein Schatz. Du mußt keine Angst haben, daß ich deine Stadt nicht mag. Ich sehe sie und sehe den kleinen Andi in ihr zur Schule und später in die Mensa gehen, ich mag sie, und ich liebe dich.«

Sie kamen im Haus seiner Eltern an, als auch seine Schwester mit ihrem Mann und ihren zwei Kindern gerade eintraf. Wenig später kamen die Geschwister seiner Eltern, seine Cousinen und Vettern und ein paar Freunde der Familie. Zwanzig Gäste hatten die Eltern zu ihrer marmornen Hochzeit, ihrem von ihnen so genannten vierzigsten Hochzeitstag, geladen. Wie leicht sich Sarah in meiner Familie bewegt, dachte er, wie gut sie mit ihrem Gemisch aus Deutsch und Englisch mit allen redet, wie frisch sie aussieht, obwohl sie kaum geschlafen hat. Was für eine wunderbare Frau ich habe!

Vor dem Mittagessen saßen sie mit seinem Vater und seinem Schwager zusammen.

»Wo kommt Ihre Familie her?« Sarah fragte seinen Vater.

»Aus Forst, von der anderen Seite der Ebene. So weit wir zurückdenken können, waren wir Weinbauern und Gastwirte. Ich bin der erste, der aus der Reihe geschert ist. Dafür ist meine Tochter wieder zum Weinbau zurückgekehrt.«

»Hat der Wein Ihnen nicht geschmeckt?«

Der Vater lachte. »Doch. Der Wein hat mir geschmeckt und der Weinbau mich gelockt. Aber ehe ich mich dafür entscheiden konnte, mußte ich zu den Soldaten und in den Krieg, und dort habe ich gemerkt, daß mir das Organisieren Spaß macht, und so bin ich nach der Gefangenschaft in die Wirtschaft gegangen. Außerdem hatte mein Vetter, der wegen seines Beins nicht in den Krieg konnte, das Weingut sieben Jahre lang geführt, und ich wollte es ihm nicht wegnehmen. Aber es hat mir gefehlt. Deswegen habe ich auch erst so spät geheiratet. Heiraten und nicht mit meiner Frau auf unser Weingut ziehen und dort leben – lange konnte ich es mir schlicht nicht vorstellen.«

»Was haben Sie im Krieg organisiert?«

»Alles mögliche. In Rußland hatte ich mit Kunst zu tun.

Die Kommunisten hatten aus den Kirchen Lagerhallen, Werkstätten, Scheunen und Ställe gemacht, und wir haben unter Schutt und Müll die wunderbarsten Ikonen, Leuchter und Kirchengewänder geborgen.«

»Was ist aus den Sachen geworden?«

»Wir haben sie inventarisiert, verpackt und nach Berlin geschickt. Was in Berlin mit ihnen geschehen ist, weiß ich nicht. Organisatorisch interessanter war Frankreich, wo ich mich um Getreide- und Weinlieferungen gekümmert habe.«

»Und Italien?«

»Italien?«

»Andi hat erwähnt, daß Sie als Soldat in Frankreich, Rußland und Italien waren.«

»In Italien war ich eine Art Wirtschaftsattaché bei Mussolinis letzter Regierung.«

Andi hörte verblüfft zu. »Soviel hast du noch nie vom Krieg erzählt.«

»Ich muß wohl, wenn sie nicht ewig mißtrauisch bleiben soll.« Der Vater schaute wissend und freundlich.

Als Sarah und Andi abends im Bett lagen, kam sie auf den wissenden und freundlichen Blick seines Vaters zu sprechen. Gut sehe sein Vater aus, mit dem markanten Schädel und dem kurzgeschnittenen weißen Haar, und in seinem Gesicht finde man auf schöne Weise bäuerliche Herkunft und scharfe Intelligenz vereint. Aber unter dem Blick sei ihr unheimlich geworden. »Woher weiß er, daß ich Jüdin bin? Hast du es ihm gesagt?«

»Nein, aber ich weiß auch nicht, ob er darauf angespielt hat, als er von dem drohenden ewigen Mißtrauen gesprochen hat. So wie du gefragt hast, hast du keinen Zweifel daran gelassen, daß du Antworten kriegen wolltest.«

»Aber was für Antworten habe ich gekriegt? Was macht eine Art deutscher Wirtschaftsattaché bei Mussolini, der nur von deutschen Gnaden existiert? Was heißt es, sich um Getreide- und Weinlieferungen von Frankreich nach Deutschland zu kümmern? Es ging um Beute, in Frankreich wie in Rußland, um Raub und Plünderung.«

»Warum hast du ihn nicht gefragt?« Aber Andi war froh, daß sie seinen Vater nicht gefragt, daß er ihr nicht geantwortet und nicht die Ikone in seinem Arbeitszimmer gezeigt hatte.

»Deswegen rede ich von seinem Blick. Er hat mir mit seinem Blick gesagt, daß er auf meine Fragen jedesmal eine Antwort haben, mich mit meinem Mißtrauen jedesmal ins Unrecht setzen, mir aber nichts sagen wird.«

Andi erinnerte sich an Auseinandersetzungen mit seinem Vater, bei denen er ein ähnliches Gefühl gehabt hatte. Zugleich mochte er den Vorwurf des Raubens und Plünderns nicht auf seinem Vater sitzenlassen. »Ich glaube ihm, daß die russischen Kirchenschätze verkommen wären, wenn er und seine Leute sie nicht geborgen hätten.«

Sarah, die auf dem Rücken lag, hob die Hände, als hole sie zu einer grundsätzlichen Bemerkung aus. Aber sie ließ die Hände wieder sinken. »Mag sein. Mir sind sie auch egal, die russischen Ikonen, französischen Weine und Getreide und Mussolinis Geschäfte. Und solange du nicht schaust wie dein Vater, soll er schauen, wie er will. Deine Mutter ist lieb, und ich mag deine Schwester und ihre Kinder.« Sie dachte nach. »Und dein Vater ist ein Typ, weiß Gott, das ist er.« Sie drehte sich auf die Seite und sah Andi an. »Was war die Fahrt mit dem Zug schön! Und der Blick vom Berg! Laufen wir morgen durch die Stadt? Und machen wir jetzt Liebe?«

6

In Berlin hatte er erstmals Angst, die Verschiedenheit der Welten, aus denen sie kamen, könnte ihre Liebe in Gefahr bringen. Sie waren in München und in Ulm gewesen, am Bodensee, im Schwarzwald und in Freiburg, und Sarah hatte alles mit aufmerksamen, freundlichen Augen angeschaut. Sie mochte die Natur mehr als die Städte und schloß die Landschaft am Rand der Rheinebene ebenso ins Herz, wie Andi sie liebte, die Bergstraße, die Ortenau, das Markgräfler Land. Einen ganzen Tag verbrachten sie in den Thermen Baden-Badens. Sie gingen durch die nach Männern und Frauen getrennten Eingänge hinein, ließen sich getrennt bürsten, schwitzten getrennt in trockener finnischer und feuchter römischer Hitze und trafen sich in der von Säulen gesäumten Mitte der alten Anlage im Becken unter hoher Kuppel. Andi war vor ihr da und schaute nach ihr aus. Er hatte sie noch nie über eine größere Strecke nackt auf sich zukommen sehen. Wie schön sie war – das schulterlange schwarze Haar, das klare Gesicht, runde Schultern, volle Brüste, weiche Hüften und ein bißchen kurze, aber schön geformte Beine. Wie anmutig sie ging – stolz auf ihre Schönheit und zugleich verlegen, weil er sie so offen musterte. Wie reizend sie lächelte – spöttisch, weil sie immer etwas zu spotten wußte, glücklich über seine Bewunderung und voller Liebe.

In den Städten, die sie besuchten, spottete sie über die Verläßlichkeit, mit der die Deutschen auf die Zerstörungen des Zweiten Weltkriegs hinwiesen. »Der Krieg ist fünfzig Jahre her! Seid ihr so stolz, daß ihr am Ende doch noch die Größten in Europa geworden seid?« Wenn sie durch die Vorstädte kamen, spottete sie über die kleinen weißen Häuser mit den aufgeräumten Gärten und den ordentlichen Zäunen, und wenn sie übers Land fuhren, über das Fehlen jeden Gerümpels, rostender Autos oder modernder Sofas, wie man sie in Amerika vor den kleinen Farmen sieht. »Bei euch sieht alles aus, als sei es gerade fertig geworden.« Sie spottete über die Markierungen auf den Straßen und wies Andi immer wieder auf die Sorgfalt hin, mit der hier das Auslaufen des Parkstreifens in ein schraffiertes Dreieck gemalt und dort dem Abbiegenden der Weg über die Kreuzung in gestrichelten, die gestrichelten Linien des Gegenverkehrs kreuzenden Linien gewiesen wurde. »Man müßte eure Straßen vom Verkehr freihalten und aus der Luft fotografieren – Kunstwerke gäbe das, echte Kunstwerke!«

Sarah spottete lachend, und ihr Lachen lud ihn zum Mitspotten und -lachen ein. Andi merkte es. Er wußte auch, daß Spott für Sarah eine Weise war, sich die Welt anzueignen, und daß sie in New York ebenso gerne spottete – über den Dirigenten, obwohl sie danach vom Konzert begeistert war, oder über einen kitschigen Film, obwohl sie am Ende über ihn weinte und noch am nächsten Tag beim Gedanken an ihn feuchte Augen bekam. Sie hatte sogar über die Bar-

Mizwa ihres kleinen Bruders gespottet und zugleich mit ihm gebangt, als er in der Synagoge las und beim Essen über die Thora und über die Liebe zur Musik sprach. Das alles wußte er und tat sich doch schwer mit ihrem Spott, der nichts verschonte. Er lachte mit, aber mit verspannten Mund- und Backenmuskeln.

In Berlin wohnten sie bei einem Onkel, der eine Villa in Grunewald geerbt und ihnen darin eine kleine Wohnung mit Schlaf- und Wohnzimmer, Küche und Bad überlassen hatte. Er lud sie einmal zu einem Essen ein, das er selbst gekocht hatte, und ließ sie sonst in Ruhe und ihrer Wege gehen. Aber an dem Abend, bevor sie nach Oranienburg aufbrechen wollten, trafen sie sich zufällig an der Haustür.

»Oranienburg? Was wollt ihr in Oranienburg?«

»Sehen, wie es war.«

»Wie soll es sein? Es ist so, wie man es sich vorstellt, aber es ist nur so, weil man es sich so vorstellt. Ich war vor ein paar Jahren in Auschwitz, und es gibt nichts zu sehen, aber auch gar nichts. Ein paar Backsteinkasernen, Gras und Bäume dazwischen, das ist es auch schon. Es ist alles nur im Kopf.« Der Onkel, ein pensionierter Lehrer, schaute sie befremdet und mitleidig an.

»Dann sehen wir eben, was wir in unseren Köpfen sehen.« Andi lachte. »Wollen wir daraus ein erkenntnistheoretisches Problem machen?«

Der Onkel schüttelte den Kopf. »Was soll's. Es ist fünfzig Jahre her. Ich verstehe nicht, warum wir die Vergangenheit nicht ruhen lassen können. Warum wir diese Vergangenheit nicht ebenso ruhen lassen können wie die anderen Vergangenheiten.«

»Vielleicht ist es eine besondere Vergangenheit?« Sarah fragte auf englisch, hatte aber zu Andis Erstaunen das deutsche Gespräch verstanden.

»Besondere Vergangenheit? Jeder hat eine Vergangenheit, die für ihn besonders ist. Davon abgesehen werden Vergangenheiten gemacht, allgemeine und besondere.«

»Ja, für meine Verwandten haben die Deutschen eine besondere Vergangenheit gemacht.« Sarah sah Andis Onkel kalt an.

»Natürlich war das furchtbar. Aber müssen deswegen die Leute in Oranienburg oder Dachau oder Buchenwald eine furchtbare Gegenwart haben? Leute, die lange nach dem Krieg geboren sind und niemandem etwas getan haben? Weil die besondere Vergangenheit ihrer Orte erinnert und ihnen angelastet wird?« Der Onkel holte den Hausschlüssel aus der Manteltasche. »Aber was soll's. Deine Freundin ist Amerikanerin, und für amerikanische Touristen ist Europa etwas anderes als für uns. Ihr geht ins italienische Restaurant an der Ecke? Laßt es euch schmecken.«

Sarah schwieg, bis sie einen Tisch gefunden hatten und saßen. »Du bist doch nicht der Meinung deines Onkels?«

»Welcher Meinung?«

»Daß die Vergangenheit ruhen soll und auch ruhen würde, wenn die Juden nicht Unruhe stiften würden.«

»Hast du nicht immer wieder gesagt, daß der Krieg fünfzig Jahre her ist?«

»Also doch.«

»Nein, ich bin nicht der gleichen Meinung wie mein Onkel. Aber so einfach, wie du tust, ist es auch nicht.«

»Wie kompliziert ist es?«

Andi hatte keine Lust, mit Sarah zu streiten. »Müssen wir darüber reden?«

»Beantworte nur noch diese Frage.«

»Wie kompliziert es ist? Die Vergangenheit muß erinnert werden, damit sie sich nicht wiederholt; sie muß erinnert werden, weil es der Respekt gegenüber den Opfern und ihren Kindern fordert; der Holocaust wie der Krieg ist fünfzig Jahre her; was immer die Generationen der Väter und Söhne an Schuld auf sich geladen haben, die Generation der Enkel hat sich nichts zuschulden kommen lassen; wer im Ausland sagen muß, daß er aus Oranienburg kommt, ist schlecht dran; Jugendliche werden Neonazis, weil sie von der Bewältigung der Vergangenheit genug haben – mit alledem richtig umzugehen, finde ich nicht einfach.«

Sarah schwieg. Der Kellner kam, und sie bestellten. Sarah schwieg weiter, und Andi sah, daß sie leise weinte. »He«, sagte er, beugte sich über den Tisch zu ihr und legte ihr die Arme um den Hals, »du weinst doch nicht wegen uns?«

Sie schüttelte den Kopf. »Ich weiß, daß du es gut meinst. Aber es ist nicht kompliziert. Das Richtige ist einfach.«

7

Andi traute sich nicht zu sagen, daß es ihm in Oranienburg tatsächlich so ging, wie sein Onkel vorausgesagt hatte. Was er sah, war nicht erschütternd. Erschütternd war, was im

Kopf geschah. Das war freilich erschütternd genug. Sarah und Andi gingen stumm durch das Lager. Nach einer Weile faßten sie sich bei der Hand.

Mit ihnen war eine Schulklasse im Lager, etwa dreißig zwölfjährige Jungen und Mädchen. Sie benahmen sich, wie zwölfjährige Kinder sich eben benehmen, waren laut, kicherten und giggelten. Sie waren mehr aneinander interessiert als an dem, was der Lehrer ihnen zeigte und erklärte. Was sie sahen, war ihnen Stoff, einander zu beeindrucken, in Verlegenheit oder zum Lachen zu bringen. Sie spielten Wärter oder Gefangene und stöhnten in den Zellen, als würden sie gefoltert oder verdursteten. Der Lehrer gab sich Mühe, und was er sagte, ließ erkennen, daß er den Besuch im Lager mit den Kindern ausgiebig vorbereitet hatte. Aber alle Mühe war umsonst.

Geht es Sarah mit uns so wie mir mit den Kindern? Nichts ist dagegen zu sagen, daß Kinder sich wie Kinder benehmen, und dennoch kann ich sie nicht ertragen? Nichts ist dagegen zu sagen, daß Vater im Krieg seine Freude am Organisieren entdeckt hat und daß der Onkel seine Ruhe haben will und daß ich differenziert im Einerseits und Andererseits die Komplikationen sehe, und dennoch bringt es sie zur Verzweiflung? Wie würde ich erst empfinden, wenn unter den Kindern mein eigenes wäre?

Andi war froh, daß sie am Abend dem Onkel nicht begegneten. Er war froh, daß sie am nächsten Tag den neuen Osten der Stadt ansehen und neue Eindrücke gewinnen würden. Er hatte zur Zeit der Wende in Berlin gearbeitet, wollte gerne wieder nach Berlin ziehen und Sarah für die Stadt begeistern. Er war froh, daß er ihr so viele Facetten der Stadt zeigen konnte – du wirst sehen, hatte er ihr oft gesagt, Berlin ist fast wie New York. Aber als er sich vorstellte, wie er mit ihr die Baustellen am Potsdamer Platz, in der Friedrichstraße und beim Reichstag besichtigen und auch sonst überall auf Baustellen stoßen würde, wußte er, was Sarah sagen oder, wenn nicht sagen, dann doch denken würde. Warum muß alles schon morgen fertig werden und aussehen, als hätte die Stadt keine Geschichte? Als hätte sie keine Wunden und Narben? Warum muß auch noch gleich der Holocaust unter einem Denkmal entsorgt werden? Er würde es zu erklären versuchen, und was er sagen würde, würde nicht dumm und nicht falsch und Sarah gleichwohl fremd sein.

Gibt es nur ein Entweder-Oder? Ist man entweder Mann oder Frau, Kind oder Erwachsener? Entweder Deutscher oder Amerikaner, Christ oder Jude? Hat das Reden keinen Zweck, weil es zwar hilft, den anderen zu verstehen, aber nicht, ihn zu ertragen, und weil das Entscheidende das Ertragen ist, nicht das Verstehen? Was aber das Ertragen angeht – erträgt man letztlich nur seinesgleichen? Natürlich kommt man mit Unterschieden zurecht, und wahrscheinlich kommt man ohne sie überhaupt nicht aus. Aber müssen sie nicht einen gewissen Rahmen wahren? Kann es gutgehen, wenn wir uns in unserer Verschiedenheit grundsätzlich in Frage stellen?

Kaum hatte er sich die Fragen gestellt, erschrak er. Man erträgt nur seinesgleichen – ist das nicht Rassismus oder Chauvinismus oder religiöser Fanatismus? Kinder und Erwachsene, Deutsche und Amerikaner, Christen und Juden – wie sollten sie einander nicht ertragen? Sie ertragen einander überall auf der Welt, jedenfalls überall, wo die Welt so ist, wie sie sein sollte. Aber dann fragte er weiter, ob sie einander vielleicht nur ertragen, weil die einen oder die anderen aufgeben, was sie sind. Weil die Kinder erwachsen werden oder die Deutschen wie die Amerikaner oder die Juden wie die Christen. Fängt erst da der Rassismus oder religiöse Fanatismus an, wo man zu dieser Aufgabe nicht bereit ist? Wo ich nicht bereit bin, für Sarah ein Amerikaner und Jude zu werden?

Der nächste Tag wurde, wie er ihn sich vorgestellt hatte. Sarah interessierte sich für alles, was er ihr zeigte, bestaunte und bewunderte die Baustellen am Potsdamer Platz und wie entschlossen die Friedrichstraße und die Gegend um den Reichstag neu gestaltet wurden. Aber sie fragte ihn auch nach den Wunden und Narben und warum die Stadt sie nicht aushalten könne, und nach dem verdrängenden Sinn des geplanten Holocaust-Denkmals. Sie fragte ihn, warum die Deutschen Chaos nicht ertragen könnten und ob nicht im Reinheits- und Ordnungswahn des Nationalsozialismus deutsche Wesensart einen gewiß nicht normalen, aber doch charakteristischen Ausdruck gefunden habe. Andi mochte Sarahs Fragen nicht. Aber nach einer Weile mochte er noch weniger als ihre Fragen seine Antworten. Er wurde sein Bemühen um abgewogene, differenzierte Urteile leid. Eigentlich mochte er, was er Sarah zeigte, selbst nicht, nicht die Großspurigkeit und nicht die Hast, mit der alles zu- und vollgebaut wurde. Sarah hatte recht: Warum schlug er sich für Sachen, an die er selbst nicht glaubte? Warum hatte er, was sein Onkel gesagt hatte, zum Anlaß für komplizierte Ausführungen genommen, statt einfach zu sagen, daß es empörend und kränkend war?

Am Abend fuhren sie ins Schauspielhaus zu Bachs h-Moll-Messe. Sie kannte sie nicht, und ihm war nicht nur bang, wie einem immer ist, wenn man mit jemandem, in den man sich verliebt hat, die Lieblingsbücher und -musik teilt. Er hatte Angst, daß sie die Musik zu christlich und deutsch fände. Daß sie spüren würde, daß die Musik nicht in den Konzertsaal, sondern in eine Kirche gehört, und daß sie sich von ihm betrogen fühlen würde, als wolle er ihr seine kirchliche, christliche, deutsche Welt unterjubeln. Gerne hätte er mit ihr über all das geredet. Aber auch davor hatte er Angst. Er hätte erklären müssen, warum er die Musik so mochte, und hätte es nicht erklären können. *Incarnatus est, crucifixus, passus et sepultus est et resurrexit* – der Text sagte ihm nichts, und doch berührte und beglückte ihn die für den Text komponierte Musik wie kaum eine andere. Mußte Sarah, wenn er ihr das beschrieb, nicht denken, ihre Fremdheit sei noch größer als bisher bemerkt, da sie bei ihm in Tiefen wurzele, die er nicht begreife und über die er keine Auskunft geben könne?

Aber als sie aus der U-Bahn kamen, lag der Gendarmenmarkt im weichen Licht der späten Sonne. Die Dome und das Schauspielhaus, herrschaftlich, bescheiden und dreieinig, kündeten von einem anderen, besseren Berlin, und da die Läden schon geschlossen hatten und die Abendschwärmer noch nicht unterwegs waren, war es leer und still, als halte die Stadt den Atem an. »Oh«, sagte Sarah und blieb stehen.

Während des Kyrie schaute sie sich um. Dann machte sie

die Augen zu, und nach einer Weile nahm sie seine Hand. Gegen Ende legte sie den Kopf an seine Schulter. *Et expecto resurrectionem mortuorum* – »ja«, flüsterte sie ihm zu, als erwarte sie mit ihm die Auferstehung der Toten oder ihrer beider Auferstehung aus allen Schwierigkeiten, in die sie sich immer wieder verstrickten.

8

Am nächsten Tag flogen sie zurück nach New York. Drei Wochen lang hatten sie Tag um Tag zusammen verbracht und dabei manchmal das Gefühl einer alltäglichen, selbstverständlichen Vertrautheit gehabt, als sei es schon immer so gewesen und müsse so sein und bleiben. Nie war das Gefühl stärker als auf dem Rückflug. Beide wußten, wieviel Ruhe der andere brauchen, wieviel Nähe er genießen und über welche kleinen Gesten der Zuwendung er sich freuen würde. Über den Film, der auf dem Flug gezeigt wurde, stritten sie, weil es schön war, das Ritual des Streitens an einem Gegenstand zu zelebrieren, der ohne Sprengstoff war. Als er nach der Ankunft in New York am Abend bei ihr blieb, waren sie zu müde, sich noch zu lieben. Aber sie nahm beim Einschlafen sein Geschlecht in ihre Hand, es wurde in ihrer Hand hart und wieder weich, und ihm war, als sei er zu Hause.

Es war Sommer. In Chinatown und Little Italy, im Village und am Times Square und Lincoln Square war Manhattan voller als sonst. In der Nähe der Columbia University, wo Sarah und Andi lebten, war es leerer. Hierher kamen die Touristen selten, und die Studenten und Professoren hatten die Stadt verlassen. Die Tage waren schwül; nach ein paar Schritten auf der Straße klebten die Kleider am Körper. An den Abenden und in den Nächten war es ein bißchen kühler. Aber die warme, feuchte Luft war nicht das leichte Element, das man nicht spürt, sondern war dicht und schwer und bot dem Körper einen sanften, sinnlichen Widerstand. Andi war unbegreiflich, wie die New Yorker verreisen und sich diese Abende und Nächte entgehen lassen konnten. Da er das Summen und Rauschen der Aircondition im Büro nicht ertragen konnte, arbeitete er auf einer Bank im Park. Er arbeitete bis in den späten Abend, ein batteriebetriebenes Lämpchen an das Buch oder den Block geklemmt. Dann ging er zu Sarah, beschwingt von seiner Liebe zu ihr, der Arbeit, der Luft und dem Glitzern der Lichter auf dem Asphalt. Die Luft, die ihm Widerstand bot, ließ ihn sich leicht fühlen; ihre Schwere relativierte seine. Ihm war, als schwebe er mit mühelosen, ausgreifenden Schritten über die Milchstraße.

Er wäre es zufrieden gewesen, am Abend mit Sarah ohne viel Worte spazierenzugehen oder an einem der Tische zu sitzen, die vor den Restaurants am Broadway standen, oder einen Film zu sehen, im Kino oder am Video. Aber Sarah, ohnehin gesprächiger als er, hatte besonders nach der Einsamkeit am Computer das Bedürfnis zu reden. Sie wollte hören, was er gelesen und geschrieben hatte, und von den Fortschritten ihrer Arbeit am Computerspiel berichten. Ihr kamen, während sie programmierte, tausenderlei Sachen in den Sinn, über die sie mit ihm reden wollte. Er konnte, wenn er sich auf die Arbeit konzentrierte, daneben oder dazwischen nicht auch noch an anderes denken und wußte am Abend über nichts zu sprechen außer über seine Arbeit. Aber darüber mochte er nicht sprechen. Den Streit, zu dem es einmal geführt hatte, wollte er nicht noch mal riskieren.

Seine Arbeit handelte von den Rechts- und Ordnungsvorstellungen, die in den utopischen Projekten Amerikas entwickelt worden waren, von denen der Shaker, Rappisten, Mormonen und Hutterer bis zu denen der Sozialisten, Vegetarier und Anhänger der freien Liebe. Andi fand sein Thema spannend. Er fand spannend, die utopischen Programme kennenzulernen, die Briefe, Tagebücher und Erinnerungen von Utopisten aufzuspüren und aus vergilbten Zeitungen zu erfahren, wie die Umwelt ihnen begegnet war. Manchmal rührten die utopischen Projekte ihn als Gestalt gewordene kollektive Donquichotterien. Manchmal schien ihm, die Utopisten hätten um die Vergeblichkeit ihrer Unternehmungen gewußt und nur einem heroischen Nihilismus eine kollektive, kreative Gestalt geben wollen. Manchmal kamen sie ihm wie altkluge Kinder vor, die eine Satire auf die Gesellschaft leben. Als er Sarah von seinem Thema und seiner Faszination erzählte, dachte sie nach und sagte dann: »Das ist deutsch, nicht wahr?«

»Das Thema der amerikanischen utopischen Projekte?«

»Die Faszination der Utopie. Die Faszination der Verwandlung von Chaos in Kosmos, der perfekten Ordnung, der reinen Gesellschaft. Vielleicht auch die Faszination der Vergeblichkeit – hast du mir nicht von einer eurer Sagen erzählt, in der sich am Ende alle gemeinsam heroisch und nihilistisch zu Tode bringen? Die Nibelungen?«

Andi hörte nicht das Argument, sondern einen Angriff und wehrte ab. »Aber es gibt tausendmal mehr amerikanische Literatur zu meinem Thema als deutsche, und was kollektiven Selbstmord angeht, haben die Amerikaner mit Little Big Horn und die Juden mit Masada nicht weniger zu bieten als die Deutschen.«

»Doch, haben sie. Die Sage ist eure wichtigste Sage, hast du gesagt. Little Big Horn und Masada waren nur Episoden. Und auf die Zahl der Veröffentlichungen kommt es auch nicht an. Ich kenne die amerikanische Literatur, ohne sie gelesen zu haben; es sind Geschichten über dieses utopische Experiment und jenes, über Menschen, ihre Familien, Arbeit, Freuden und Leiden, Geschichten, die mit Begeisterung und Mitleid geschrieben sind. Die deutsche Literatur ist sachlich und gründlich, bildet Kategorien und Systeme, und die Leidenschaft, die in ihr zu spüren ist, ist die Leidenschaft wissenschaftlichen Sezierens.«

Andi schüttelte den Kopf. »Da sind verschiedene wissenschaftliche Stile. Kennst du den Witz, in dem ein Franzose, ein Engländer, ein Russe und ein Deutscher wissenschaftliche Arbeiten über den Elefanten vorlegen? Der Franzose schreibt *L'éléphant et ses amours*, der Engländer *How to shoot an elephant*, der Russe ...«

»Ich will deinen dummen Witz nicht hören.« Sarah stand auf und ging in die Küche. Er hörte sie mit heftigen Bewegungen die Geschirrspülmaschine öffnen, Geschirr und Gläser ausräumen und Besteck klirrend auf den Tisch knallen. Sie kam und blieb in der Tür stehen. »Ich mag nicht, wenn du dich über mich lustig machst, wenn ich ernsthaft mit dir rede. Es geht nicht um wissenschaftliche

Stile. Auch wenn du nicht Wissenschaft treibst, sondern mit meinen Freunden und meiner Familie sprichst, zeigst du nicht Anteilnahme, jedenfalls nicht, was wir unter Anteilnahme verstehen, sondern analysierende, sezierende Neugier. Das ist nicht schlimm, und so bist du, und so mögen wir dich. Bei anderer Gelegenheit und auf andere Weise bist du auch voller Anteilnahme. Nur im Gespräch...«

»Du willst doch nicht sagen, daß, was mir von deinen Freunden und deiner Familie begegnet, Anteilnahme ist? Es ist bestenfalls Neugier, und überdies eine ganz und gar oberflächliche. Ich...«

»Schlag nicht alles kurz und klein, Andi. Meine Leute begegnen dir mit Neugier und mit Anteilnahme, wie du ihnen auch, und alles, was ich gesagt habe...«

»Vor allem begegnet ihr mir mit Vorurteilen. Ihr wißt schon alles über die Deutschen. Also wißt ihr auch schon alles über mich. Also müßt ihr euch auch nicht mehr für mich interessieren.«

»Wir interessieren uns nicht genug für dich? Nicht so, wie du dich für uns interessierst? Warum haben wir so oft das Gefühl, daß du uns mit spitzen Fingern anfaßt? Und warum kennen wir diese kalte Art nur von Deutschen?« Sie redete laut.

»Wie viele Deutsche kennst du denn?« Er wußte, daß der ruhige Ton, den er anschlug, sie reizte, und konnte ihn doch nicht lassen.

»Genug, und zu denen, die wir gerne kennengelernt haben, kommen die, die wir lieber nicht kennengelernt hätten, aber kennenlernen mußten.« Sie stand weiter in der

Tür, die Arme in die Hüften gestemmt, und sah ihn herausfordernd an.

Wovon redete sie? Mit wem verglich sie ihn? Mit Mengele und dessen kalter, grausamer, sezierender und analysierender Neugier? Er schüttelte den Kopf. Er wollte nicht fragen, was sie gemeint hatte. Er wollte nicht wissen, was sie gemeint hatte. Er wollte nichts sagen und nichts hören und nur Ruhe haben, am liebsten mit ihr, aber lieber ohne sie als gar nicht. »Es tut mir leid.« Er zog die Schuhe an. »Laß uns morgen telefonieren. Ich gehe jetzt zu mir.«

Er blieb. Sarah warb zu sehr, als daß er hätte gehen können. Aber er beschloß, nicht mehr über seine Arbeit zu sprechen.

9

So schnitt er seine Liebe immer kleiner zu. Über die Familien zu reden war heikel, über Deutschland, über Israel, über die Deutschen und die Juden, über seine Arbeit und ihre, von der das Gespräch leicht wieder auf seine kam. Er gewöhnte sich an, was er sagen wollte, zu zensieren, diesen und jenen kritischen Eindruck vom Leben in New York lieber zu verschweigen und lieber nicht zu erwähnen, wenn er Äußerungen ihrer Freunde über Deutschland und Europa falsch und anmaßend fand. Es gab genug anderes zu reden, und es gab die Vertrautheit der gemeinsamen Wochenenden und die Leidenschaft der gemeinsamen Nächte.

Er gewöhnte sich an die eigene Zensur so, daß er sie nicht mehr wahrnahm. Er genoß, daß das Zusammensein immer leichter und schöner wurde. Er freute sich über die Verlängerung seines Stipendiums und Aufenthalts. Im letzten Herbst und Winter war er, neu in der Stadt, oft einsam gewesen. Der kommende Herbst und Winter würde glücklich werden.

Bis über einem nichtigen Anlaß alles wieder aufbrach. Sarah hatte in allen ihren Pullovern und Strumpfhosen Löcher. Sie machte sich nichts daraus, und seit Andi sie einmal auf ein Loch hingewiesen hatte, wußte er, daß sie fand, auch er solle sich nichts daraus machen. Aber als sie eines Abends ins Kino aufbrachen und sie sich umzog, hatte der Pullover Löcher in beiden Achseln und die Strumpfhose an beiden Fersen, und Andi lachte und zeigte Sarah die Löcher.

»Was gibt's über meine Löcher zu lachen?«

»Vergiß es.«

»Sag einfach, warum meine Löcher so interessant und komisch sind, daß du sie mir zeigen und über sie lachen mußt.«

»Ich... Muß ich...« Andi setzte ein paarmal an. »Bei uns macht man das so. Man sagt es, wenn jemand ein Loch oder einen Flecken hat. Man denkt, der andere hätte das Stück nicht angezogen, wenn er das Loch oder den Flecken gesehen hätte, und ist froh, wenn er es weiß. Er zieht es dann nicht noch mal an.«

»Aha. Das ist der interessante Aspekt. Was ist der komische?«

»Mein Gott, Sarah. Gleich vier Löcher – das fand ich eben lustig.«

»Sind Löcher auch lustig, wenn jemand so wenig verdient, daß er sich nicht leisten kann, bei seinen Sachen wählerisch zu sein?«

»Löcher stopfen kostet nicht die Welt. Es ist auch keine Hexerei, sogar ich stopfe meine Löcher.«

»Du hast es mit der Ordnung.«

Er zuckte mit den Schultern.

»Doch, das hast du. Tina würde sagen, das ist der Nazi in dir.«

Er schwieg einen Augenblick. »Es tut mir leid, aber ich kann es nicht mehr hören. Der Nazi in mir, der Deutsche in mir – ich kann es nicht mehr hören.«

Sie sah ihn verblüfft an. »Was ist los? Warum reagierst du so heftig? Ich weiß, daß du kein Nazi bist, und ich halte auch nicht gegen dich, daß du ein Deutscher bist. Laß doch Tina...«

»Es ist nicht nur Tina, die nach dem Nazi in mir sucht und ihn findet, es sind auch deine anderen Freunde. Und was soll es heißen, daß du nicht gegen mich hältst, daß ich ein Deutscher bin? Was gäbe es denn gegen mich zu halten, das du großherzig nicht gegen mich hältst?«

Sie schüttelte den Kopf. »Es gibt nichts gegen dich zu halten. Ich tue es nicht, und meine Freunde tun es auch nicht. Du weißt, daß sie dich mögen, und Tina will mit Ethan und uns im Sommer ans Meer – du glaubst doch nicht, daß sie das wollte, wenn sie dich für einen Nazi hielte. Daß es die Leute, die dir begegnen, beschäftigt, daß du ein Deutscher bist, daß sie sich fragen, wie deutsch du bist, was das Deutsche in dir ist und ob es schlimm ist – das ist dir doch nicht neu.«

»Beschäftigt es dich?«

Sie sah ihn erstaunt und liebevoll an. »He, mein Schatz! Du weißt, wieviel Spaß ich an der Musik und den Büchern habe, die du magst, und wie glücklich ich auf unserer Deutschlandreise mit dir war. Ich liebe dich mit allem, was du Schönes in mein Leben gebracht hast, auch mit dem, was daran deutsch ist. Erinnerst du dich nicht mehr? Ich war nach drei Tagen Hals über Kopf in dich verliebt, obwohl du Deutscher bist.«

»Verstehst du nicht, was mich stört?«

Jetzt sah sie ihn liebevoll und besorgt an. Langsam schüttelte sie den Kopf.

»Wie würdest du dich fühlen, wenn ich dir sagen würde, daß ich dich liebe, obwohl du Jüdin bist? Daß meine Freunde nach dem Jüdischen in dir suchen? Daß sie eigentlich schlimm finden, daß ich mit einer Jüdin zusammen bin, dich aber trotzdem mögen? Fändest du das nicht antisemitischen Schwachsinn? Und warum ist es schwer zu verstehen, daß ich antideutsche Vorurteile ebenso schwachsinnig finde, und wenn ich sie von der Frau, die ich liebe, und ihren Freunden ...«

»Wie kannst du es wagen«, sie zitterte vor Empörung, »beides zu vergleichen. Antisemitismus ... die Juden haben niemandem etwas zuleide getan. Die Deutschen haben sechs Millionen Juden umgebracht. Daß einen das beschäftigt, wenn man mit einem von euch zu tun bekommt – wie naiv bist du? Oder wie unsensibel oder selbstverliebt? Du lebst bald ein Jahr in New York und willst mir sagen, daß du nicht weißt, daß der Holocaust die Leute nicht losläßt?«

»Was habe ich mit ...«

»Was du mit dem Holocaust zu tun hast? Du bist Deutscher, das hast du mit dem Holocaust zu tun. Und das beschäftigt die Leute, auch wenn sie zu höflich sind, es dir zu zeigen. Sie sind zu höflich, und außerdem denken sie, daß sie es dir nicht zeigen müssen, weil du es selbst weißt. Und das heißt nicht, daß sie dir keine Chance geben.«

Er fuhr mit der Hand über den Bezug des Sofas, auf dessen Enden sie einander gegenübersaßen, sie im Schneidersitz und ihm ganz zugewandt, er mit den Füßen auf dem Boden, nur den Kopf und die Schulter zu ihr gedreht. Er strich die Falten glatt, machte neue Falten, wellen- und sternförmig, und strich auch sie glatt. Als er vom Sofa aufsah, schaute er ihr kurz in die Augen und dann auf ihre Hände, die sie im Schoß gefaltet hatte. »Ich weiß nicht, ob ich damit zurechtkomme, gemocht oder geliebt zu werden, obwohl ich Deutscher bin. Mein Vergleich mit dem Antisemitismus hat dich empört. Ich bin zu müde, mir jetzt einen anderen auszudenken, oder zu verwirrt – du magst es nicht verstehen, aber ich bin verwirrt, daß ich nicht als der genommen werde, der ich bin, sondern als ein Abstraktum, ein Konstrukt, das Geschöpf eines Vorurteils. Mit der Chance, aber auch mit der Last des Entlastungsbeweises.« Er machte eine Pause. »Nein, ich komme damit nicht zurecht.«

Sie sah ihn traurig an. »Wenn wir jemandem begegnen – wie sollen wir vergessen, was wir über seine Welt und die Menschen wissen, von denen er abstammt und mit denen er lebt? Früher dachte ich, das Reden vom typischen Amerikaner oder Italiener oder Iren ist chauvinistisch. Aber es gibt es wirklich, das Typische, und in den meisten von uns steckt es auch drin.« Sie legte ihre Hand auf seine, die auf dem Bezug des Sofas weiter Falten formte und glattstrich. »Du bist verwirrt? Du mußt verstehen, daß meine Freunde und Familie von dem, was die Deutschen gemacht haben, auch verwirrt sind und sich fragen, was daran typisch deutsch ist und was davon in diesem und in jenem Deutschen und auch in dir steckt. Aber sie nageln dich nicht darauf fest.«

»Doch, Tina tut's, und andere tun es auch. Euer Vorurteil ist wie alle Vorurteile; es hat ein bißchen mit der Wirklichkeit zu tun und ein bißchen mit Angst, und ein bißchen macht es das Leben einfacher, wie alle Kästchen und Schubladen, in die man den anderen steckt. Ihr werdet immer etwas an mir finden, was euer Vorurteil bestätigt, mal wie ich denke, und mal wie ich mich kleide, und jetzt, daß ich über deine Löcher gelacht habe.«

Sie stand auf, kam zu ihm, kniete sich vor ihm hin und legte ihren Kopf in seinen Schoß. »Ich will versuchen, dich weniger vor dem Hintergrund meiner Kultur zu sehen, vor dem deine Äußerungen manchmal...«, sie suchte nach einem Wort, mit dem die Auseinandersetzung nicht wieder losgehen würde, »... irritierend wirken, sondern mehr vor deinem Hintergrund. Und ich will deinen Hintergrund besser kennenlernen.«

»Du bist ein Schatz.« Er beugte sich vor, legte seinen Kopf auf ihren und seine Arme auf ihre Schultern. »Es tut mir leid, daß ich heftig geworden bin.« Sie roch gut und fühlte sich gut an. Sie würden sich lieben. Es würde schön werden. Er freute sich darauf. Er sah in die erleuchteten Fenster im Haus gegenüber, sah Menschen hin und her gehen, reden, trinken, fernsehen. Er stellte sich den Blick aus dem Haus gegenüber vor. Ein Paar, das sich gestritten und versöhnt hat. Ein Liebespaar.

10

Wann muß man sich eingestehen, daß ein Streit nicht nur ein Streit ist? Daß er nicht ein Gewitter ist, nach dem die Sonne scheint, und auch nicht eine verregnete Jahreszeit, auf die eine freundliche folgt, sondern das normale schlechte Wetter? Daß Versöhnung nichts löst, nichts erledigt, sondern nur Erschöpfung anzeigt und eine kürzere oder längere Pause eröffnet, nach der der Streit weitergeht?

Nein, sagte Andi sich, ich übertreibe. Manchmal vertragen wir uns nicht und streiten, und dann versöhnen und vertragen wir uns wieder. Zwei, die sich lieben, vertragen sich mal besser, mal schlechter und mal nicht. Das ist eben so. Wie oft man streiten darf – dafür gibt es keine Norm. Ohnehin geht es nicht darum, ob man sich ver-, sondern ob man sich erträgt. Ob man sich erträgt, weil man seinesgleichen ist, oder sich nicht erträgt, weil man nicht seinesgleichen ist. Ob man aufgibt, was einen vom anderen trennt, oder ob man dabei bleibt.

Alle Utopien fangen mit Bekehrungen an. Menschen nehmen von ihren alten Religionen, Überzeugungen und Lebensweisen Abschied und lassen sich im utopischen Projekt auf neue ein. Abschiednehmen und Sicheinlassen – das ist Bekehrung, nicht ein Blitz vom Himmel, Erweckung, Verzückung und ähnlicher Schnickschnack. Das gab es zwar auch. Aber Andi war erstaunt, daß die Bekehrung zu einem utopischen Projekt meistens eine nüchterne Lebensentscheidung war. Sie war es vor allem für die Frauen und Männer derer, die sich einem utopischen Projekt verschrieben hatten. Liebe, der Wunsch, zusammenzuleben, die Unmöglichkeit, zugleich in der normalen und der utopischen Welt zu leben, die Chancen eines besseren Lebens für die Kinder, die Chancen beruflichen und wirtschaftlichen Erfolgs für einen selbst – das war's. Es genügte nicht, die utopische Begeisterung des anderen zu verstehen, und es war nicht nötig, sie zu teilen. Nötig war, die normale Welt aufzugeben, die einen vom anderen trennte.

Eines Tages fragte Andi die Kollegen, mit denen er das Büro teilte: »Wenn ein erwachsener Mann zum Judentum konvertiert und nicht beschnitten ist – muß er sich beschneiden lassen?«

Der eine Kollege richtete sich auf und lehnte sich im Stuhl zurück. »Stimmt es, daß Europäer nicht beschnitten sind?«

Der andere Kollege blieb über seine Bücher gebeugt. »Er muß. Warum auch nicht? Abraham beschnitt sich, als er neunundneunzig Jahre alt war. Aber der Konvertit muß sich nicht selbst beschneiden; der Mohel macht es.«

»Ist das ein Arzt?«

»Kein Arzt, aber ein Fachmann. Die obere Vorhaut ab- und die untere zerschneiden, die Haut unter die Eichel schieben und die Wunde aussaugen – dafür braucht es keinen Arzt.«

Andi griff zwischen seine Beine und legte die Hand schützend auf sein Glied. »Ohne Anästhesie?«

»Ohne Anästhesie?« Der Kollege wandte sich ihm zu. »Was für Furchtbarkeiten traust du uns zu? Nein, die Beschneidung eines Erwachsenen erfolgt unter Lokalanästhesie. Hast du eine utopische jüdische Gesellschaft, die auf die Beschneidung verzichtet hat? Im 19. Jahrhundert wollten manche Juden sie modifizieren oder abschaffen.«

Andi fragte den Kollegen nach der Quelle seines Wissens und erfuhr, daß sein Vater Rabbi war. Er erfuhr auch, daß beim Konvertiten, der schon beschnitten ist, eine Art symbolischer Beschneidung stattfindet. »Was schon abgeschnitten ist, kannst du nicht mehr abschneiden. Aber ganz ohne Ritual geht's nicht.«

Das leuchtete Andi ein. Ohne Ritual ging es nicht. Aber sich in einem Ritual von einem Mohel unter Lokalanästhesie die obere Vorhaut ab- und die untere zerschneiden, die Haut unter die Eichel schieben und die Wunde aussaugen lassen, seinen Körper zu religiöser Verfügung stellen, sein Geschlecht vor jemandem entblößen, mit dem ihn nichts verband, keine Liebe und keine Nähe des Patienten zum Arzt und kein Vertrauen von Kumpel zu Kumpel, es von ihm befummeln und verstümmeln lassen, sich womöglich nicht nur dem Mohel, sondern dem Rabbi und irgendwelchen Ältesten, Zeugen und Paten präsentieren, das Ganze mit runtergelassener Hose oder ohne Hose in Socken, und danach stehen und warten, bis das Ritual zu Ende ist, während die Wirkung der Spritze nachläßt und das dick verbundene, in die Hose gezwungene Glied zu schmerzen beginnt und die abgeschnittene Vorhaut blutig in einer rituellen Schale liegt – nein, dazu war er nicht bereit. Wenn eine Beschneidung, dann war sie seine Sache. Dann würde er sie so arrangieren, daß sie ihm nicht peinlich wäre und nicht weh täte. Wenn Jude werden, dann beschnitten.

Andi dachte an die Taufe, die Nonnen und Rekruten, denen die Köpfe kahlgeschoren werden, die tätowierten SS-Soldaten und KZ-Häftlinge und die Rinder mit den Brandzeichen. Haare wachsen nach, Tätowierungen lassen sich entfernen, und in der Taufe taucht man so, wie man untertaucht, jedenfalls äußerlich auch wieder auf. Was ist das für eine Religion, der das Symbol der Überantwortung nicht genügt, die die Überantwortung vielmehr körperlich untilgbar vollzieht? Die der Kopf verraten mag, der aber der Körper auf immer und ewig die Treue halten muß?

11

Das fragte ihn auch sein Freund, der Chirurg geworden war und den er an dem Tag aufsuchte, an dem er in Heidelberg ankam. »Was willst du mit einer Religion, die dir als erstes den Schniedelwutz abschneidet?«

»Es geht nur um die Vorhaut.«

»Ich weiß. Aber wenn das Messer ausrutscht...« Er grinste.

»Laß die Witze. Ich liebe die Frau, und sie liebt mich, und mit unseren verschiedenen Welten kommen wir nicht zurecht. So wechsle ich eben aus meiner Welt in ihre.«

»Einfach so?«

»Deutsche werden Amerikaner, Protestanten werden Katholiken, und in der Synagoge habe ich einen Schwarzen kennengelernt, der Jude ist und davor Adventist war. So, wie ich Christ bin, ohne Glauben und ohne Gebete, kann ich auch Jude sein. Ich meditiere in der Kirche, aber warum soll ich nicht ebenso wie in der Kirche in der Synagoge meditieren? Die Liturgie in der Synagoge ist nicht weniger schön als die in der Kirche. Und die Rituale zu Hause – weißt du, ich habe davon zu Hause nicht viel gehabt und hätte gerne mehr.«

Sein Freund schüttelte den Kopf.

»Doch. Entweder sie wird wie ich, oder ich werde wie sie. Man erträgt nur seinesgleichen.«

Sie saßen in dem italienischen Restaurant, in dem sie sich als Studenten immer getroffen hatten. Unter den Kellnern gab es das eine und andere neue Gesicht, und an den Wänden das eine und andere neue Bild, aber sonst hatte sich nichts verändert. Wie damals hatte Andi einen Salat, Spaghetti bolognese und Rotwein bestellt und sein Freund eine Suppe, Pizza und Bier. Wie damals hatte der Freund das Gefühl, er sei der nüchterne und pragmatische und trage auch die Verantwortung, die ein nüchterner und pragmatischer Verstand einem im Umgang mit Romantikern und Utopisten aufbürdet. Was hatte Andi im Laufe der Jahre nicht für Ideen im Kopf gehabt!

»Eine Frau, die von dir verlangt...«

»Sarah verlangt nichts von mir. Sie weiß nicht einmal, daß ich mich beschneiden lassen will und deshalb hier bin. Ich habe ihr gesagt, daß ich auf einer Tagung einen Vortrag halte.«

»Na gut. Aber was soll dir eine Frau, mit der du nicht offen reden kannst?«

»Offenheit setzt den gemeinsamen Boden voraus. Ob

man sich auf den gemeinsamen Boden stellt – da gibt es nichts zu reden, nur zu entscheiden.«

Der Freund schüttelte den Kopf. »Stell dir vor, deine Freundin denkt, du willst das Kind nicht, das sie erwartet, und läßt abtreiben, ohne mit dir geredet zu haben. Du wärst stinksauer.«

»Ja, weil sie mir etwas nehmen würde. Ich nehme Sarah nichts, ich gebe ihr etwas.«

»Das weißt du nicht. Vielleicht liebt sie deine Vorhaut. Vielleicht teilt sie deine komische Theorie nicht und will mit dir leben, weil du nicht gleich, sondern anders bist. Vielleicht nimmt sie's nicht so ernst wie du, wenn ihr streitet. Vielleicht mag sie's.«

Andi sah ihn traurig an. »Ich kann nur machen, was ich richtig finde. Du findest meine Theorie komisch – ich schaue, wohin ich will, in der Geschichte, in der Gegenwart, im großen, im kleinen, und finde sie bestätigt.«

»Irritiert dich nicht, daß die Entscheidung, mit der du die Theorie anwendest, eine Lüge ist?«

»Wieso?«

»Du willst für Sarah ein Jude werden, aber um das, was es braucht, ein Jude zu werden, willst du dich drum herum mogeln. Das ist dir peinlich, das könnte dir weher tun als nötig, das willst du nicht.« Der Freund höhnte. »Ich fange an zu verstehen, warum die Juden sich die Beschneidung ausgedacht haben. Sie wollen keine Schlappschwänze, die …«

Andi lachte. »Sie wollen keine unbeschnittenen Schlappschwänze, das ist alles. Deswegen möchte ich, daß du meinen Schlappschwanz beschneidest. Machst du's?«

Der Freund lachte auch. »Stell dir vor ...«

So hatten sie als Studenten diskutiert. Stell dir vor, dein Freund ist Terrorist, wird von der Polizei gesucht und bittet dich, ihn zu verstecken. Stell dir vor, dein Freund will sich umbringen, ist gelähmt und braucht deine Hilfe. Stell dir vor, dein Freund gesteht, daß er mit deiner Freundin geschlafen hat. Stell dir vor, dein Freund hat als Maler Erfolg – sagst du ihm, daß die Bilder schlecht sind? Sagst du ihm, wenn seine Frau ihn betrügt? Warnst du ihn, wenn er in sein Verderben rennt, indem er etwas Gutes tut?

»Du möchtest es bald hinter dich bringen.«

»Ich möchte bald wieder nach New York und zu Sarah.«

»Dann komm morgen mittag. Du kriegst eine Kurznarkose, und wenn du aufwachst, ist die Wunde mit Fäden vernäht, die nicht gezogen werden, sondern sich innen auflösen und außen abfallen. Ab und zu wird der Salbenverband erneuert, Panthenol und Mull. Nach drei Wochen bist du wiederhergestellt.«

»Was heißt das?«

»Was es heißt, daß der Schniedelwutz wiederhergestellt ist? Na, was wohl!«

12

Die Operation war nicht schlimm. Danach waren die Schmerzen erträglich und nach wenigen Tagen überhaupt vorbei. Aber Andi war ständig bewußt, daß sein Glied ein Teil von ihm war, ein verletzter und gefährdeter Teil. Wenn er es verband, beim Anziehen sorgsam in der Hose barg, bei falschen Bewegungen und Berührungen schmerzhaft spürte und daher bei allen Bewegungen und Berührungen zu schonen versuchte – es forderte seine Aufmerksamkeit.

Er war in seiner Heimatstadt, in der er aufgewachsen war, vor der Abreise nach New York gearbeitet hatte und nach der Rückkehr wieder arbeiten würde. Er wohnte bei seinen Eltern, die ihn gerne zu Hause sahen, aber in Ruhe ließen, und traf Kollegen und Freunde, mit denen das Gespräch da weiterging, wo es vor seiner Abreise stehengeblieben war. Manchmal begegnete er einem Schulfreund, einem ehemaligen Lehrer oder einer einstigen Freundin, die nicht wußten, daß er fast ein Jahr lang weg gewesen war und bald wieder weg sein würde, und ihn grüßten, als lebe er unter ihnen. Wie ein Fisch ins Wasser hätte er in seine Heimatstadt eintauchen können.

Aber er fühlte sich, als sei er gestrandet, als sei er angekommen, wo er nicht hingehöre, als seien die Stadt und das Land zwischen Bergen, Fluß und Ebene nicht mehr seine Heimat. Die Straßen, die er ging, waren voller Erinnerungen; hier war ein Kellerfenster, vor dem er mit einem Freund auf dem Bürgersteig mit Murmeln gespielt hatte, da ein Fahrradschuppen in einer Einfahrt, unter dessen Dach seine erste Freundin und er bei Regen gestanden und sich geküßt hatten, an einer Kreuzung war er auf dem Schulweg mit dem Fahrrad in die Straßenbahnschienen geraten und gestürzt, und in dem Park hinter der Mauer hatte seine Mutter mit ihm eines Sonntagmorgens das Malen mit Wasserfarben vor der Natur geübt. Er konnte die Stadt mit dem Pinsel seiner Erinnerung in den Farben seines vergangenen Glücks, seiner vergangenen Hoffnungen und seiner vergangenen Traurigkeit malen. Aber anders als früher konnte er in das Bild nicht hineingehen. Wenn er es tun oder wenn die Erinnerung ihn einladen wollte, in der Einheit von Vergangenheit und Gegenwart zu leben, die Heimat bedeutet, riefen eine Bewegung, eine unwillkürliche Berührung mit dem Geldbeutel oder Schlüsselbund in der Hosentasche etwas ganz anderes in Erinnerung: die Beschneidung und mit der Beschneidung die Frage, wohin er gehöre.

Nach New York? In die Kehilath-Jeshurun-Synagoge? Zu Sarah? Er rief sie jeden Tag an, am frühen Nachmittag, wenn bei ihr früher Morgen war und sie noch im Bett lag oder beim Frühstück saß. Er erfand ein paar Konferenzbegebenheiten und erzählte von seinen Spaziergängen, von seinen Begegnungen mit Freunden und Kollegen und von den Angehörigen, die sie bei der marmornen Hochzeit kennengelernt hatte. »I miss you«, sagte sie, und »I love you«, und er sagte »I miss you, too« und »I love you, too«. Er fragte sie, was sie mache und wie es ihr gehe, und sie erzählte von den Hunden ihres und seines Nachbarn, einem Tennismatch mit ihrem ehemaligen Professor und einem Intrigen- und Ränkespiel, das die Frau, die an einem anderen Computerspiel arbeitete, beim Verlag eingefädelt hatte. Er verstand jedes Wort und verstand doch nichts. Er hatte sein Gefühl für die Anspielungen, die Ironie, den Spott und den Ernst der New Yorker in New York gelassen. Oder war es ihm mit der Vorhaut abgeschnitten worden? Vermutlich meinte Sarah, was sie sagte, ein bißchen spöttisch. Sie meinte, was sie sagte, meistens ein bißchen spöttisch. Aber was wollte sie mit ihrem Spott eigentlich?

In New York phantasierte er, wenn er arbeitete, immer

wieder davon, sich mit Sarah zu lieben. Die Phantasie unterbrach ihn nicht, wenn er an einem Gedanken oder an einem Satz war. Aber wenn er den Gedanken zu Ende gedacht oder den Satz zu Ende geschrieben hatte, blickte er auf und sah draußen den Regen und stellte sich vor, sich mit Sarah zu lieben und das Rauschen des Regens zu hören, oder er saß auf der Bank im Park und sah Kinder und stellte sich vor, sich mit Sarah zu lieben und ein Kind zu machen, oder er sah eine Frau, die an der Mauer lehnte, auf den Hudson schaute und ihm den Rücken zukehrte, und stellte sich vor, es sei Sarah und er trete hinter sie, hebe ihren Rock und dränge in sie ein. Wenn er müde war, stellte er sich vor, wie sie einschlafen würden, nachdem sie sich geliebt hatten, sein Bauch an ihrem Po und seine Hand zwischen ihren Brüsten, eingehüllt in den Geruch der Liebe. Aber auch diese Phantasien und Sehnsüchte hatte er in New York gelassen, und sei es nur, weil die Erektionen weh taten, zu denen sie führten.

Oder mußte es so sein? War es natürlich, daß er nicht mehr in die alte Heimat und noch nicht in die neue gehörte? Muß, wer die Fronten wechselt, durchs Niemandsland?

13

Auch das Flugzeug über dem Atlantik ist Niemandsland. Man ißt, trinkt, schläft, wacht, faulenzt oder arbeitet, aber was immer man macht, ist nur eine luftige Möglichkeit, bis das Flugzeug gelandet und man angekommen ist. Erst wenn man die Sattheit, Ausgeruhtheit oder geleistete

Arbeit in die Welt am Boden mitgebracht hat, sind sie wirklich. Andi wäre nicht erstaunt gewesen, wenn das Flugzeug abgestürzt wäre.

In New York trat er aus dem kühlen Flughafengebäude in die schwere, heiße Luft. Es war laut; die Autos drängten und knäulten sich, die Taxen hupten, und ein Dispatcher schaffte mit der Trillerpfeife unter Taxen und Wartenden Ordnung. Andi schaute nach Sarah aus, obwohl sie ihm gesagt hatte, sie würde ihn nicht abholen, und in New York würde überhaupt niemand niemanden am Flughafen abholen. In der Taxe war es zu heiß, wenn er das Fenster schloß, und zog es, wenn er es öffnete. »Schnapp dir eine Taxe, und komm zu mir, so schnell du kannst«, hatte Sarah gesagt. Eigentlich konnte er sich eine Taxe nicht leisten. Er verstand nicht, warum er kommen sollte, so schnell er konnte. Was wäre anders, wenn er eine Stunde später käme? Oder drei oder sieben? Oder einen Tag? Oder eine Woche?

Sarah hatte Blumen gekauft, einen großen Strauß roter und gelber Rosen. Sie hatte Champagner kalt gestellt und das Bett frisch bezogen. Sie erwartete ihn in einem kurzärmligen Männerhemd, das knapp über den Po reichte. Sie sah verführerisch aus und verführte ihn, ehe er die Angst haben konnte, mit der er beim ersten Mal nach der Beschneidung gerechnet hatte: die Angst, daß es weh täte oder sich falsch und schlecht anfühlte oder daß er impotent würde. »I missed you«, sagte sie, »I missed you so much.«

Ihr fiel nicht auf, daß er beschnitten war. Nicht als sie zusammen schliefen, als er nackt aufstand, die Champagnerflasche öffnete und die gefüllten Gläser ans Bett brachte, nicht als sie gemeinsam duschten. Sie gingen essen und ins Kino und über glitzernden Asphalt nach Hause. Sarah war Andi vertraut, ihre Stimme, ihr Geruch, ihre Hüfte, um die er seinen Arm legte. Waren sie einander näher? Gehörte er mehr zu ihr, in ihre Welt, in diese Stadt und dieses Land?

Beim Essen erzählte sie von einer Reise nach Südafrika, die sie mit ihrem Auftraggeber machen sollte, und fragte ihn, ob er sie begleiten wolle. Er bedauerte, das Südafrika der Apartheid nicht besucht und eine Welt nicht gesehen zu haben, deren Zeitgenosse er gewesen und die unwiederbringlich vergangen war. Sie sah ihn an, und er wußte, was sie dachte. Aber er merkte, daß es ihm gleichgültig geworden war. Er suchte in sich nach der alten Empörung und dem alten Bedürfnis, zu widersprechen und richtigzustellen, und fand nichts. Sie sagte nichts.

Vor dem Einschlafen lagen sie einander zugewandt. Er sah ihr Gesicht im weißen Licht der Laterne. »Ich bin beschnitten.«

Sie griff an sein Geschlecht. »Warst du … nein, du warst nicht … oder … He, du bringst mich richtig durcheinander! Warum erwähnst du das, daß du beschnitten bist?«

»Nur so.«

»Ich habe gedacht, du seiest nicht beschnitten. Aber wenn du's doch bist …« Sie schüttelte den Kopf. »Es ist bei euch nicht so üblich wie bei uns, stimmt's?«

Er nickte.

»Früher wollte ich wissen, wie sich ein Mann in mir anfühlt, der nicht beschnitten ist, ob anders, besser oder schlechter. Meine Freundin sagte, es macht keinen Unterschied, aber ich wußte nicht, ob ich ihr glauben kann. Dann habe ich mir gesagt, daß mit einem nicht beschnittenen Mann nicht viel gewonnen ist, weil das andere Gefühl, wenn es denn eines gibt, alle möglichen Gründe haben kann. Wie unterschiedlich fühlen sich beschnittene Männer an!« Sie kuschelte sich an ihn. »Und wie gut fühlst du dich an!«

Er nickte.

Am nächsten Morgen wachte er um vier Uhr auf. Er wollte wieder einschlafen. Aber er konnte nicht. Drüben, bei ihm, war zehn Uhr und heller Tag. Er stand auf und zog sich an. Er machte die Tür des Apartments auf, stellte Schuhe und Gepäck in den Flur und zog die Tür so sachte ins Schloß, daß es nur leise klickte. Er zog die Schuhe an und ging.

Der Sohn

I

Seit die Rebellen den Flughafen beschossen und ein Passagierflugzeug getroffen hatten, war der zivile Flugbetrieb eingestellt. Die Beobachter kamen mit einem amerikanischen Militärflugzeug, weiß gestrichen und blau markiert. Sie wurden von Offizieren und Soldaten empfangen, über die Rollbahn, durch lange Gänge und eine große Halle eskortiert, an stehenden Rollbändern, geschlossenen Schaltern und leeren Geschäften vorbei. Die Reklamen leuchteten nicht, die Anzeigetafeln zeigten nichts an. Die großen Fenster waren brusthoch mit Sandsäcken gesichert, bei manchen fehlte das Glas. Unter den Schritten der Beobachter und ihrer Eskorte knirschten Splitter und Sand.

Vor der Halle wartete ein kleiner Bus. Die Tür stand offen, und die Beobachter wurden hineinkomplimentiert. Kaum war der letzte eingestiegen, setzten sich zwei Jeeps vor und zwei Lastwagen mit Soldaten hinter den Bus und fuhr die Kavalkade in schnellem Tempo los.

»Meine Herren, ich heiße Sie willkommen.« In dem alten Mann mit weißem Haar und weißem Schnurrbart, der zwischen den vorderen Sitzen stand und sich an deren Lehnen festhielt, erkannten die Beobachter den Präsidenten. Er war eine Legende. 1969 war er zum Präsidenten gewählt und nach zwei Jahren vom Militär gestürzt worden. Er hatte das Land nicht verlassen, sondern sich ins Gefängnis sperren lassen. Ende der siebziger Jahre wurde er auf Druck der Amerikaner in Hausarrest entlassen, in den achtziger Jahren durfte er als Rechtsanwalt arbeiten und in den Neunzigern die Opposition organisieren. Als die Rebellen und Militärs Friedensgespräche führen mußten, einigten sie sich auf seine Einsetzung als Präsident. Niemand zweifelte, daß die vorgesehenen freien Wahlen ihn im Amt bestätigen würden.

Die Kavalkade erreichte die Außenquartiere der Hauptstadt, Hütten aus Brettern, Plastikplanen und Pappe, einen Friedhof, dessen Grabhäuser bewohnt und dessen Grabsteine als Fundamente für Verschläge genutzt waren, kleine, gemauerte Häuser mit Wellblechdächern. Entlang der Straße liefen Frauen, Männer und Kinder mit Wasserbehältern. Es war sichtbar heiß und trocken, über allem lag sandiger Staub, sogar über der asphaltierten Straße, und die Kavalkade wirbelte ihn auf. Nach einer Weile waren die Scheiben des Busses trüb. Der Präsident sprach über den Bürgerkrieg, über Terror und Frieden. »Das Geheimnis des Friedens ist Erschöpfung. Aber wann sind schon alle erschöpft? Wir wollen froh sein, wenn die meisten erschöpft sind. Aber nicht zu erschöpft – sie müssen die am Kämpfen hindern, die weiterkämpfen wollen.« Der Präsident lächelte müde. »Frieden ist ein unwahrscheinlicher Zustand. Deswegen hatte ich um eine Friedenstruppe gebeten, zwanzigtausend Mann. Statt dessen kommen Sie zu zwölft, um zu beobachten, ob die vereinbarte Aufstellung der gemischten Kontingente, die Wahl der Gouverneure und die Wiederherstellung der zivilen Verwaltung gehörig erfolgt.« Der Präsident sah einem nach dem anderen ins Gesicht. »Es ist mutig von Ihnen, hierherzukommen. Ich danke Ihnen.« Er lächelte wieder. »Wissen Sie, wie unsere Presse Sie nennt? Die zwölf Friedensapostel. Gott segne Sie.«

Sie waren im Herzen der Stadt. Es lag am Ende eines Tals, ein paar Straßen mit alter Kathedrale, Parlaments-, Regierungs- und Gerichtsbauten aus dem neunzehnten Jahrhundert, modernen Büro-, Geschäfts- und Apartmenthäusern. Der Präsident verabschiedete sich. Der Bus fuhr weiter. Auf halber Höhe des Bergs hielt er in der Einfahrt des Hilton. Die Bergseite des Hotels zeigte Einschußlöcher und holzvernagelte Fenster. Im Park waren mit Sandsäcken Stellungen ausgebaut.

Der Geschäftsführer begrüßte sie persönlich. Er bat um Nachsicht für den nicht perfekten Betrieb und Service. Erst vor wenigen Tagen habe das Militär das Hotel zurückgegeben. Immerhin seien die Zimmer wieder in perfektem Zustand. »Und machen Sie die Balkontüre weit auf! Nachts wird es kühl, die Blumen unseres Gartens duften, und die Moskitos bleiben an der Küste. Sie werden die Air-condition, die noch nicht geht, nicht vermissen.«

2

Das Abendessen wurde auf der Terrasse serviert. Die Beobachter saßen an sechs Tischen, entsprechend den sechs Provinzen des Landes. Mit den einer Provinz zugeordneten zwei Beobachtern aßen ein Offizier des dortigen Militärs und ein Comandante der dortigen Rebellen. Die Temperatur war, wie der Geschäftsführer versprochen hatte, angenehm. Der Garten duftete, ab und zu verbrannte ein Nachtfalter in den Flammen der Kerzen.

Der deutsche Beobachter, ein Professor für Völkerrecht, war in letzter Minute für jemand anderen eingesprungen. Er hatte schon für verschiedene internationale Organisationen gearbeitet, in Komitees gesessen, Berichte abgefaßt und Abkommen entworfen. Aber vor Ort hatte er sich noch nie einsetzen lassen. Warum hatte er sich davor gedrückt? Weil man als Beobachter keinen Einfluß hat und kein Prestige genießt? Und warum hatte er sich jetzt danach gedrängt? Weil er sich wie ein Scharlatan vorgekommen war, der sich der Wirklichkeit, über die er am Schreibtisch verfügte, nie gestellt hatte? Vielleicht, dachte er, vielleicht war es das. Er war der älteste von allen Beobachtern und müde von den Flügen über den Atlantik und über den Golf und von der Auseinandersetzung mit seiner Freundin in New York, die die ganze Nacht zwischen den beiden Flügen gedauert hatte.

Sein Partner war Kanadier, ein Ingenieur und Geschäftsmann, der sich, nachdem sein Betrieb auch ohne ihn lief, in einer Menschenrechtsorganisation engagiert hatte. Als der Offizier und der Comandante, mit denen sie am nächsten Tag in die nördliche der beiden Meerprovinzen aufbrechen sollten, sich für seine Erzählungen von früheren Einsätzen als Beobachter nicht interessierten, holte er die Brieftasche hervor und blätterte Fotos von seiner Frau und seinen vier Kindern auf den Tisch. »Haben Sie Familie?«

Der Offizier und der Comandante schauten einander erstaunt und verlegen an und zögerten. Aber dann griffen sie in ihre Jacken und nach ihren Brieftaschen. Der Offizier hatte das Hochzeitsbild dabei, er in schwarzer Galauniform mit weißen Handschuhen und seine Frau in weißem Kleid mit Schleier und Schleppe, beide mit ernstem, traurigem Blick. Er hatte auch ein Bild mit den Kindern; sie saßen nebeneinander auf zwei Stühlen, die Tochter in Tüll und Spitze, der Sohn in Camouflage-Uniform, beide zu klein, um mit den Füßen auf den Boden zu kommen, und mit dem gleichen ernsten, traurigen Blick. »Was für eine schöne Frau!« Der Kanadier bewunderte die Braut, ein Mädchen mit schwarzen Augen, roten Lippen und vollen Wangen, und schnalzte mit der Zunge. Der Offizier steckte das Bild rasch weg, als wolle er die Seinen vor dieser Bewunderung beschützen. Der Kanadier betrachtete das Porträt der Frau des Comandante, einer lächelnden Studentin mit Examenshut und -talar, und sagte: »Oh, auch Ihre Frau, welch eine Schönheit!« Der Comandante legte ein zweites Bild auf den Tisch, er selbst mit zwei kleinen Jungen an beiden Händen, vor ihnen ein Grab. Der Deutsche sah, daß der Offizier die Augen zusammenkniff und die Backen anspannte. Aber die Frau des Comandante war nicht von Soldaten getötet worden, sondern bei der Geburt des dritten Kindes gestorben.

Dann richteten sich die Augen der anderen auf den Deutschen. Er zuckte die Schultern. »Ich bin geschieden, und mein Sohn ist erwachsen.« Aber er wußte, daß er gleichwohl ein Bild bei sich haben könnte. Auch früher, als sein Sohn klein war, hatte er keines gehabt. Warum? Weil es ihn daran erinnert hätte, daß er seinem Sohn, der bei der

Scheidung fünf Jahre alt war, den die Mutter aufzog und den er selten sah, den Vater schuldig blieb?

Das Essen kam. Nach dem ersten Gang kamen in rascher Folge ein zweiter, dritter und vierter, und dazu gab es roten Wein von der Küste. Der Comandante aß und trank konzentriert, Kopf und Brust über den Teller gebeugt. Am Ende eines jeden Gangs nahm er ein Stück Brot, wischte damit den Teller blank, steckte es in den Mund und richtete sich auf, als wolle er etwas sagen, sagte aber nichts. Obwohl kaum älter als der Offizier, schien er einer anderen Generation anzugehören, einer Generation von langsamen, schwerfälligen, wortkargen Männern, die alles erlebt haben. Manchmal musterte er die anderen, den Kanadier, der von seiner Frau und seinen Kindern erzählte, den Offizier, der die kleinen Finger an den Händen spreizte, während er Messer und Gabel führte, und höfliche Fragen stellte, und den Deutschen, der zum Essen zu müde war, sich zurückgelehnt hatte und mit seinem Blick dem Blick des Comandante begegnete.

Ich sollte reden, dachte der Deutsche, und mein eingerostetes Spanisch polieren. Aber ihm fiel nichts ein. Zwar hatten die anderen, als sie die Fotografien hervorgeholt und herumgezeigt hatten, sich als Ehemänner und Familienväter nicht miteinander verbrüdert. Aber ihm war doch, als gehörten sie zusammen und hätten ein Recht auf die Welt, das er nicht hatte.

Als sie beim Nachtisch waren, ertönten Schüsse, das Knattern einer Maschinenpistole. Die Gespräche brachen ab, alle horchten in die Nacht. Der Deutsche meinte zu sehen, daß der Offizier und der Comandante einander kurz anschauten und leicht die Köpfe schüttelten.

»Das war einer von Ihnen«, sagte der Kanadier und schaute den Comandante an, »das war eine Kalaschnikow.«

»Sie haben gute Ohren.«

»Wenn alle Kalaschnikows in ihren Händen wären«, der Offizier deutete mit dem Kopf zum Comandante, »wär's gut.«

Aus dem Tal drang dasselbe Rauschen hoch wie schon den ganzen Abend, das Rauschen des Elektrizitätswerks, der Air-condition in den Büro-, Geschäfts- und Apartmenthäusern, des Verkehrs, der Werkstätten und der Restaurants. Und der Atem der Schlafenden, dachte der Deutsche, der Liebenden und der Sterbenden, und fand den Gedanken angenehm.

3

Er wachte um vier Uhr auf, wie immer nach einem Flug über den Atlantik. Er trat auf den Balkon. Im Tal lag die dunkle Stadt. Aus dem Garten kamen die Duftschwaden der Blüten. Die Luft war lau. Er klappte den Liegestuhl auf und legte sich hinein. Er erinnerte sich nicht, jemals so viele Sterne gesehen zu haben. Ein Licht bewegte sich; er folgte ihm mit den Augen, verlor es, fand es wieder, verlor und fand es noch mal und begleitete es bis an den Horizont.

Gegen fünf wurde es hell. Auf einen Schlag war der Himmel grau statt schwarz, waren die Sterne verschwunden und die wenigen Lichter in der Stadt und an den Hängen erloschen. Auf denselben Schlag begannen die Vögel zu singen, alle zusammen, ein lautes, dissonantes Konzert, in dem manchmal das Bruchstück einer Melodie hervorschien wie ein geheimer Gruß. Ob die Musik in verschiedenen Kulturen deshalb verschieden klingt? Weil die Vögel verschieden singen?

Er ging ins Zimmer zurück. Um sechs sollte es Frühstück geben, und um sieben sollten sie aufbrechen. Er duschte und zog sich an. In seiner Kleidertasche fand er eine Krawatte, die er nicht kannte. Seine Freundin mußte sie zwischen die Anzüge gelegt haben, nachdem sie miteinander gestritten hatten. Ob sie zu ihm nach Deutschland oder er zu ihr nach New York ziehen sollte, ob sie versuchen wollten, Kinder zu bekommen, ob er weniger arbeiten könnte – ihm war ein Rätsel, wie sie die ganze Nacht hatten darüber reden können. Ein noch größeres Rätsel war ihm, wie seine Freundin nach der Auseinandersetzung, die sie in Erbitterung und bis zur Erschöpfung geführt hatten, ihm eine Krawatte hatte einpacken können, als sei nichts gewesen.

Er nahm den Hörer ab, ohne Hoffnung, daß das Telefon funktionieren würde. Aber es funktionierte, und er rief das Krankenhaus an, in dem sein Sohn vor wenigen Wochen als Arzt zu arbeiten begonnen hatte. Während er darauf wartete, daß der Sohn ans Telefon kam, erinnerte ihn das Rauschen in der Leitung an das Rauschen der Stadt.

»Was ist passiert?« Der Sohn war außer Atem.

»Nichts. Ich wollte dich fragen...« Er wollte ihn fragen, ob er ihm ein Bild von sich faxen könne, da mit dem Telefon sicher auch das Fax funktionierte. Aber er traute sich nicht.

»Was ist, Papa? Ich bin im Dienst und muß wieder auf die Station. Von wo rufst du an?«

»Aus Amerika.« Er hatte mit seinem Sohn seit Wochen nicht gesprochen. Es hatte Zeiten gegeben, in denen er seinen Sohn jeden Sonntag angerufen hatte. Aber die Gespräche waren mühsam gewesen, und so hatte er sie eines Tages seinlassen.

»Meld dich, wenn du wieder hier bist.«

»Ich hab dich lieb, mein Junge.« Er hatte es noch nie ausgesprochen. Immer wenn er es in amerikanischen Filmen gehört hatte, mit Leichtigkeit von Vätern oder Müttern zu ihren Söhnen oder Töchtern gesagt, hatte er sich vorgenommen, es zu seinem Sohn zu sagen. Aber es war ihm immer peinlich gewesen.

Auch dem Sohn war es peinlich. »Ich... ich... ich wünsch dir auch alles Gute, Papa. Bis bald!«

Später fragte er sich, ob er noch mehr Worte hätte machen sollen. Sagen sollen, daß er das mit dem Liebhaben schon immer hatte aussprechen wollen. Oder daß er, so weit weg von seiner gewohnten Umgebung, an das gedacht habe, was ihm wirklich wichtig sei, und daß er dabei... Aber das wäre nicht besser gewesen.

Sie fuhren in vier Jeeps, vorneweg der Offizier, dann der Kanadier, dann der Deutsche und hintendrein der Comandante. Sie saßen jeweils auf der Rückbank, auf den vorderen Sitzen saßen Fahrer und Beifahrer. Der Kanadier und der Deutsche wären gerne zusammengesessen. Aber der Offizier und der Comandante ließen es nicht zu. »No, ingeniero«, sagten sie zum Kanadier, und »no, profesor« zum Deutschen. Wenn es auf der Straße durch die Berge doch noch Minen geben sollte, sollten mit einem Jeep nicht gleich zwei Beobachter in die Luft fliegen.

Die Fahrt ging in halsbrecherischem Tempo los. Es war frisch, der Jeep war offen, der Fahrtwind pfiff, und den Deutschen fror. Nach einer Weile hörte der Asphalt auf, und über Schotter, Erde und Schlaglöcher ging es langsamer weiter, aber immer noch schnell genug, daß es ihn, obwohl er sich festhielt, hin und her warf. Dabei wurde ihm warm.

Die Straße führte in Kurven die Berge hoch. Um Mittag sollten sie auf dem Paß Rast machen, am Abend auf halbem Weg zum Tal in einem Kloster aufgenommen werden und am Nachmittag des nächsten Tags die Provinzhauptstadt erreichen.

»Können Sie mir sagen, warum die uns nicht im Hubschrauber über diese blöden Berge bringen?« Am zweiten Jeep war ein Reifen geplatzt, und während die Fahrer das Rad wechselten, bot der Kanadier dem Deutschen Whisky aus einer flachen silbernen Flasche an.

»Vielleicht eine Frage des Protokolls? Im Hubschrauber wären wir in der Hand des Militärs, und so sind wir ebenso in der Hand der Rebellen wie in der der Soldaten.«

»Die riskieren lieber, daß wir in die Luft fliegen, als sich übers Protokoll zu einigen?« Der Kanadier schüttelte den Kopf und nahm noch einen Schluck. »Ich frag mal.«

Aber er ließ es. Der Offizier und der Comandante standen beisammen und redeten erregt aufeinander ein. Dann ging der Comandante zu seinem Jeep, setzte sich ans Steuer, fuhr an den anderen Wagen vorbei, daß das Gras und die Erde der Böschung spritzten und der Kanadier und der Deutsche einen Sprung zur Seite machten, und hielt in der Mitte der Straße vor dem Jeep des Offiziers. Wortlos reichte der Kanadier dem Deutschen wieder die Flasche. »Ich hab noch mehr im Gepäck.«

4

Je höher sie fuhren, desto langsamer kamen sie voran. Die Straße wurde schmaler und schlechter. Sie war in bröseligen Fels gehauen, der auf der einen Seite steil aufstieg und auf der anderen steil ins Tal fiel. Manchmal mußten sie einen Felsbrocken zur Seite räumen oder eine Auswaschung mit Steinen und Zweigen füllen oder den nachfolgenden Jeep mit dem Seil sichern, wenn unter dem vorausfahrenden der Felsschotter abgerutscht war. Die Luft war warm und feucht, und im Tal dampfte der Nebel.

Als sie den Paß erreichten, wurde es dunkel. Der Comandante hielt an. »Wir fahren heute nicht mehr weiter.« Der Offizier trat zu ihm, beide wechselten leise Worte, die der Deutsche nicht verstehen konnte, bis der Offizier rief: »Aussteigen! Wir fahren morgen weiter.«

Links von der Straße war ein großer Platz, an dessen Ende eine kleine Kirche stand und der Blick sich in die Weite nebelverhangener, dämmerungsgrauer Bergketten verlor. Die Kirche war ausgebrannt. Die leeren Tür- und Fensterhöhlen waren rußgerändert, und der Dachstuhl war verkohlt. Aber der Turm stand unversehrt, ein gedrungener Kubus, darauf ein schlankerer, ebenfalls kubischer Glockenstuhl und darauf eine runde Haube mit einem großen Kreuz. Als die Dunkelheit die Spuren des Brands verschluckte, stand die Kirche in intakter dunkler

Silhouette vor dem grauen Himmel. Fast hätte es eine Kirche in den bayerischen oder österreichischen Voralpen sein können.

Der Deutsche sah die Szene wieder vor sich. Zwanzig Jahre mochte sie her sein. Er verbrachte mit seinem Sohn zwei Wochen Ferien an einem See hinter München. An einem Abend zu Beginn der zweiten Woche waren sie wie jeden Abend zur Kirche am Ende des Dorfs gelaufen. Sie lag auf einer Anhöhe; vor ihr senkte sich ein Platz zum Dorf, und hinter ihr wuchsen die Wiesen zu Hügeln und Bergen und in der Ferne zu den Alpen auf. Sie saßen auf der steinernen Bank auf dem Platz. Es war Herbst und schon frisch, aber im Stein der Bank lag noch die Wärme des Tages. Da hielt am Rand des Platzes ein Cabriolet, und seine geschiedene Frau und ihr neuer junger Freund stiegen aus, kamen herüber und standen vor der Bank, die Frau zugleich kokett und befangen in weißem Kleid mit goldenem Gürtel und ihr Freund breitbeinig in schwarzer, lederner Hose und mit offenem weißem Hemd.

»Hallo, Mama.« Der Junge redete als erster, rutschte auf der Bank nach vorne, als wolle er aufspringen und loslaufen, blieb aber sitzen.

»Hallo.«

Dann redete der Freund. Er bestand darauf, den Sohn mitzunehmen. Für die Herbstferien habe das Gericht dem Vater nur eine Woche mit dem Sohn zugesprochen, die andere Woche stehe der Mutter zu.

Das stimmte und war für diesen Herbst doch anders zwischen ihnen ausgemacht gewesen. Die Frau wußte es, sagte aber nichts. Sie hatte Angst. Sie hatte Angst, ihren

Freund zu verlieren, obwohl sie merkte, wie aufgeblasen er war und wie aufgeblasen er darüber redete, der Junge gehöre zu seiner Mutter und zu ihm, dem Mann an ihrer Seite. Der Vater sah ihre Angst und sah die Angst hinter der Aufgeblasenheit ihres Freundes, der sich ihm, was Leistung und Stellung in der Welt betraf, unterlegen fühlte und nicht einmal den Vorteil, jünger zu sein, genießen konnte. Er sah die Angst seines Sohns, der tat, als ginge ihn alles nichts an.

Der andere redete sich in Rage, lärmte von Entführung, Gericht und Gefängnis und herrschte den Sohn an, mit zum Auto zu kommen. Der Sohn zuckte mit den Schultern, stand auf und wartete. Der Vater sah die Frage in seinen Augen und die Aufforderung, zu kämpfen und zu siegen, und dann die Enttäuschung darüber, daß er kapitulierte. Er hätte den anderen anschreien, ihn verprügeln oder mit dem Sohn wegrennen sollen. Alles wäre besser gewesen, als sich zu fügen, auch mit den Schultern zu zucken und dem Sohn mit hilflosem Lächeln bedauernd und aufmunternd zuzunicken.

Hatte er es dem Sohn leichter machen wollen? Oder der Mutter? Oder sich selbst? War er insgeheim froh gewesen, daß sein Sohn gegangen war und er sich wieder an seine Arbeit machen konnte?

Die Jeeps fuhren über den Platz und parkten mit laufenden Motoren und eingeschalteten Scheinwerfern vor der Kirche. Der Offizier und der Comandante riefen Befehle, und die Soldaten machten sich in der Kirche zu schaffen. Der Deutsche ging über den Platz und am Turm vorbei, fand dahinter einen ebenfalls ausgebrannten zweistöckigen, zweizimmrigen Anbau und hinter dem Chor eine Treppe, die den Hang hinabführte. Es war zu dunkel, als daß er hätte sehen können, wohin. Er stand und starrte auf die Stufen. Ab und zu klang ein Schrei zu ihm herauf, als schreie ein Vogel im Traum. Dann rief der Offizier nach ihm.

Er wandte sich um und ging zurück. Erst jetzt sah er, daß jemand neben der obersten Treppenstufe kauerte. Er erschrak und fühlte sich belauscht und beobachtet. Er erkannte nicht, ob die Gestalt im dunklen Umhang ein Mann oder eine Frau war. Ohne zu ihm aufzuschauen, sagte sie etwas, das er nicht verstand. Er fragte nach, und sie redete wieder, und er konnte nicht einmal verstehen, ob sie wiederholte, was sie gesagt hatte, oder etwas anderes sagte. Der Offizier rief noch mal nach ihm.

In der Kirche machten die Fahrer sich im Licht der Scheinwerfer zu schaffen, schichteten angekohltes Holz vom Dachstuhl, den Bänken und Beichtstühlen zu einem Stoß und säuberten im Chor den Boden um den Altar. Der Offizier und der Comandante waren nicht zu sehen. Auf der steinernen Schwelle der Tür zum Turm saß der Kanadier mit der flachen silbernen Flasche in der Hand.

»Kommen Sie!« Der Kanadier winkte den Deutschen mit Hand und Flasche heran.

Der Deutsche setzte sich, nahm einen Schluck und rollte ihn im Mund, bis der Mund brannte.

»Können Sie mir sagen, warum die Schlafsäcke und Verpflegung dabeihaben, wo wir doch im Kloster übernachten sollten? Was die da drinnen machen, ist ein Feuer zum Kochen und im Chor unser Lager.«

Er schluckte den Whisky hinunter und nahm noch einen Schluck. »Für Notfälle. Die wußten, wie die Straße ist und daß es Notfälle geben kann.«

»Die wußten, wie die Straße ist? Und bringen uns trotzdem lieber mit dem Jeep statt mit dem Hubschrauber über die Berge?«

»Ich bin noch nie Hubschrauber geflogen.«

»Rotototototo«, machte der Kanadier und schwenkte die Flasche kreisend über dem Kopf. Er war betrunken.

Dann hörten sie zwei Schüsse und einen Atemzug später einen dritten. »Das war der Comandante. Jedenfalls war's seine Pistole. Haben Sie eine bei sich?«

»Eine Pistole?«

Der Comandante und der Offizier tauchten aus dem Dunkel auf. »Worauf haben Sie geschossen?« Der Kanadier rief ihnen entgegen.

»Er dachte, er hätte eine Klapperschlange gehört.« Der Comandante zeigte mit dem Kopf auf den Offizier. »Aber hier gibt es keine. Machen Sie sich keine Sorgen.«

5

Beim Essen redete der Kanadier auf den Comandante ein. Er habe geschossen, nicht der Offizier, und warum er es leugne. Nach einer Weile machte der Offizier sich über den Ingeniero lustig. So, er habe genau gehört, daß die Schüsse aus einer Tokarev kamen. So, er wisse, wie eine Tokarev klinge und eine Makarov und ein Browning und eine Beretta. Sei das nicht erstaunlich? Daß gerade er den Klang von Schüssen so genau erkenne? Daß er soviel von Waffen verstehe? Gerade er?

Der Kanadier schaute fragend.

»Sie sind doch damals aus Amerika nach Kanada gegangen, weil Sie mit Waffen nichts zu tun haben wollten, oder?«

»Und?«

Der Offizier lachte und schlug sich auf die Schenkel.

Als das Feuer niedergebrannt war und sie in den Schlafsäcken lagen, sah der Deutsche durch die Reste des Dachgebälks in den Himmel. Wieder war er von der Fülle der Sterne überwältigt. Er suchte ein Licht, das sich bewegte und dem er wieder mit den Augen folgen konnte. Aber er fand keines.

Ein richtiger Vater streitet um seinen Sohn. Er schlägt sich für ihn. Oder er flieht mit ihm. Aber er sitzt nicht da und zuckt mit den Schultern. Er sieht nicht mit täppischem Grinsen im Gesicht zu, wie einer ihm den Sohn wegnimmt.

Ihm kamen andere, ähnlich beschämende Szenen in Erinnerung. Das Essen mit älteren Kollegen, die ihn ablehnten und die er verachtete und denen er sich trotzdem angenehm hatte machen wollen. Der Abend mit seiner Frau und ihren Eltern, an dem ihr Vater ihn spüren ließ, daß er sich für seine Tochter einen anderen Mann gewünscht hatte, und er höflich lächelnd sitzen blieb. Die Tanzstunde, bei der er den letzten Tanz mit dem hübschesten Mädchen getanzt hatte, aber gute Miene zum bösen Spiel machte, als ein anderer, einer von den Großen und Starken, ihm das Mädchen lachend wegschnappte, das er, wie sich das bei der

Partnerin des letzten Tanzes eigentlich verstand, nach Hause begleiten wollte.

Ihm brannte das Gesicht. Er hielt die Scham kaum aus. Die Erinnerungen an die Niederlagen seines Lebens, die gescheiterten Vorhaben, die gestorbenen Hoffnungen – nichts war so körperlich wie die Scham. Als wolle er von sich los und komme doch nicht von sich los, als zerre und reiße es ihn auseinander. Als halbiere es ihn. Ja, dachte er, das ist Scham. Das körperliche Gefühl des Halbiertseins, weil man im Herzen halb ist oder war. Mit der einen Hälfte habe ich die Kollegen verachtet und mit der anderen mich ihnen angenehm machen wollen, ich habe den Schwiegervater halb gehaßt und um meiner Frau willen halb verehrt, und ich habe das hübsche Mädchen haben wollen, aber nicht mit ganzem Herzen und ganzem Mut. Und meinem Sohn war ich nur ein halber Vater.

Er schlief ein. Als er aufwachte, war er sofort bei hellem Bewußtsein. Er setzte sich auf und horchte in die Dunkelheit. Er wollte wissen, was ihn geweckt hatte. Aber die Nacht war still. Er hörte nur wieder den Schrei eines Vogels und ein Rascheln, als fahre Wind durch altes Laub. Plötzlich stand mit lautem, puffendem Geräusch der Jeep in Flammen, der vor dem Portal parkte. Ehe der Deutsche aus dem Schlafsack gekrochen war, rannte der Offizier zum Portal, auf den Platz, zum Jeep, der neben dem brennenden stand, löste die Bremse und schob. Der Deutsche rannte ihm nach und half. Im Schein des Feuers war es sengend heiß, er dachte, jeden Moment würden die Flammen überspringen. Aber sie schafften es. Die anderen beiden Jeeps standen in sicherem Abstand.

»Hatten Sie nicht ...«

»Ja, ich hatte eine Wache neben dem Portal postiert.« Der Offizier zog den Deutschen in die Kirche. Der Chor war leer. Die anderen standen neben dem Eingang, wo die Flammen das Innere der Kirche nicht ausleuchteten. Keiner sagte ein Wort, bis das Feuer erlosch. Dann flüsterten der Offizier und der Comandante Befehle, und die Männer verschwanden im Dunkel der Nacht.

»Wir steigen auf den Turm. Sie gehen in den Chor. Hier, profesor, nehmen Sie meine Pistole.« Der Offizier gab dem Deutschen seine Waffe. Dann waren auch er und der Comandante weg.

Der Kanadier hielt den Deutschen fest. »Morgen früh, wenn es hell ist, schnappen wir uns einen Jeep und zwei von den Jungs und fahren zurück. Wenn die nicht wollen, daß wir in die blöde Stadt kommen, lassen wir es. Ich bin nicht seinerzeit nach Kanada statt nach Vietnam gegangen, um mich hier umbringen zu lassen.«

»Aber ...«

»Wo haben Sie Ihren Verstand? Die wollen uns nicht. Sie haben uns nicht umgebracht, obwohl sie uns hätten umbringen können, weil sie höflich sind. Aber es ist ihnen Ernst, und wenn wir nicht höflich auf ihre Höflichkeit reagieren, werden sie unhöflich werden.«

»Wer sind die?«

»Was weiß ich? Es interessiert mich auch nicht.«

Der Deutsche zögerte. »Haben wir nicht ...«

»... die Aufgabe, dem Land den Frieden zu bringen? Sind wir nicht zwei von den zwölf Friedensaposteln?« Der Kanadier lachte. »Begreifen Sie nicht? Es ist, wie der Präsident gesagt hat: Wenn's denen beim Kämpfen zu wohl ist, gibt's mit ihnen keinen Frieden. Das ist wie mit dem Alkohol. Wenn der Alkoholiker noch nicht unten ist, so tief unten, daß es tiefer nicht geht, hört er mit dem Trinken nicht auf.« Er holte die Flasche aus der Tasche. »Prost!«

6

Obwohl der Deutsche fror, schlief er ein. Als er mit steifen Gliedern aufwachte, dämmerte der Morgen. Er richtete sich auf und sah links die beiden ordentlich Seite an Seite geparkten Jeeps und den anderen verloren mitten auf dem Platz. Er hatte nicht gemerkt, daß sie ihn in der Nacht so weit geschoben hatten. In den Bäumen am Hang hinter dem Platz hing Nebel. Das Licht war grau und tat doch den Augen weh.

Er hörte Geräusche. Metall klirrte gegen Stein, immer wieder, und immer wieder fiel Erde mit sattem Schmatzen auf Erde. Hoben die Fahrer ein Grab aus? Die Sonne ging auf, eine blasse, gelbe Kugel.

Das Klirren der Spaten erinnerte ihn an Ferien am Meer und die Sandburg, die er mit seinem Sohn gebaut hatte, weil alle Väter mit ihren Kindern Sandburgen bauten und sein Sohn einen Vater haben wollte, wie alle ihn haben, und mit ihm machen wollte, was alle mit ihrem Vater machen. Zugleich wollte der Sohn eine besondere Sandburg, eine zum Angeben. Aber von seinen Schul- und Spielkameraden, vor denen er angeben wollte, war niemand da, und der aufwendige Bau von Vater und Sohn verfehlte sein Ziel. Auch die

Bergwanderung ein paar Jahre später verfehlte ihr Ziel. Sie kamen nicht so weit, wie sie hatten kommen wollen oder nach seiner Vorstellung hätten kommen sollen, um seinem Sohn die Freude am Bewältigen einer Herausforderung zu zeigen. Ihm fielen weitere Situationen ein, in denen er versagt hatte, gefordert statt gelobt, geschimpft statt getröstet, sich entzogen statt eingelassen. Sie zogen durch seine Erinnerung, wie in der Ferne eine Eisenbahn durch das Blickfeld zieht. Eine Eisenbahn, in die er hätte einsteigen sollen, die aber längst abgefahren war.

Er fühlte sich schwach, lehnte sich an einen Säulensockel und sah der Sonne zu. Ihm schlugen die Zähne aufeinander. Als sei die Sonne am Himmel aufgehängt, dachte er. Er bekam Angst, sie würde herunterfallen. Würde sie auf die Erde schlagen, und würde da, wo sie aufschlug, alles zischend verbrennen und verdampfen? Oder würde sie hinter der Erde ins Leere fallen?

Er wußte, daß er Unsinn dachte, und er wußte, daß er Unsinn dachte, weil er Fieber hatte. Daß die Angst nicht stimmte, die in seinem Körper aufstieg wie die Kälte. Es war nicht so kalt und gab auch nicht so viel Grund zur Angst. Er mußte sich nicht ängstigen, daß sein Sohn behindert auf die Welt kommen, an Drogen geraten, auf der Schule scheitern, depressiv werden, das Studium nicht schaffen, keine Frau finden würde. Alles war gutgegangen, auch wenn es nicht sein Verdienst war. Auch wenn er nicht beigetragen hatte, was er hätte beitragen müssen. Auch wenn er seinen Beitrag schuldig geblieben war. Auch wenn er seine Schulden nicht beglichen hatte.

Das Geräusch des Grabens hörte auf. Der Deutsche

hörte nur das Schlagen seiner Zähne. Er mußte sich entscheiden, ob er mit dem Kanadier oder auch ohne ihn zurück- oder mit dem Offizier und dem Comandante weiterfahren wollte. Er wollte sein Leben nicht aufs Spiel setzen. Demnächst würde sein Sohn einen liebevollen, gutmütigen, großzügigen Großvater brauchen. Demnächst – aber davor würden die Jeeps beladen werden, würden vermutlich der Offizier und der Comandante im ersten Platz nehmen, dem Kanadier den zweiten und ihm den dritten zuweisen, würde der Kanadier vielleicht doch einsteigen, Flasche in der Hand, und würden alle darauf warten, daß er den Betrieb nicht aufhielt und die schwierige Normalität dieser schwierigen Reise nicht noch schwieriger machte. Er mußte sich entscheiden. Dabei konnte er ohne die Lehne des Säulensockels kaum stehen.

Er bekam nicht mit, woher plötzlich der Kanadier, der Offizier und der Comandante aufgetaucht waren. Sie standen vor dem Eingang zur Kirche.

»Wir haben den Auftrag, Sie in die Stadt zu bringen, und wir werden Sie in die Stadt bringen.«

»Sie haben den Auftrag, uns sicher in die Stadt zu bringen. Aber wer in der Nacht die Wache umgebracht und den Jeep angezündet hat, wird uns auf der Weiterfahrt in die Luft jagen. Paff.«

»Was haben Sie gedacht? Daß Sie zu einer Spazierfahrt herkommen? Zu einem Picknick?« Der Comandante war wütend.

Der Offizier begütigte. »Wer immer das heute nacht war – daß er nachts kam und sich gestern nicht gezeigt hat, bedeutet, daß er zu schwach ist, sich tags zu zeigen.«

Der Deutsche stand auf und trat vor die Kirche. Er zitterte, und sein Körper schmerzte. Rechts neben der Kirche hatten die Fahrer ein Grab gegraben. Auf der einen Seite des Grabs steckten die Klappspaten im Aushub. Auf der anderen Seite lagen zwei Körper. Der Deutsche erkannte den Mann, der ihn gestern gefahren hatte, mit klaffender, blutiger Kehle. Neben ihm lag eine Frau, mehrmals von Schüssen in die Brust getroffen. Der Deutsche hatte noch nie Tote gesehen. Ihm wurde nicht übel, er war nicht erschüttert. Die Toten sahen nur tot aus. War das die Frau, die am oberen Rand der Treppe gesessen hatte? Warum hatte der Offizier oder Comandante sie erschossen? Aus Versehen? Aus Nervosität?

Zwei Fahrer tauchten auf, legten die Toten ins Grab, schaufelten es zu und klopften mit den Spaten die Erde fest. Kein Kreuz, dachte er, aber dann sah er den einen Fahrer zwei Holzpflöcke zu einem Kreuz zusammenbinden.

Die anderen packten das Gepäck, die Schlafsäcke und Vorräte in die Jeeps. Der Kanadier redete auf den Offizier ein, der sich nicht um ihn kümmerte und hierhin und dorthin ging, lief neben ihm her und versuchte vergeblich, ihn zu stellen. Der Comandante saß bereits im Jeep.

Der Kanadier sah den Deutschen, ließ vom Offizier ab und kam herüber. »Die wollen uns nicht zurückfahren lassen.« Dann sah er die Jacke des Deutschen, schwer von der Pistole, die der Offizier ihm in der Nacht gegeben und die der Deutsche in die Tasche gesteckt hatte, und nahm sie, ehe der Deutsche verstand, was der Griff nach seiner Tasche sollte. Er lief zum Offizier, baute sich vor ihm auf und fuchtelte mit der Waffe.

7

Dann passierte alles so schnell, die Bewegungen, die Rufe, die Schüsse, daß der Deutsche nichts verstand. Das war sein erster Gedanke, als er merkte, daß er getroffen war: Ich werde nie erfahren, was passiert ist.

Ihm kam ein Buch in den Sinn, in dem jemand seinen Infarkt beschrieb, Schweiß auf Stirn und Handflächen, ein giftiges Leuchten in den Lungen, ein Ziehen im linken Arm, Schmerzen in der Brust, anschwellend und abebbend wie Wehen, Angst. So also, hatte er damals gedacht, würde eines Tages der Anschlag auf sein Leben kommen. Aber er spürte nichts Giftiges, kein Ziehen, keinen Schmerz, keine Angst. Seine Brust fühlte sich voll an, als sei darin eine Blase mit einer warmen Flüssigkeit geplatzt und laufe nun in ihm aus.

Das Schießen war vorbei. Der Comandante rief Befehle, einige Männer liefen zu den Jeeps, andere zum Offizier und zum Kanadier, der zu Boden gegangen war. Wie ernst er verletzt war, konnte der Deutsche nicht sehen. Einen Moment dachte er, er müsse sich darum kümmern, aber sogleich war ihm das Lächerliche seines Gedankens bewußt. Er wollte allein sein. Er setzte Fuß vor Fuß und tastete, stützte sich mit der Rechten an der Kirchenwand entlang. Er wollte es bis zur Treppe schaffen.

Die blasse, gelbe Sonne hing ein bißchen höher. Er sah, daß der Hang, der hinter der Kirche abfiel, brusthoch mit Gestrüpp und Gras bedeckt war. Der Hang und der nächste und der nächste. Ab und zu ragte eine Palme mit gefledderter Krone hoch. Das Land war karg, unwirtlich, abweisend. Ein kalter Wind kam auf; er strich durch das hohe Gras, das die Hügel bedeckte. Es sieht aus, als streiche der Wind über Wasser, dachte er.

Dann dachte er an die Schulden, die er nicht beglichen hatte. Würde sein Sohn sie für ihn begleichen müssen? Würde ihm die Rechnung präsentiert werden? Oder war der Sinn seines Todes, daß er mit ihm seine Schulden beglich? Daß die Rechnung nicht dem Sohn präsentiert würde? Daß der Sohn für sein Glück nicht zahlen müßte?

Einen Augenblick lang war er heiter. Ah, sagte er sich, es ist nicht zu spät, es ist nicht zu spät, meinen Sohn zu lieben. Ob er gleich die Treppe heraufkommt? Auch wenn es nur eine Erscheinung wäre – wie schön wäre es, wenn er jetzt die Treppe heraufkäme, im Arztkittel mit Stethoskop, wie ich ihn noch nie gesehen habe, oder mit den ewigen Jeans und dem ewigen blauen Pullover oder als kleiner Junge, rennend, lachend, außer Atem.

Außer Atem? Wohin war die Wärme aus seiner Brust verschwunden? Warum wollten ihn seine Beine, die ihn eben noch getragen hatten, nicht mehr tragen? Ehe er sich auf die Treppe setzen konnte, gaben die Beine nach, und er knickte auf den steinernen Platten nieder, die an die oberste Stufe anschlossen. Er lag auf der linken Seite und sah getrocknetes Blut, Gras zwischen den steinernen Platten und einen Käfer. Er wollte sich aufrichten, zur Treppe kriechen und sich auf die oberste Stufe setzen. Er wollte dort so sitzen, daß er, wenn er stürbe, zusammensacken und zusammengesackt sitzen bleiben würde. Er wollte dort so sitzen, daß er, wenn er stürbe, in das weite Land sähe und daß das weite Land ihn sähe, aufrecht auf der obersten Stufe sitzen und sterben.

Er würde nie herausfinden, warum er beim Sterben eitel war, obwohl niemand da war, niemand ihn sehen, von ihm beeindruckt oder enttäuscht sein konnte. Er könnte es herausfinden, wenn er darüber nachdächte. Aber er müßte länger darüber nachdenken, als ihm Zeit blieb. Er schaffte es nicht, sich aufzurichten. Er blieb auf dem Boden liegen, spürte den kalten Wind, konnte ihn aber nicht mehr durch das Gras streichen sehen. Er hätte auch gern noch die gezausten, gefledderten Palmen gesehen. Sie erinnerten ihn an etwas; vielleicht fiele ihm ein, an was, wenn er sie noch mal sähe.

Er merkte, daß er nur noch wenige Momente hatte. Einen Moment für einen Gedanken an seine Mutter, einen Moment für die Frauen seines Lebens, einen Moment für ... Sein Sohn war nicht die Treppe heraufgekommen. Es war doch zu spät gewesen. Er war traurig, daß in den letzten Momenten nicht der Film seines Lebens vor ihm ablief. Er hätte ihn gerne gesehen. Er hätte gerne nichts getan, sich entspannt und zugeschaut. Statt dessen mußte er bis zum letzten Moment denken. Der Film – warum hielt der Tod nicht, was man sich von ihm verspricht? Aber dann war er auch schon zu müde, als daß er den Film noch hätte sehen mögen.

Die Frau an der Tankstelle

I

Er wußte nicht mehr, ob er den Traum einmal wirklich geträumt oder von Anfang an nur phantasiert hatte. Er wußte auch nicht, welches Bild, welche Geschichte oder welcher Film ihn ausgelöst hatte. Es mußte gewesen sein, als er fünfzehn oder sechzehn war – so lange begleitete ihn der Traum schon. Früher phantasierte er ihn, wenn eine Schulstunde langweilig war oder ein Urlaubstag mit den Eltern, später bei dienstlichen Besprechungen oder auch auf Zugreisen, wenn er müde war, seine Akten weggelegt, den Kopf zurückgelehnt und die Augen geschlossen hatte.

Ein paarmal hatte er seinen Traum erzählt, dem einen und anderen Freund und einer Frau, der er Jahre, nachdem sie sich geliebt und getrennt hatten, in einer fremden Stadt begegnet war und mit der er den Tag verbummelte und verplauderte. Nicht daß er seinen Traum hätte geheimhalten wollen. Ihn öfter zu erzählen, gab es keinen Anlaß. Außerdem wußte er nicht, warum der Traum ihn begleitete; er wußte, daß er etwas von ihm preisgab, aber nicht, was, und die Vorstellung, daß ein anderer es sehen könnte, war ihm unangenehm.

2

Im Traum fährt er mit einem Auto durch eine weite, wüste Ebene. Die Straße ist gerade; manchmal verschwindet sie in einer Senke oder hinter einem Hügel, aber immer kann er ihr mit dem Blick zu den Bergen am Horizont folgen. Die Sonne steht im Zenit, und über dem Asphalt flimmert die Luft.

Lange ist ihm kein Auto entgegengekommen und hat er keines überholt. Der nächste Ort kommt laut Schild und Karte erst nach sechzig Meilen, irgendwo in den Bergen oder hinter ihnen, und auch links oder rechts sind, so weit er sehen kann, keine Häuser. Aber dann liegt links eine Tankstelle an der Straße. Ein großer, sandiger Platz, zwei Zapfsäulen in der Mitte, dahinter aus Holz ein zweistöckiges Haus mit überdachter Veranda. Er bremst, biegt auf den Platz und hält an der Zapfsäule. Der Sand, der hinter seinem Auto aufgewolkt ist, senkt sich wieder.

Er wartet. Gerade als er aussteigen und am Haus klopfen will, geht dort die Tür auf und tritt eine Frau heraus. Sie ist noch ein Mädchen, als er den Traum die ersten Male phantasiert, und wird über die Jahre zur jungen Frau, bis sie zwischen dreißig und vierzig aufhört, älter zu werden. Sie bleibt dieselbe junge Frau, während er die Vierzig und die Fünfzig überschreitet. Meistens trägt sie Jeans und ein kariertes Hemd, manchmal ein knöchellanges schwingendes Kleid, ebenfalls aus hellem verwaschenem Jeansblau oder mit ausgeblichenem blauem Blumenmuster. Sie ist mittelgroß, kräftig, aber nicht dick, hat Gesicht und Arme voller Sommersprossen, dunkelblondes Haar, graublaue

Augen und einen großzügigen Mund. Sie kommt mit entschlossenen Schritten, und mit entschlossenen Bewegungen greift sie mit der Linken nach dem Zapfstutzen, dreht mit der Rechten die Benzinkurbel und füllt den Tank seines Autos.

Dann macht der Traum einen Sprung. Wie er sie begrüßt und sie ihn, wie sie einander ansehen, was sie miteinander reden, ob sie ihn einlädt, auf einen Kaffee oder ein Bier zu bleiben, oder ob er fragt, ob er bleiben könne, wie es kommt, daß sie mit ihm ins Schlafzimmer hinaufgeht – er hat es sich nie ausgemalt. Er sieht sie und sich im zerwühlten Bett liegen, nachdem sie miteinander geschlafen haben, sieht die Wände, den Boden, den Schrank und die Kommode, alles in hellem Grünblau gestrichen, sieht das eiserne Bett und die hellen Streifen, die die Sonne durch eine Jalousie aus ebenfalls grünblau gestrichenen hölzernen Lamellen auf Wände, Boden, Möbel, Laken und ihren und seinen Körper wirft. Es ist nur ein Bild, keine Szene mit Handlung und Worten, nur Farbe, Licht, Schatten, das Weiß der Laken und die Formen ihrer Körper. Erst am Abend nimmt der Traum wieder den Faden auf.

Er hat sein Auto neben dem Haus und ihrem kleinen Laster mit offener Ladefläche geparkt. Auch hinter dem Haus gibt es eine überdachte Veranda, dann ein paar Beete, auf denen Tomaten und Melonen wachsen, und ein Gewächshaus, das sie zum Schutz gegen den Sand gebaut hat und in dem sie alle Arten von Beeren zieht. Dahinter ist die Wüste mit ein bißchen Gestrüpp hier und da und einem trockenen Bachbett, das sich mit dem Wasser, das es im Winter führt, über die Jahrzehnte oder Jahrhunderte drei bis vier Meter in den steinigen Grund gefressen hat. Sie hat es ihm gezeigt, als sie ihn zur Pumpe geführt hat, die das Wasser aus einem tiefen Brunnen holt. Jetzt sitzt er auf der Veranda und sieht den Himmel dunkel werden. Er hört sie in der Küche hantieren. Wenn ein Auto kommt, wird er aufstehen, durch das Haus gehen und die Zapfsäule bedienen. Auch wenn sie in der Küche das Licht anmacht und der Schein durch die offene Tür auf den Boden der Veranda fällt, wird er aufstehen; er wird im Hausflur die Lampe einschalten, die zwischen den beiden Zapfsäulen steht und den Platz beleuchtet. Er fragt sich, ob die Lampe die ganze Nacht leuchten und ins Schlafzimmer scheinen wird, diese Nacht und die nächste und alle Nächte, die noch kommen werden.

3

Oft sind die Träume, die uns begleiten, der Kontrast zu dem Leben, das wir führen. Der Abenteurer träumt davon, nach Hause zu kommen, und der Bodenständige von Aufbruch, fernen Ländern und großen Taten.

Der Träumer dieses Traumes führte ein ruhiges Leben. Kein spießiges, kein langweiliges – er sprach Englisch und Französisch, machte im In- und Ausland Karriere, blieb seinen Überzeugungen auch gegen Widerstände treu, bestand Krisen und Konflikte und war mit Ende Fünfzig lebhaft, erfolgreich und weltläufig. Er war immer ein bißchen angespannt, ob bei der Arbeit, zu Hause oder in den Ferien. Nicht daß er, was zu tun war, gehetzt oder fahrig getan hätte. Aber unter der Ruhe, mit der er zuhörte, antwortete und arbeitete, vibrierte eine Anspannung, ein Resultat seiner Konzentration auf die Aufgabe und seiner Ungeduld, weil die Erledigung in der Wirklichkeit mit der Erledigung in der Vorstellung nie Schritt hielt. Manchmal empfand er die Anspannung als peinigend, manchmal aber auch wie eine Energie, eine beflügelnde Kraft.

Er hatte Charme. Wenn er sich mit Menschen und Dingen beschäftigte, konnte er auf liebenswerte Art zerstreut und linkisch sein. Weil er wußte, daß sein zerstreutes und linkisches Verhalten den Menschen und Dingen nicht gerecht wurde, warb er mit einem Lächeln um Entschuldigung. Das stand ihm gut zu Gesicht; es brachte um seinen Mund etwas Verletzliches hervor und um seine Augen etwas Trauriges, und weil in seinem Werben um Entschuldigung kein Versprechen der Besserung, sondern das Eingeständnis einer Unfähigkeit lag, war sein Lächeln verlegen und voller Selbstironie. Immer wieder fragte sich seine Frau, wie natürlich sein Charme sei, ob er mit seiner zerstreuten und linkischen Art kokettiere, ob er sein Lächeln aufsetze, ob er wisse, daß seine Verletzlichkeit und Traurigkeit im anderen den Wunsch zu trösten weckten. Sie fand es nicht heraus. Tatsache war, daß sein Charme ihm die Sympathien von Ärzten, Polizisten, Sekretärinnen und Verkäuferinnen, Kindern und Hunden gewann, ohne daß er es wahrzunehmen schien.

Auf sie wirkte sein Charme nicht mehr. Zuerst dachte sie, er habe sich abgenutzt – wie sich etwas eben abnutzt, wenn man es lange um sich hat. Aber eines Tages merkte sie, daß sie seinen Charme leid war. Leid. Sie machte mit ihrem Mann Urlaub in Rom, saß mit ihm auf der Piazza

Navona, und er strich einem streunenden, bettelnden Hund mit derselben liebevoll-zerstreuten Geste über den Kopf, mit der er auch ihr manchmal über den Kopf strich, und trug dabei dasselbe liebevoll-verlegene Lächeln, mit dem er die Geste auch begleitete, wenn sie ihr galt. Sein Charme war nur eine Weise des Sichentziehens und -versagens. Er war ein Ritual, mit dem ihr Mann überspielte, daß er sich belästigt fühlte.

Wenn sie es ihm vorgeworfen hätte, hätte er den Vorwurf nicht verstanden. Ihre Ehe war voller Rituale, und ebendas war der Grund ihres Erfolgs. Leben nicht alle guten Ehen aus ihren Ritualen?

Seine Frau war Ärztin. Sie hatte immer gearbeitet, auch als ihre drei Kinder klein waren, und als sie größer wurden, hatte sie sich auf die Forschung verlegt und war Professorin geworden. Ihre oder seine Arbeit war nie zwischen ihnen gestanden; sie hatten beide ihre Tage so eingeteilt, daß es bei allem Mangel an Zeit doch heilige Zeiten gab, Zeiten, die den Kindern, und Zeiten, die einander vorbehalten waren. Auch beim Urlaub gab es jedes Jahr zwei Wochen, in denen sie die Kinder der Kinderfrau überließen, der sie sie auch sonst anvertrauten, und zusammen verreisten. Das alles verlangte einen disziplinierten, ritualisierten Umgang mit Zeit und ließ für Spontaneität wenig Raum – sie sahen es, sahen aber auch, daß die Spontaneität ihrer Freunde nicht mit mehr, sondern mit weniger Raum für Gemeinsamkeit einherging. Nein, sie hatten sich das Leben in seinen Ritualen durchaus vernünftig und befriedigend eingerichtet.

Nur das Ritual des Miteinander-Schlafens war verlorengegangen. Er wußte nicht, wann und warum. Er erinnerte sich an den Morgen, an dem er aufwachte und neben sich im Bett das verquollene Gesicht seiner Frau sah, den strengen Geruch ihres Schweißes roch und ihren pfeifenden Atem hörte und davon abgestoßen war. Er erinnerte sich auch an sein Entsetzen. Wie konnte er plötzlich abgestoßen sein, wo er doch ihr verquollenes Gesicht früher knuddelig, ihren strengen Geruch erregend und das Pfeifen ihres Atems lustig gefunden hatte. Gelegentlich hatte er es als Cantus firmus für eine Melodie genommen, die er pfiff und mit der er sie weckte. Nicht an diesem Morgen, aber irgendwann danach war das Miteinander-Schlafen versiegt. Irgendwann machte keiner von beiden mehr einen ersten Schritt, obwohl jeder von beiden Lust gehabt hätte, sich auf einen ersten Schritt des anderen einzulassen. Ein bißchen Lust, gerade so viel, daß es für den zweiten Schritt gelangt hätte, aber nicht für den ersten langte.

Aus dem gemeinsamen Schlafzimmer zog allerdings auch keiner von beiden aus. Sie hätte in ihrem Arbeitszimmer schlafen können und er in einem der leerstehenden Kinderzimmer. Aber zu diesem Bruch mit den Ritualen des gemeinsamen Ausziehens, Einschlafens, Aufwachens und Aufstehens war keiner von beiden bereit. Auch sie nicht, die herber, nüchterner, zupackender war als er, zugleich aber auch etwas Scheues hatte. Auch sie wollte, was an Ritualen geblieben war, nicht verlieren. Sie wollte ihr gemeinsames Leben nicht verlieren.

Und doch hatte es sich eines Tages erledigt. Eines Tages bereiteten sie ihre silberne Hochzeit vor, die Liste der Gäste, deren Unterkunft, das Essen im Restaurant, den

Ausflug mit dem Schiff. Sie sahen einander an und wußten, daß das, was sie taten, nicht stimmte. Sie hatten nichts zu feiern. Fünfzehn Jahre Ehe hätten sie feiern können, vielleicht auch noch zwanzig. Aber irgendwann seitdem war ihre Liebe verschwunden, hatte sich verflüchtigt, und wenn es auch keine Lüge war, gleichwohl gemeinsam weiterzumachen – das Fest wäre eine Lüge.

Sie sprach es aus, und er stimmte sofort zu. Sie würden das Fest bleibenlassen. Nachdem sie es beschlossen hatten, waren sie so erleichtert, daß sie Champagner tranken und redeten, wie sie lange nicht mehr geredet hatten.

4

Kann man sich in den anderen ein zweites Mal verlieben? Kennt man den anderen beim zweiten Mal nicht viel zu gut? Setzt Verlieben nicht voraus, daß man den anderen noch nicht kennt, daß er noch weiße Flecken hat, auf die man eigene Wünsche projizieren kann? Oder ist die Kraft der Projektion bei gehörigem Bedürfnis so stark, daß sie ihre Wunschbilder nicht nur auf die weißen Flecken des anderen wirft, sondern auch über seine fertige bunte Landkarte? Oder gibt es Liebe ohne Projektion?

Er stellte sich die Fragen, aber sie amüsierten ihn mehr, als daß sie ihn irritierten. Was mit ihm in den nächsten Wochen passierte, mochte Projektion oder Erfahrung sein – es war schön, und er genoß es. Er genoß das Reden mit seiner Frau, die Verabredungen, die sie für einen Film oder ein Konzert trafen, und die Abendspaziergänge, die sie wieder machten. Es war Frühling. Manchmal holte er sie am Institut ab, wartete nicht direkt am Eingang auf sie, sondern fünfzig Meter weiter an der Straßenecke, weil er sie gerne auf sich zukommen sah. Sie kam mit großen Schritten, beeilte sich, weil sein direkter Blick sie genierte, strich verschämt mit der Linken das Haar hinters Ohr und setzte ein scheues, schiefes Lächeln auf. Er erkannte die Verschämtheit des jungen Mädchens wieder, in das er sich seinerzeit verliebt hatte. Auch ihre Haltung und ihr Gang hatten sich nicht geändert, und wie damals hüpften bei jedem Schritt ihre Brüste unter ihrem Pullover. Er fragte sich, warum er das all die Jahre nicht mehr gesehen hatte. Um was hatte er sich gebracht! Und wie gut, daß er wieder Augen im Kopf hatte. Und daß sie so schön geblieben war. Und daß sie seine Frau war.

Immer noch schliefen sie nicht miteinander. Zuerst waren ihre Körper einander fremd. Aber auch als sie sich wieder aneinander gewöhnten, blieb es bei zärtlichen Berührungen, wenn sie aufwachten, spazierengingen, sich beim Essen gegenüber- oder im Kino nebeneinandersaßen. Zuerst dachte er, das Miteinander-Schlafen werde schon kommen, und es werde schon schön werden. Dann fragte er sich, ob es wirklich kommen, ob es wirklich schön werden würde und ob er und sie es eigentlich noch wollten. Oder konnte er nicht mehr? In den Jahren, in denen die Ehe ausgebrannt war, hatte es zwei Nächte mit anderen Frauen gegeben, die eine mit einer Dolmetscherin und die andere mit einer Kollegin, beide nach viel Alkohol und mit einem Morgen danach voller Fremdheit und Peinlichkeit, und gelegentlich Momente freudloser Selbstbefriedigung, meistens auf Reisen in Hotels. Hatte er den natürlichen Zusammenhang von Lieben, Begehren und Miteinander-Schlafen verlernt? War er impotent geworden? Als er sich selbst befriedigen wollte, um sich seine Potenz zu beweisen, gelang es nicht.

Oder mußten seine Frau und er sich einfach Zeit lassen? Er sagte sich, daß sie keinen Grund zur Eile hatten und ebensogut in einem Jahr miteinander schlafen könnten wie in einem Monat, einer Woche oder einem Tag. Aber er empfand anders. Er wollte das Miteinander-Schlafen erledigen und war auch hier ungeduldig, weil die Erledigung in der Wirklichkeit mit der Erledigung in der Vorstellung nicht Schritt hielt. Überhaupt wurde seine Ungeduld, je älter er wurde, desto stärker. Was unerledigt vor ihm lag, beunruhigte ihn, selbst wenn er wußte, daß er es unschwer erledigen würde. In allem, was vor ihm lag, lag etwas Unerledigtes und Beunruhigendes, in der kommenden Woche und im kommenden Sommer, im Kauf eines neuen Autos und im Besuch der Kinder an Ostern. Sogar in der Reise nach Amerika.

Sie war die Idee seiner Frau. Eine zweite Hochzeitsreise – war, was sie erlebten, nicht eine zweite Hochzeit? Als sie jünger waren, hatten sie oft davon geträumt, mit dem Zug durch Kanada zu fahren, von Quebec bis Vancouver und weiter nach Seattle, dann mit dem Auto die Küste hinunter bis Los Angeles oder San Diego. Zuerst war die Reise zu teuer gewesen, später zu lang für die Ferienwochen ohne die Kinder und für die Kinder durch das viele Zug- und Autofahren zu langweilig. Aber jetzt hatten sie die Ferien für sich, konnten sich vier Wochen nehmen oder fünf oder sechs und sich jeden Schlafwagen und jeden Straßenkreuzer leisten – war es nicht an der Zeit, den alten Traum wahr zu machen?

5

Sie fuhren im Mai. In Quebec war Aprilwetter; es regnete oft und kurz, und dazwischen rissen die Wolken auf und funkelten die nassen Dächer in der Sonne. In der Ontarioebene fuhr der Zug durch grüne Felder, die erst endeten, wo Himmel und Erde sich berührten, eine Welt aus Grün und Blau. In den Rocky Mountains blieb der Zug bei einem Schneesturm in einer Schneewehe stecken, und es dauerte eine Nacht, bis der Schneepflug da war.

In dieser Nacht schliefen sie miteinander. Das Rollen und Wiegen des Zuges hatte ihre Körper bereit gemacht, wie es ein heißer Tag oder ein warmes Bad tun. Während des Halts auf freier Strecke arbeitete die Heizung nur schwach, der Sturm heulte um den Wagen, und vom Boden und durch das Fenster drang Kälte ins Abteil. Sie krochen zusammen in ein Bett, lachten, zitterten, umarmten und hielten sich, bis sie in einen Kokon aus Wärme gehüllt waren. Sein Begehren überkam ihn ganz plötzlich, und aus Angst, es werde wieder vergehen, war er hastig und erst froh, als es vorbei war. Mitten in der Nacht weckte sie ihn und war das Miteinander-Schlafen wie ein ruhiges Atemholen. Am Morgen wachte er von dem Pfiff auf, mit dem die Lokomotive den nahenden Schneepflug begrüßte. Er sah aus dem Fenster auf Schnee und Himmel, eine Welt aus Blau und Weiß. Er war glücklich.

Sie blieben ein paar Tage in Seattle. Das Haus auf Queen Anne Hill, in dem sie Bed & Breakfast hatten, lag am Hang mit weitem Blick über Stadt und Bucht. Zwischen Hochhäusern sahen sie auf eine vielspurige Autobahn, auf der die Kette der Autos selten abriß, tagsüber bunt und abends Scheinwerfer an Scheinwerfer und Rücklicht an Rücklicht. Wie ein Strom, dachte er, der mit der einen Seite aufwärts und mit der anderen Seite abwärts fließt. Manchmal klang die Sirene zu ihnen hoch, mit der ein Polizei- oder Ambulanzwagen die anderen Autos zur Seite scheuchte, und in der ersten Nacht, in der er nicht schlafen konnte, stand er jedesmal auf und trat ans Fenster, um den Wagen mit den rot und blau zuckenden Lichtern auf dem Dach sich den Weg bahnen zu sehen. Manchmal klang auch das Horn zu ihnen hoch, mit dem ein Schiff den Hafen beim Ein- oder Auslaufen grüßte. Es waren Containerschiffe, hoch und bunt beladen, umgeben von großen und kleinen Segelbooten mit geblähten, bunten Segeln. Immer wehte ein kräftiger Wind.

Als er nicht schlafen konnte, sah er seiner Frau beim Schlafen zu. Er sah ihr Alter, ihre Falten, die hängende Haut unter dem Kinn, den Ohren und den Augen. Das verquollene Gesicht, der strenge Geruch und der pfeifende Atem stießen ihn nicht mehr ab. Am letzten Morgen im Zug hatte er sie pfeifend geweckt, wie früher, gerne ihr Gesicht in seine Hände genommen und in seinen Händen gefühlt und, als sie miteinander geschlafen hatten, gerne den Geruch von Liebe und Schweiß unter der Decke gerochen. Daß er sie wieder so wecken konnte, daß er die Rituale ihrer Liebe noch beherrschte und genoß, daß auch sie nichts vergessen und verlernt hatte! Daß ihre Welt wieder heil war!

Er begriff, daß ihre Liebe eine Welt geschaffen hatte, die mehr war als das Gefühl, das sie füreinander hatten. Auch als sie das Gefühl füreinander verloren hatten, war die Welt dagewesen. Ihre Farben waren zu Schwarz und Weiß verblichen, aber die verblichene Welt war ihre Welt geblieben. Sie hatten in und von ihrer Ordnung gelebt. Und jetzt war sie wieder bunt.

Sie machten Pläne. Auch das war ihre Idee. Sollten sie nicht das Haus umbauen? Genügte statt der drei Kinderzimmer nicht eines für die immer selteneren Kinder- und eines Tages auch Enkelbesuche? Hatte er sich nicht immer ein großes Zimmer gewünscht, in dem er lesen und das Buch schreiben konnte, das er vor vielen Jahren geplant und für das er gelegentlich Material gesammelt hatte? Sollten sie nicht zusammen Tennis lernen, auch wenn sie keine großen Spieler mehr werden würden? Was war mit dem Angebot, ein halbes Jahr in Brüssel zu arbeiten, von dem er erzählt hatte – galt es noch? Sollte sie sich beurlauben lassen, und wollten sie für das halbe Jahr zusammen nach Brüssel ziehen? Er freute sich über ihre Einfälle und ihren Eifer. Er plante auch mit. Aber eigentlich wollte er an ihrer beider Leben nichts ändern, mochte es nur nicht sagen.

Er mochte nicht von seiner Angst vor dem Unerledigten reden, von der er nicht wußte, was sie bedeutete, woher sie kam und warum sie wuchs, je älter er wurde. Sie steckte in seiner Ablehnung von Veränderungen; mit jeder Veränderung fühlte er die Bürde des Unerledigten schwerer werden. Aber warum? Weil Veränderungen Zeit kosten und die Zeit immer schneller läuft und davonläuft? Warum läuft sie schneller? Ist die aktuell erlebte Zeit relativ zur noch verfügbaren Zeit? Läuft die Zeit mit zunehmendem Alter schneller, weil die verbleibende Lebenszeit weniger wird, wie die zweite Urlaubshälfte vor dem nahen Urlaubsende schneller vergeht als die erste? Oder liegt es an den Zielen? Wird einem in jungen Jahren die Zeit zu lang, weil man ungeduldig darauf wartet, endlich Erfolg zu haben, Ansehen zu genießen, reich zu sein, und rast sie in den späten, weil es nichts mehr zu erwarten gibt? Oder laufen die Tage mit zunehmendem Alter rascher ab, weil man die Tagesabläufe alle schon kennt, wie sich jeder Weg desto schneller geht, je öfter man ihn geht? Aber dann müßte er Veränderungen eigentlich wollen. War also doch die Lebenszeit zu knapp geworden, um sie mit Veränderungen zu verlieren? Aber so alt war er gar nicht!

Sie merkte nicht, daß hinter seinen Einwänden eine allgemeine Ablehnung stand. Aber als er an einem besonders törichten Einwand besonders beharrlich festhielt, fragte sie ihn verärgert lachend, was er eigentlich wolle. Weiter so leben wie die letzten Jahre?

6

Sie mieteten einen großen Wagen, ein Cabriolet mit Klimaanlage, CD-Anlage und allerlei elektronischem Schnickschnack. Sie kauften einen großen Stoß CDs, solche, die sie liebten, und andere aufs Geratewohl. Als sie das Kap erreicht hatten, von dem aus sie erstmals auf den Pazifik sahen, legte seine Frau eine Symphonie von Schubert auf. Er hätte lieber den amerikanischen Sender weitergehört, der Musik aus der Zeit spielte, als er studiert hatte. Er wäre auch lieber im Auto sitzen geblieben, statt mit ihr im Regen auszusteigen und herumzustehen. Aber die Symphonie paßte zum Regen, zum grauen Himmel und den grau anrollenden Wellen, und er hatte das Gefühl, kein Recht zu haben, die Inszenierung seiner Frau zu stören. Sie war gefahren und hatte die kleine Straße gefunden, die zum Strand führte. Sie hatte daran gedacht, daß im Kofferraum eine blaue Plastikplane lag, und ihn und sich hineingehüllt. Sie standen am Strand, rochen das Meer, hörten Schubert, die Möwen und den Regen auf der Plane und sahen im Westen hinter den Regenwolken ein Stück hellen Abendhimmel. Die Luft war, obwohl kühl, feucht und schwer.

Nach einer Weile hielt er es unter dem Plastik nicht mehr aus, stand einen Moment unschlüssig im Regen, ging über den Sand ans Wasser und hinein. Das Wasser war kalt, die nassen Schuhe waren schwer, die nasse Hose klebte an den Beinen und am Bauch – nichts von der Leichtigkeit, die ein Körper im Wasser sonst hat, und doch war ihm leicht, und er schlug mit den Händen aufs Wasser und ließ sich in die Wellen fallen. Seine Frau war noch am Abend, als sie im Bett lagen, von seiner Spontaneität begeistert. Er war eher erschrocken und verlegen.

Sie fanden einen Rhythmus des Reisens, der sie jeden Tag rund hundert Meilen weiter nach Süden brachte. Sie vertrödelten die Morgen, hielten oft an, besuchten Nationalparks und Weingüter und liefen lange Stunden am Strand. Abends nahmen sie, was es gab, mal ein schäbiges

Motel am Highway mit großen Zimmern, die nach Desinfektionsmitteln rochen und in denen die Fernsehapparate in Kopfhöhe angeschraubt waren, und mal ein Haus in einer Wohngegend, in dem Bed & Breakfast angeboten wurde. Abends waren sie beide früh müde. Jedenfalls versicherten sie es sich, wenn sie früh mit einem Buch und einer Flasche Wein im Bett lagen, ihm die Augen zufielen und er seine Nachttischlampe ausmachte. Als er eines Abends gegen Mitternacht wieder aufwachte, las sie allerdings immer noch.

Manchmal richtete er es so ein, daß er warten und sie auf sich zukommen sehen konnte. Er ließ sich von ihr bei einem Restaurant absetzen und wartete dann vor dem Eingang, bis sie das Auto geparkt hatte und vom Parkplatz über die Straße kam. Oder er rannte am Strand voraus, drehte sich um und sah ihr entgegen. Es war immer schön, ihre Gestalt und ihren Gang zu sehen, und zugleich machte es ihn traurig.

7

In Oregon lagen Küste und Straße im Nebel. Am Morgen hofften sie, mittags werde das Wetter besser werden, und am Abend setzten sie auf den nächsten Tag. Aber wieder lag der Nebel über der Straße, hing in den Wäldern und hüllte die Farmen ein. Wenn die Karte ihnen die Orte, durch die sie fuhren, oft nur ein paar Häuser, nicht genannt hätte, hätten sie sie übersehen. Manchmal fuhren sie ein bis zwei Stunden durch Wälder, ohne an einem Haus vorbeizukommen und ohne daß ihnen ein Auto entgegenkam oder sie eines überholten. Einmal stiegen sie aus, und das Geräusch des laufenden Motors brach sich an den dichten Bäumen beidseits der Straße, verlor sich nicht, blieb nahe und war zugleich durch den Nebel gedämpft. Sie schalteten den Motor ab, und nichts war zu hören, kein Knacken im Gesträuch, kein Vogel, kein Auto, kein Meer.

Als der letzte Ort weit hinter ihnen und der nächste dreißig Meilen voraus lag, kündigte ein Schild eine Tankstelle an. Dann war sie da, ein großer geschotterter Platz, zwei Zapfsäulen, eine Lampe und hinter dem Platz undeutlich ein Haus. Er bremste, bog auf den Platz und hielt an der Zapfsäule. Sie warteten. Als er ausstieg, um am Haus zu klopfen, ging die Tür auf, und eine Frau trat heraus. Sie kam über den Platz, grüßte, griff nach dem Zapfstutzen, drehte die Benzinkurbel und füllte den Tank. Sie blieb am Auto stehen, hielt mit der Rechten den Zapfstutzen und stützte die Linke auf die Hüfte. Sie sah, daß er die Augen nicht von ihr ließ.

»Der Zapfstutzen ist kaputt, ich muß dabeibleiben. Aber ich mache die Scheiben gleich sauber.«

»Ist es hier nicht einsam?«

Sie sah ihn verwundert und vorsichtig an. Sie war nicht mehr jung, und ihre Vorsicht war die Vorsicht der Frau, die sich zu oft eingelassen hatte und zu oft enttäuscht worden war.

»Der letzte Ort liegt zwanzig Meilen zurück und der nächste dreißig voraus – ist es da nicht … Ich meine, fühlen Sie sich da nicht einsam? Leben Sie alleine hier?«

Sie sah den Ernst, die Konzentration und die Zärtlichkeit in seinem Blick und lächelte. Weil sie sich von seinem Blick nicht verzaubern lassen wollte, lächelte sie spöttisch. Er lächelte zurück, glücklich und verlegen über das, was er als nächstes sagen mußte.

»Sie sind schön.«

Sie wurde ein bißchen rot, kaum sichtbar unter ihren vielen Sommersprossen, und hörte auf zu lächeln. Jetzt schaute auch sie ernst. Schön? Ihre Schönheit war vergangen, und sie wußte es, auch wenn sie den Männern noch gefiel, noch ihr Begehren und ihren Stolz wecken und ihnen noch angst machen konnte. Sie forschte in seinem Gesicht.

»Ja, es ist einsam, aber ich habe mich daran gewöhnt. Außerdem...« Sie zögerte, guckte hinunter zum Zapfstutzen, schaute wieder auf und ihm ins Gesicht, war jetzt ganz rot, stand ganz aufrecht und bekannte trotzig ihre Sehnsucht. »Außerdem werde ich nicht immer alleine bleiben.«

Einen Augenblick blieb sie so stehen, aufrecht, rot, Auge in Auge mit ihm. Dann war der Tank voll, sie schloß ihn ab, trat vom Auto zurück und hängte den Stutzen an die Säule. Sie bückte sich, nahm einen Schwamm aus einem Eimer, klappte die Wischer hoch und putzte die Scheibe. Er sah, wie sie neugierig seine Frau musterte, die in der Karte auf ihren Knien las, kurz aufguckte, um der Frau zuzunicken und ihm zuzulächeln, und weiterlas.

Ihm war unangenehm, untätig neben ihr zu stehen, während sie putzte. Zugleich sah er sie gerne an und ihr gerne zu. Sie trug weder Jeans mit kariertem Hemd noch ein ausgewaschenes blaues Kleid, sondern eine Latzhose in dem Dunkelblau des Wappens der Benzinfirma und darunter ein weißes T-Shirt. Sie war kräftig, bewegte sich aber leicht. Es lag Anmut in ihren Bewegungen, als genieße sie die Kraft und Leichtigkeit ihres Körpers. Der Träger der Latzhose rutschte ihr von der Schulter, sie schob ihn mit dem Finger wieder hoch, und beides berührte ihn wie eine Intimität.

Als sie mit dem Putzen fertig war, er ihr Geld gegeben hatte und sie zum Haus ging, um das Wechselgeld zu holen, ging er mit. Nach ein paar gemeinsamen Schritten über den knirschenden Schotter legte sie ihre Hand auf seinen Arm.

»Sie müssen nicht mitkommen, ich bringe das Wechselgeld raus.«

8

So blieb er auf dem Platz stehen, auf halbem Weg zwischen seinem Auto und ihrem Haus. Sie ging hinein, hinter ihr fiel die Tür ins Schloß.

Wie lange habe ich, dachte er, um mich zu entscheiden? Eine Minute? Zwei? Wie lange braucht sie, bis sie das Wechselgeld hat? Wie ordentlich ist sie? Hat sie eine Kasse, in der sie die Scheine und Münzen geordnet hat und aus der sie nur hier ein paar Münzen und dort ein paar Scheine nehmen muß? Beeilt sie sich, oder weiß sie, daß ich über noch eine und noch eine Minute froh bin?

Er schaute vor sich auf den Boden und sah, daß der Schotter vom Nebel naß war. Mit der Schuhspitze drehte er einen Stein um; er wollte wissen, ob der Stein auch von unten naß sei, und er war es. Seine Mitarbeiter hatte er gelehrt, daß Nachdenken und Entscheiden zweierlei ist, daß Nachdenken weder die richtige noch überhaupt eine Entscheidung hervorbringen muß, die Entscheidung vielmehr so kompliziert und schwierig machen kann, daß es lähmt. Nachdenken verlangt Zeit, Entscheiden verlangt Mut, so pflegte er zu sagen, und er wußte, daß ihm jetzt nicht die Zeit zum Nachdenken, sondern der Mut zum Entscheiden fehlte. Er wußte auch, daß das Leben die Entscheidungen, die man nicht trifft, ebenso verbucht wie die, die man trifft. Wenn er sich nicht dafür entscheiden würde, hierzubleiben, würde er weiterfahren, auch wenn er sich nicht dafür entschieden hätte, weiterzufahren. Hierbleiben – was soll ich ihr sagen? Soll ich sie fragen, ob ich hierbleiben kann? Was soll sie antworten? Muß sie nicht nein sagen, selbst wenn sie gerne ja sagen würde, weil sie die Verantwortung ablehnen muß, die meine Frage ihr aufbürden würde? Ich müßte, wenn sie wieder aus der Tür tritt, mit meiner Tasche und meinem Koffer dastehen, und das Auto müßte weggefahren sein. Aber wenn sie mich nicht haben will? Oder wenn sie mich zwar jetzt haben will, aber später nicht mehr? Oder wenn ich später nicht mehr bleiben will? Nein, so wird es nicht kommen. Wenn wir uns jetzt wollen, dann wollen wir uns für immer.

Er ging zum Auto. Daß sie sich geirrt haben, wollte er seiner Frau sagen, daß sie ihre Ehe nicht wieder heil machen können, auch wenn sie es gerne wollen. Daß in den letzten Wochen in seiner Freude immer eine Traurigkeit war und daß er mit dieser Traurigkeit nicht weiter leben will. Daß er weiß, daß er verrückt ist, für diese Frau, die er nicht kennt und die ihn nicht kennt, alles aufs Spiel zu setzen. Daß er lieber verrückt sein als vernünftig und traurig bleiben will.

Als er noch wenige Schritte zum Auto hatte, blickte seine Frau auf. Sie sah ihm entgegen, beugte sich über den Fahrersitz, drehte die Scheibe herunter und rief ihm etwas zu. Er verstand es nicht. Sie wiederholte, sie habe die großen Dünen auf der Karte gefunden. Beim Frühstück hatten sie sich an Bilder erinnert, die sie einmal von den großen Dünen gesehen hatten, und sie hatten sie vergebens auf der Karte gesucht. Jetzt hatte sie sie gefunden. Es sei nicht mehr weit, und sie schafften es noch bis zum Abend. Sie strahlte.

Ihre Freude über Kleinigkeiten – wie oft hatte sie ihn damit überrascht und beglückt. Und die Zutraulichkeit, mit der sie ihre Freude mitteilte! Es war eine kindliche Zutraulichkeit, voller Erwartung, daß die anderen gut sind, sich über Gutes freuen und mit Güte reagieren. Lange Jahre hatte er seine Frau nicht mehr so erlebt, erst in den letzten Wochen war ihre Zutraulichkeit zurückgekehrt.

Er sah ihre Freude. Sie begrüßte und umfing ihn. Ob er fertig sei? Ob sie fahren könnten?

Er nickte, ging schnell, als würde er lieber rennen, stieg ins Auto ein und ließ den Motor an. Er fuhr vom Platz, ohne zurückzuschauen.

9

Seine Frau erzählte, wie sie die Dünen auf der Karte gefunden habe, warum sie sie am Morgen nicht gefunden hätten. Wann sie am Abend ankommen und wo sie absteigen könnten. Wie weit sie am nächsten Tag fahren sollten. Wie hoch die Dünen seien.

Nach einer Weile merkte sie, daß etwas nicht in Ordnung war. Er fuhr langsam, blickte aufmerksam in den Nebel, begleitete, was sie sagte, gelegentlich mit zustimmendem oder ermunterndem Brummen – daß er nicht redete, war in Ordnung, aber nicht sein zusammengepreßter Mund und seine angespannten Wangen. Sie fragte ihn, was sei. Etwas am Motor oder an den Reifen oder der Spur? Etwas mit dem Nebel und der Straße? Sonstwas? Sie fragte zuerst unbefangen, dann, als er nicht antwortete, besorgt. Ging es ihm nicht gut? Hatte er Schmerzen? Als er rechts auf den Grasstreifen fuhr und anhielt, war sie sicher, daß es das Herz war oder der Kreislauf. Er saß starr, die Hände am Steuer, den Blick geradeaus.

»Laß mich«, sagte er und wollte fortfahren, daß er nur einen Moment brauche, aber das Reden hatte die Anspannung gelöst, die ihm den Mund verschlossen, die Wangen verkrampft und die Tränen zurückgehalten hatte. Er hatte seit Jahrzehnten nicht mehr geweint. Er wollte das Schluchzen abwürgen, aber aus dem Würgen wurde ein Wimmern und aus dem Wimmern ein Heulen. Er machte mit den Armen Bewegungen, die um Entschuldigung bitten und erklären sollten, daß es ihn überfallen habe und er nicht weinen wolle, aber nicht anders könne. Aber dann wurde das Bedürfnis nach Entschuldigungen und Erklärungen von den Tränen weggeschwemmt, und er saß einfach da, die Hände im Schoß, mit hängendem Kopf und zuckendem Oberkörper und heulte. Sie nahm ihn in ihre Arme, aber er ließ sich in ihren Armen nicht gehen, sondern blieb sitzen, wie er saß. Als das Weinen nicht endete, beschloß sie, im nächsten Ort ein Hotel und vielleicht einen Arzt zu suchen. Sie wollte ihn auf den Beifahrersitz heben und schieben, aber er rückte selbst hinüber.

Sie fuhr los. Er weinte weiter. Er weinte über seinen Traum, über die Angebote, die ihm das Leben gemacht und denen er sich versagt und entzogen hatte, über das Unwiederbringliche und Unersetzbare in seinem Leben. Nichts kehrte wieder, nichts konnte er nachholen. Er weinte darüber, daß er, was er wollte, nicht stärker wollte und daß er oft nicht wußte, was er wollte. Er weinte über das, was in seiner Ehe schwer und schlecht war, ebenso wie über das, was in ihr schön war. Er weinte über die Enttäuschungen, die sie sich zugefügt, und über die Hoffnungen und Erwartungen, die sie in den letzten Wochen geteilt hatten. Nichts, was ihm in den Sinn kam, zeigte nicht eine traurige, schmerzliche Seite, und sei es bei allem Schönen und Glücklichen nur dessen Vergänglichkeit. Die Liebe, die Ehe, als sie gut war, die guten Jahre mit den Kindern, die Freude am Beruf, die Begeisterung über Bücher oder Musik – es war alles vergangen. Die Erinnerung schob ihm Bild um Bild vor das innere Auge, aber noch ehe er ein Bild richtig zu betrachten begonnen hatte, schlug ein Stempel darauf, und dann stand es da in dicken Buchstaben und mit dickem Rand: Vergangen.

Vergangen? Es war nicht einfach vergangen, hinter seinem Rücken und ohne sein Zutun. Er selbst zerschlug die Welt, die ihrer beider Liebe geschaffen hatte. Danach würde es die Welt nicht mehr geben, nicht ein schwarzweißes Bild statt eines bunten, sondern keines mehr.

Er hatte keine Tränen mehr. Er war erschöpft und leer. Ihm wurde bewußt, daß er um seine Ehe geweint hatte, als sei sie vergangen, um seine Frau, als habe er sie verloren.

Sie sah zu ihm herüber und lächelte ihn an. »Na?«

Sie passierten ein Schild mit Ortsnamen, Zahl der Einwohner und Höhe über dem Meer. Ein paar hundert Menschen, dachte er, und schon eine kleine Stadt. Sie liegt nur ein paar Meter über dem Meer; es muß nahe sein, auch wenn man es im Nebel nicht sieht.

»Hältst du bitte?«

Sie fuhr an den Rand und hielt. Jetzt, dachte er, jetzt. »Ich werde hier aussteigen. Ich komme nicht weiter mit. Ich weiß, daß ich mich unmöglich verhalte. Ich hätte es besser wissen müssen. Aber ich weiß auch nicht, wie ich es besser hätte wissen können. Wir versuchen, uns in Trümmern einzurichten. Ich will mich nicht mit dir in Trümmern einrichten. Ich will es einfach noch mal versuchen.«

»Was? Was willst du versuchen?«

»Das Leben, die Liebe, einen neuen Anfang, alles eben.« Unter ihrem befremdeten, verletzten Blick kam, was er sagte, ihm selbst kindisch vor. Was er machen, was er hier machen, wovon er leben wolle, was aus seinem Leben zu Hause werden solle – wenn sie ihn fragen würde, würde er nichts antworten können.

»Laß uns zu den Dünen fahren. Weglaufen kannst du immer noch. Ich kann dich nicht festhalten. Laß uns reden, wenn du nicht gerade in ein tiefes Loch gefallen bist. Vielleicht hast du recht und haben wir uns dem, was zwischen uns war oder nicht mehr war, noch nicht wirklich gestellt.

Dann werden wir es tun.« Sie legte ihm die Hand aufs Knie.

»Ja?«

Sie hatte recht. Könnten sie nicht immerhin bis zum Ort bei den Dünen fahren und über alles reden? Oder könnte er nicht wenigstens sagen, sie solle ihn einfach hierlassen und weiterfahren, er brauche nur ein paar Tage für sich und komme nach, spätestens zum Abflug? Und müßte er nicht seiner Frau von seinem Traum und von der Frau an der Tankstelle erzählen? Wäre es nicht ehrlich?

»Ich kann nur jetzt weglaufen. Machst du bitte den Kofferraum auf?«

Sie schüttelte den Kopf.

Er stieg aus, ging um den Wagen, öffnete auf ihrer Seite die Tür und zog den kleinen Hebel zwischen Tür und Sitz. Der Deckel des Kofferraums sprang auf. Er nahm seinen Koffer und seine Tasche heraus und stellte sie auf den Boden. Dann schlug er den Deckel des Kofferraums zu und trat an die Tür. Sie war noch offen. Seine Frau sah zu ihm auf. Er machte die Tür sanft und ruhig zu, aber ihm war, als schlage er sie ihr ins Gesicht. Sie sah weiter zu ihm auf. Er nahm seinen Koffer und seine Tasche und ging los. Er machte einen Schritt und wußte nicht, ob er noch einen schaffen würde, und als er ihn geschafft hatte, ob noch einen und noch einen. Wenn er stehenblieb, mußte er sich umdrehen, umkehren und einsteigen. Und wenn sie nicht bald fuhr, konnte er nicht weiterlaufen. Fahr, bat er, fahr.

Dann ließ sie den Wagen an und fuhr los. Er drehte sich erst um, als er den Wagen nicht mehr hörte. Da hatte ihn auch schon der Nebel geschluckt.

Er fand ein Motel und handelte eine billige Miete für den ganzen nächsten Monat aus. Er fand ein Restaurant mit großer Theke, Resopaltischen, Plastiksitzen und Musikbox. Er trank viel, war in manchen Augenblicken absurd heiter und hätte in anderen wieder weinen können, wenn er sich nicht gesagt hätte, daß er für einen Tag genug geweint hatte. Es war das einzige Restaurant im Ort, und mit einem Ohr wartete er den ganzen Abend darauf, daß ein Auto vorfahren, jemand aussteigen und daß er in dessen Gang über den Kies den Gang seiner Frau erkennen würde. Er wartete darauf voller Sehnsucht und voller Angst.

Am nächsten Morgen ging er ans Meer. Über dem Strand lag wieder Nebel, Himmel und Meer waren grau, und die Luft war warm, feucht und dumpf. Er hatte das Gefühl, er habe unendlich viel Zeit.

*Bitte beachten Sie auch
die folgenden Seiten*

Bernhard Schlink im Diogenes Verlag

Der Vorleser

Roman

Eine Überraschung des Autors Bernhard Schlink: Kein Kriminalroman, aber die fast kriminalistische Erforschung einer rätselhaften Liebe und bedrängenden Schuld.

»Ein Höhepunkt im deutschen Bücherherbst. Eine aufregende Fallgeschichte, so gezügelt wie Genuß gewährend erzählt. Das sollte man sich nicht entgehen lassen, weil es in der deutschen Literatur unserer Tage hohen Seltenheitswert besitzt.«
Tilman Krause / Tagesspiegel, Berlin

»Nach drei spannenden Kriminalromanen ist dies Schlinks persönlichstes Buch.« *Michael Stolleis / FAZ*

»Der beklemmende Roman einer grausamen Liebe. Ein Roman von solcher Sogkraft, daß man ihn, einmal begonnen, nicht aus der Hand legen wird.«
Hannes Hintermeier / AZ, München

»Die Überraschung des Herbstes. Ein bezwingendes Buch, weil eine Liebesgeschichte so erzählt wird, daß sie zur Geschichte der Geschichtswerdung des Dritten Reiches in der späten Bundesrepublik wird.«
Mechthild Küpper / Wochenpost, Berlin

Liebesfluchten

Geschichten

Anziehungs- und Fluchtformen der Liebe in sieben Geschichten: als unterdrückte Sehnsüchte und unerwünschte Verwirrungen, als verzweifelte Seitensprünge und kühne Ausbrüche, als unumkehrbare Macht der Gewohnheit, als Schuld und Selbstverleugnung.

»Wieder schafft es Schlink, die Figuren lebendig werden zu lassen, ohne alles über sie zu verraten – selbst wenn ihn gelegentlich sein klarer, kluger Ton zu dem einen oder anderen Kommentar verführt. Er ist ein genuiner Erzähler.«
Volker Hage / Der Spiegel, Hamburg

»Schlink seziert seine Figuren regelrecht, er analysiert ihr Handeln. Er wertet nicht, er beschreibt. Darin liegt die moralische Qualität seines Erzählens. Schlink gelingt es wieder, wie schon beim *Vorleser*, genau die Wirkung zu erzielen, die wesentlich zu seinem Erfolg beigetragen hat. Er erzeugt den Eindruck von Authentizität.« *Martin Lüdke / Die Zeit, Hamburg*

»In *Liebesfluchten* ist der Erzähler Bernhard Schlink der Archäologe des Gefühls. Er findet den wunden Punkt der deutschen Gegenwart. Das ist ergreifend und kühn.« *Süddeutsche Zeitung, München*

Selbs Justiz

Zusammen mit Walter Popp

Roman

Privatdetektiv Gerhard Selb, 68, wird von einem Chemiekonzern beauftragt, einem ›Hacker‹ das Handwerk zu legen, der das werkseigene Computersystem durcheinanderbringt. Bei der Lösung des Falles wird er mit seiner eigenen Vergangenheit als junger, schneidiger Nazi-Staatsanwalt konfrontiert und findet für die Ahndung zweier Morde, deren argloses Werkzeug er war, eine eigenwillige Lösung.

»Bernhard Schlink und Walter Popp haben mit Gerhard Selb eine, auch in ihren Widersprüchen, glaubwürdige Figur geschaffen, aus deren Blickwinkel ein gesellschaftskritischer Krimi erzählt wird. Und das so meisterlich, daß sich das Ergebnis an internationalen Standards messen läßt.«
Jürgen Kehrer / Stadtblatt, Münster

1992 verfilmt von Nico Hofmann unter dem Titel *Der Tod kam als Freund*, mit Martin Benrath und Hannelore Elsner in den Hauptrollen.

Die gordische Schleife

Roman

Georg Polger hat seine Anwaltskanzlei in Karlsruhe mit dem Leben als freier Übersetzer in Südfrankreich vertauscht und schlägt sich mehr schlecht als recht durch. Bis zu dem Tag, als er durch merkwürdige Zufälle Inhaber eines Übersetzungsbüros wird – Spezialgebiet: Konstruktionspläne für Kampfhubschrauber. Polger gerät in einen Strudel von Ereignissen, die ihn Freund und Feind nicht mehr voneinander unterscheiden lassen.

Anläßlich der Criminale 1989 in Berlin mit dem Glauser, Autorenpreis für deutschsprachige Kriminalliteratur, ausgezeichnet.

Selbs Betrug

Roman

Privatdetektiv Gerhard Selb sucht im Auftrag eines Vaters nach der Tochter, die von ihren Eltern nichts mehr wissen will. Er findet sie, aber der, der nach ihr suchen läßt, ist nicht ihr Vater, und es sind nicht ihre Eltern, vor denen sie davonläuft.

»Es gibt wenige deutsche Krimiautoren, die so raffinierte und sarkastische Plots schreiben wie Schlink und ein so präzises, unangestrengt pointenreiches Deutsch.« *Wilhelm Roth / Frankfurter Rundschau*

Selbs Betrug wurde von der Jury des Bochumer Krimi Archivs mit dem Deutschen Krimi Preis 1993 ausgezeichnet.

»Gerhard Selb hat alle Anlagen, den großen englischen, amerikanischen und französischen Detektiven,

von Philip Marlowe bis zu Maigret, Paroli zu bieten – auf seine ganz spezielle, deutsche, Selbsche Art.«
Wochenpresse, Wien

Selbs Mord

Roman

Ein Auftrag, der den Auftraggeber eigentlich nicht interessieren kann. Der auch Selb im Grunde nicht interessiert und in den er sich doch immer tiefer verstrickt. Merkwürdige Dinge ereignen sich in einer alteingesessenen Schwetzinger Privatbank. Die Spur des Geldes führt Selb in den Osten, nach Cottbus, in die Niederlagen der Nachwendezeit. Ein Kriminalroman über ein Kapitel aus der jüngsten deutsch-deutschen Vergangenheit.

»Schlink ist der brillante Erzähler, der mit der Klarheit und Nüchternheit eines Ermittlungsrichters die Geschichte auf ihr Ende zusteuert. Dieses Ende ist konsequent und immer überraschend.«
Rainer Schmitz / Focus, München

Jessica Durlacher im Diogenes Verlag

Das Gewissen

Roman. Aus dem Niederländischen
von Hanni Ehlers

Sie sieht ihn zum ersten Mal an der Universität: Er ist wie sie jüdischer Abstammung, beide Familien haben traumatische Kriegserinnerungen, sie erkennt in ihm ihren Seelenverwandten. Mit aller Wucht wirft sich die junge Edna in die Katastrophe einer Liebe, die sie für die ihres Lebens hält. Ein bewegendes Buch über eine Frau, die erst lernen muß, ihr Leben und Lieben in die richtige Bahn zu lenken.
Jessica Durlachers Romanerstling stand wochenlang auf den niederländischen Bestsellerlisten und wurde mit mehreren Nachwuchspreisen ausgezeichnet.

»Jessica Durlacher schreibt mit Gespür für Situationskomik und Selbstironie. Wer sich darauf einläßt, kann verstehen, mitfühlen und mitlachen.«
Ellen Presser/Emma, Köln

»Die klug gebaute Geschichte von Ednas Erwachsenwerden zwischen Männern, Vätern und jüdischer Vergangenheit liest sich sommerlich leicht, die Einblicke in die weibliche Psyche sind tief.«
Anne Goebel/Süddeutsche Zeitung, München

Die Tochter

Roman. Deutsch von Hanni Ehlers

Im Anne-Frank-Haus in Amsterdam lernen sie sich kennen: Max Lipschitz und Sabine Edelstein, beide Anfang Zwanzig. Ungewöhnlich und schicksalhaft wie der Ort ihrer Bekanntschaft ist auch die Liebesbeziehung, die sich zwischen ihnen entspinnt. Zuwei-

len ist Max von Sabines Vergangenheitsbesessenheit irritiert, denn worüber er lieber schweigen möchte, darüber möchte sie fast manisch reden: über die KZ-Vergangenheit ihrer beider Eltern.
Dann ist Sabine auf einmal ohne Erklärung verschwunden, für Max ein lange anhaltendes Trauma. Erst fünfzehn Jahre später sieht er sie überraschend wieder: auf der Frankfurter Buchmesse, in Begleitung eines berühmten jüdischen Filmproduzenten aus Hollywood. Und sofort flammen die alten Fragen, die alten Verletzungen wieder auf. Erst allmählich kommt Max dahinter, welch tragischer Schock für Sabines Verschwinden damals verantwortlich war.

»*Die Tochter* ist ein Roman, in dem Wahrheit und Lüge, das Echte und die Fälschung, Opfer und Täter die Plätze tauschen. Letztendlich ist es eine Abrechnung mit der Kultur des Jammerns. Ein interessantes Buch mit unerwarteten Verwicklungen und einer Botschaft, die man beherzigen sollte.« *Hans Warren / Provinciale Zeeuwse Courant, Vlissingen*

»Ein besonderes Buch, das in die gleiche Kategorie von Meisterwerken gehört wie der legendäre Film *Casablanca* mit Humphrey Bogart und Ingrid Bergman.« *Max Pam / HP / DE TIJD, Amsterdam*

Hans Werner Kettenbach
im Diogenes Verlag

»Schon lange hat niemand mehr – zumindest in der deutschen Literatur – so erbarmungslos und so unterhaltsam zugleich den Zustand unserer Welt beschrieben.« *Die Zeit, Hamburg*

»Hans Werner Kettenbach erzählt in einer eigenartigen Mischung von Zartheit, Humor und Melancholie, aber immer auf erregende Art glaubwürdig.«
Neue Zürcher Zeitung

»Dieses Nie-zuviel-an Wörtern, diese unglaubliche Leichtigkeit und Selbstverständlichkeit... ja, das ist in der zeitgenössischen Literatur einzigartig!«
Visa Magazin, Wien

»Ein beweglicher ›Weiterschreiber‹ nicht nur der Nachkriegsgeschichte, sondern der Geschichte der Bundesrepublik ist Hans Werner Kettenbach. Seine sieben bis acht Romane aus dem bundesrepublikanischen Tiergarten sind viel unterhaltsamer und spitzer als alle Weiterschreibungen Bölls.«
Kommune, Frankfurt

Minnie oder Ein Fall von Geringfügigkeit
Roman

Hinter dem Horizont
Eine New Yorker Liebesgeschichte

Sterbetage
Roman

Schmatz oder Die Sackgasse
Roman

Der Pascha
Roman

Der Feigenblattpflücker
Roman

Davids Rache
Roman

Die Schatzgräber
Roman

Grand mit vieren
Roman

Glatteis
Roman

Die Konkurrentin
Roman

Martin Suter im Diogenes Verlag

Martin Suter, geboren 1948 in Zürich, schreibt seit 1992 die wöchentliche Kolumne *Business Class* in der *Weltwoche*, seit 1997 die Fortsetzungsgeschichte *Richtig leben mit Geri Weibel* im *NZZ-Folio*. Suter arbeitet seit 1991 als Schriftsteller und Drehbuchautor. Er lebt mit seiner Frau in Spanien und Guatemala.

»Selten habe ich in letzter Zeit einen Autor gefunden, bei dem ich so intensiv das Gefühl hatte, daß er wimperngenau sagen kann, was er sagen will.«
Annemarie Stoltenberg/Norddeutscher Rundfunk, Hamburg

»Martin Suter erzählt mit einer Präzision, aber auch einer Leichtigkeit, wie man sie sich bei deutschsprachigen Autoren viel häufiger wünschen würde.«
Handelsblatt, Düsseldorf

»Ein nuanciertes erzählerisches Talent.«
Rainer Moritz/Neue Zürcher Zeitung

Small World
Roman

Die dunkle Seite des Mondes
Roman

Business Class
Geschichten aus der Welt
des Managements

Richtig leben mit Geri Weibel
Geschichten

Richtig leben mit Geri Weibel
Neue Folge. Geschichten

Ein perfekter Freund
Roman

Business Class
Neue Geschichten aus der Welt
des Managements

Sibylle Mulot im Diogenes Verlag

»Willkommen! Eine deutsche Autorin, die über Scherz, Satire, Ironie und Selbstironie verfügt: Qualitäten, die nahezu angelsächsisch anmuten.«
Kyra Stromberg / Süddeutsche Zeitung, München

»Sibylle Mulot versteht es, mit beredter Leichtigkeit, mit großer Genauigkeit und mit einnehmender Sympathie für die Figuren zu erzählen.«
Der Standard, Wien

»Eine Autorin, die großen Themen mit leichter Hand und viel Raffinesse beikommt.«
Susanne Schaber / Österreichischer Rundfunk, Wien

»Nicht selten hört man die Klage, daß die deutsche Gegenwartsliteratur besonders arm sei an gut geschriebenen und unterhaltsamen Büchern, die gedanklich gleichwohl nicht ›unter Niveau‹ gehen. Wenn dem so sein sollte, dann wäre dies ein Grund mehr, auf Sibylle Mulot aufmerksam zu machen.«
Helmuth Kiesel / Frankfurter Allgemeine Zeitung

Liebeserklärungen
Roman

Nachbarn
Roman

Das Horoskop
Erzählung

Die unschuldigen Jahre
Roman

Das ganze Glück
Eine Liebesgeschichte
Mit einem Hafis-Orakel im Anhang

Erich Hackl im Diogenes Verlag

»Seine Fähigkeit, aus den zur Meldung geschrumpften Fakten wieder die Wirklichkeit der Ereignisse zu entwickeln, die Präzision und zurückgehaltene Kraft der Sprache lassen an Kleist denken.«
Süddeutsche Zeitung, München

»Mit seinem nüchternen Stil tritt Hackl an die Stelle des Chronisten: er ermittelt, rekonstruiert, beschreibt. Auf ihn trifft García Márquez' Postulat zu, wonach ein Schriftsteller politisch Stellung beziehen, vor allem aber gut schreiben muß.« *Siempre!, Mexiko-Stadt*

»Er zählt zur aussterbenden Population der Autoren mit Gesinnung. Und doch drängen seine poetisch-stillen und gleichzeitig politisch hochbrisanten Bücher stets zur Spitze der heimischen Bestsellerliste.«
Dagmar Kaindl / News, Wien

»Berichte aus einer nicht abgeschlossenen Vergangenheit: große zeitgenössische Literatur der Ernsthaftigkeit.« *Christian Seiler / profil, Wien*

Auroras Anlaß
Erzählung

Abschied von Sidonie
Erzählung

Materialien zu Abschied von Sidonie
Herausgegeben von Ursula Baumhauer

König Wamba
Ein Märchen. Mit Zeichnungen von Paul Flora

Sara und Simón
Eine endlose Geschichte

In fester Umarmung
Geschichten und Berichte

Entwurf einer Liebe auf den ersten Blick
Erzählung

Die Hochzeit von Auschwitz
Eine Begebenheit